中公文庫

北条早雲 2

悪人覚醒篇

富樫倫太郎

中央公論新社

目次

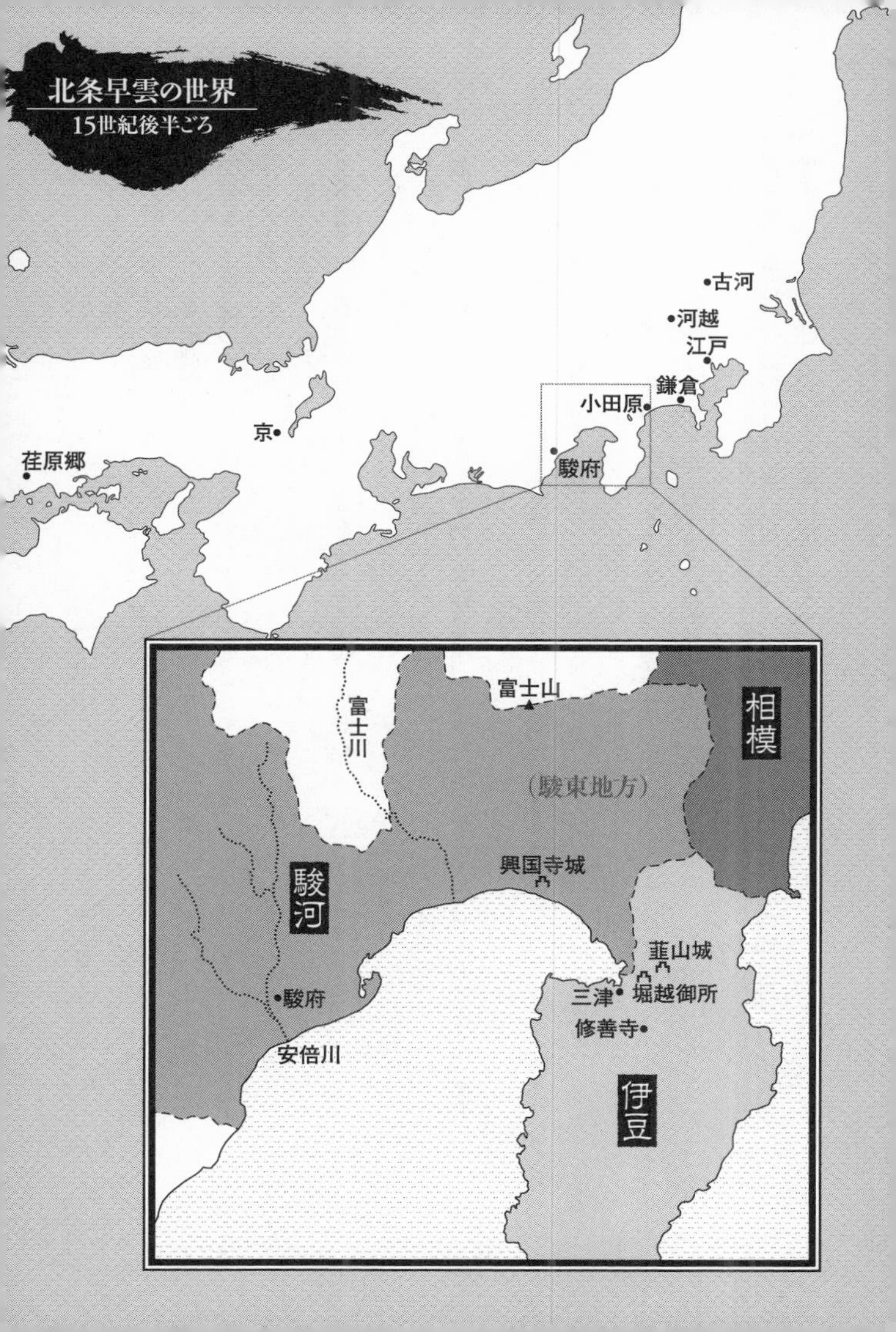
北条早雲の世界
15世紀後半ごろ
古河
河越
江戸
鎌倉
小田原
京
駿府
荏原郷
富士山
富士川
相模
(駿東地方)
興国寺城
駿河
韮山城
三津
堀越御所
修善寺
駿府
安倍川
伊豆

【主な登場人物】

伊勢新九郎《いせしんくろう》 伊勢盛定《もりさだ》の子。後の早雲庵宗瑞《そううんあんそうずい》。後世、「北条早雲《ほうじょう》」と呼ばれる。備中国《びっちゅうのくに》高越城《たかこし》で育つ。元服の後、京都に上り、九代将軍・足利義尚に仕える。

門都普《もんとふ》 山の民の子。新九郎の幼少期より友人として支える。

伊勢弥次郎《やじろう》 新九郎の弟。

大道寺弓太郎《だいどうじゆみたろう》 新九郎の従弟《いとこ》。

松田信之介《まつだしんのすけ》 興国寺《こうこくじ》の近在十二郷を預かる役人のまとめ役。

伽耶《かや》 伊勢時貞《ときさだ》の娘。新九郎の最初の妻。鶴千代丸を産んだ後、死んでしまう。

真砂《まさご》 小笠原政清《おがさわらまさきよ》の娘。伽耶の従姉《いとこ》。日野富子の侍女をしていたが、後、新九郎の二番目の妻となる。

鶴千代丸《つるちよまる》 新九郎と伽耶の間の子。赤斑瘡《あかもがさ》に罹《かか》って夭折してしまう。

千代丸《ちよまる》・次郎丸《じろうまる》 新九郎と真砂の間の子。

宗哲《そうてつ》 大徳寺《だいとくじ》の僧。伽耶と鶴千代丸を喪《うしな》い、彷徨《ほうこう》していた新九郎に助言を与える。

海峰《かいほう》 土倉・松波屋《まつなみや》の主《あるじ》。浄円《じょうえん》のもと、納銭方《のうせんかた》を務める。

龍王丸《たつおうまる》 駿河《するが》の守護で今川《いまがわ》家前当主・義忠《よしただ》と保子との間の子。新九郎の甥。後の今川氏親《うじちか》。

保子《やすこ》 新九郎の姉。義忠との間に龍王丸を産む。

小鹿範満《おしかのりみつ》　今川家前当主・義忠の従弟。母は上杉政憲の娘。

上杉政憲《うえすぎまさのり》　堀越公方《ほりごえくぼう》に家宰《かさい》として仕える。小鹿範満の祖父。

太田道灌《おおたどうかん》　扇谷《おうぎがやつ》上杉家の家宰。今川義忠死後の家督相続問題を和睦に導いた。

足利義政《あしかがよしまさ》　室町幕府八代将軍。応仁《おうにん》の乱の発端を作った。

日野富子《ひのとみこ》　義政の妻。

細川政元《ほそかわまさもと》　管領《かんれい》。幕府の実質的な権力を握る。

足利義尚《よしひさ》　室町幕府九代将軍。義政と日野富子の間の子。

足利義材《よしき》　室町幕府十代将軍。義政の弟・義視《よしみ》の子。

足利政知《まさとも》　堀越公方。義政の異母兄であり、義尚の伯父。

満子《みつこ》　政知の後妻。清晃と潤童子を産む。

茶々丸《ちゃちゃまる》　政知の嫡男。先妻との子。

清晃《せいこう》　政知の次男であり、満子の最初の子。

潤童子《じゅんどうじ》　政知の三男であり、満子の二番目の子。

葛山烈道《くずやまれつどう》　古くから駿東《すんとう》に大きな勢力を持つ一族の長。

田鶴《たづる》　烈道の娘。

葛山紀之介《きのすけ》　烈道の息子。田鶴の弟。

北条早雲2　悪人覚醒篇

第一部　興国寺

一

文明《ぶんめい》十九年（一四八七）四月、新九郎《しんくろう》は足利義尚《あしかがよしひさ》の申次衆《もうしつぎしゅう》を辞し、しばらくして、今度は奉公衆《ほうこうしゅう》に任じられた。奉公衆とは、言うなれば、将軍の親衛隊である。個人的な結びつきが強固で、将軍を軍事的に支えるのが役目だ。いざというときには三百人を超える奉公衆が自家の郎党を率いて駆けつけることになっており、その数は一万にも達すると言われた。

つまり、新九郎が奉公衆に任じられたということは、この時点で、新九郎が数十人規模の郎党を抱えていたことを意味している。

四月から六月にかけて、新九郎は暇さえあれば大徳寺《だいとくじ》に足を向けて座禅を組んだ。半刻（一時間）坐り、一刻（二時間）一人で思案を続け、頭に雑念が満ちてくると、まと話をして帰る。ひたすら、それを繰り返す。日暮れまで続け、最後に一杯の茶を飲みながら宗哲《そうてつ》た坐る。


「思案はまとまりましたか?」

「そう簡単にはいきません」

「そうでしょうな。日毎に新九郎殿の顔が険しくなっていく。よほど難しいことを考えておられるのだとわかります」

「いかにして人を殺すか、そのことだけを考え続けております」

「それは物騒な。ここは寺ですぞ」

宗哲が笑う。

「思案がまとまらなければ、多くの者が死ぬことになるのです。うまく一人だけを殺すことができれば多くの命を救うことができます」

「命に違いはありますまい」

「確かに」

新九郎がうなずく。

「しかし……」

「しかし、どうしても殺さなければならぬ、と?」

「はい」

「坐れば、答えが見付かりますか？」

「人というのは、どうしても自分に都合のいいことばかりを考えてしまいがちです。それ故、一度、頭の中を真っ白にしなければ、何も考えられぬのです。そのために坐っております」

「だが、答えは見付からぬのですな？」

「ひとつだけわかったことがあります」

「それは？」

「虫のいいことを考えてはならぬという戒《いまし》めです。誰かの命を奪おうというのに、自分は無傷で助かろうというのは図々しい。相手と刺し違える覚悟がなければ、人の命を奪うことなどできぬ、まずは自分の命を投げ出さねば、何事もできぬのだ、とわかりました」

「で、どうなさる？　命を投げ出しに行くのですかな？」

「はい。そのときが来たような気がします」


翌朝、新九郎は御所《ごしょ》に出仕すると、将軍・義尚への目通りを願い出た。

義尚は、すぐに会ってくれた。二十三歳の青年将軍は端整な瓜実顔《うりざねがお》で、目尻が涼やかに切れ上がっている。その顔を新九郎に向けて、

「どうした、何かあったのか？」

と女性のように優しい声で訊《き》く。

「奉公衆を……」

「辞めるのか？」

義尚は勘がいい。新九郎が何を言いたいのか、すぐに察した。

「申し訳ございませぬ」

「駿河《するが》に行くのだな」

「はい」

「新九郎の甥《おい》だが、確か、龍王丸《たつおうまる》というのではなかったか？」

「さようでございます」

「まだ元服《げんぷく》しておらぬのか？」

「しておりませぬ」

「いくつになった？」

「十七になっております」

「それは遅いな」

「……」

新九郎は口を閉ざし、義尚もまた黙り込んでしまう。この時代、普通は十五くらいで元服する。十七にもなって元服していないのは明らかに遅い。

なぜ、元服しないのか？

いや、なぜ、できないのか、という方が正確であろう。

龍王丸の父・義忠《よしただ》が亡くなったのは、十一年前である。龍王丸が六歳のときだ。今川の家督を巡って、龍王丸派と小鹿範満《おしかのりみつ》派が争ったが、現実問題として、幼子が政《まつりごと》を執れるはずもなく、龍王丸が元服するまでの約束で義忠の従弟《いとこ》・小鹿範満が政を行うという和睦が為された。その和睦の保証人が太田道灌《おおたどうかん》である。道灌は生きながらにして伝説的な男で、特に戦《いくさ》のうまさは神がかっており、数十度の合戦を経験しながら一度も負けたことがない。そんな男を敵に回すのは嫌だから、小鹿範満も渋々、和睦に同意したのである。

その道灌が去年の七月、暗殺された。

和睦の保証人が死んだことで、龍王丸の立場は極めて危険なものになった。いまだに元服していないのは、その立場を理解しているからだ。下手に元服などすると小鹿範満を刺激するとわかっているのである。正式に家督を継いでいないとはいえ、小鹿範満が事実上の駿河の支配者であることは明白なのだから、おとなしく龍王丸に政権を譲るはずがない。そんなことをするより、龍王丸を亡き者にする方が手っ取り早い。誰にでもわかる理屈である。

「話し合いで収まるのか？」

やがて、義尚が口を開く。

「それは無理だろうと存じます」

「では、戦になるのか？」

「恐らく」

新九郎がうなずく。

「勝てるのか？」

「勝たねばなりませぬ」

「それでは答えになっておらぬぞ」

義尚は笑い、奉公衆のことは気にしなくてもよい、と言う。つまり、奉公衆という身分のまま駿河に下ってよいという許可を与えたのである。窮地に陥ったとき、将軍の側近だということが何かの役に立つかもしれないから、というのだ。義尚の厚意である。

「ありがたき……」

新九郎の言葉が途切れる。胸が熱くなり、今にも涙が溢《あふ》れそうになったのだ。それをぐっと堪《こら》え、

「ありがたき幸せにございます」

と平伏《ひれふ》した。涙がぽとりぽとりと滴《したた》り落ちる。

二

「また二人だな」

新九郎が笑うと、

「うむ」

門都普《もんとふ》が仏頂面でうなずく。

都を出て五日、二人は遠江《とおとうみ》に入り、海沿いの道をてくてく歩いている。門都普と二人だけで長旅をするのは、荏原郷《えばらごう》から京都に旅したとき以来だ。

駿河に下るに当たって、新九郎は並々ならぬ決意を固めた。それ故、自分の郎党五十人だけでなく、父・盛定《もりさだ》からも二十人の郎党を借り受けたほどである。十一年前に駿河に下ったときには、龍王丸派と小鹿範満派の対立を何とか話し合いで収めようと考えたが、今度はそうではない。話し合いで解決できる問題ではない。武力で雌雄を決しなければならない。龍王丸が駿河の支配者となるには小鹿範満を倒さなければならない。龍王丸が生き延びる道はなく、手をこまねいていれば、小鹿範満が龍王丸の命を狙うであろう。

駿河がどういう状況になっているのか、詳しいことは新九郎にもわからない。九島《くしま》一族が龍王丸に味方してくれることはわかっているが、それ以外の重臣たちの動向はどうなっているのか、さっぱりわからない。それ故、新九郎は駿河勢の助力を当てにせず、自分の力だけで小鹿範満を討とうと考えている。だから、できるだけ多くの手勢を引き連れていくつもりなのだ。盛定から郎党を借りたのも、そのせいだ。それでも七十人に過ぎない。七十人で駿河の支配者を討ち取ろうというのだから新九郎も大胆というしかない。

もっとも、狙いは大胆だが、新九郎の行動は慎重そのものである。

手勢を率いて戦に行くとなれば、気が昂《たか》ぶって、すぐにでも駿河に駆けつけたいと考えそうなものだが、新九郎はそうではない。そんなことをすれば、相手側に動きを知られて警戒される。小鹿範満が戦闘準備を整えて待ち構えているところに攻めかかれば、わずか七十人の新九郎たちはアリを叩き潰すように捻《ひね》られ、恐らく、その巻き添えを食って龍王丸も討ち取られてしまうに違いない。だからこそ、慎重に行動する必要があった。

都を発つときも、七十人一緒ではなかった。弟の伊勢弥次郎《いせやじろう》、大道寺弓太郎《だいどうじゆみたろう》、山中才四郎《やまなかさいしろう》、在竹正之助《ありたけしょうのすけ》、多目権平衛《ためごんべえ》、荒川又次郎《あらかわまたじろう》の六人にそれぞれ十数人ずつの郎党を預け、商人に変装させるという手の込んだことをした。わざと出発時間も変え、駿河に向かう道もなるべく同じにならないように配慮した。駿河と遠江の国境近くにある菊川《きくがわ》という宿場で待ち合わせることにした。

出発に際して、

「よいか。駿河には戦をしに行く。だが、その戦はこの屋敷を出たときから始まっているのだ。われらの動きを敵に知られぬように心懸けよ」

と、新九郎は郎党たちに諭《さと》した。

新九郎は門都普一人を連れて先行することにしたが、旅立ちの前夜、妻の真砂《まさご》を呼び、

「すまぬ」

と頭を下げた。

「まあ、何を謝るのですか?」

真砂は驚いた。

「今まで詳しい話をしなかったのは、心配させたくなかったからだ。もしかすると、駿河から戻ることができぬかもしれぬ」

「それほど危ないことをしに行くということですね?」

「うむ。戦をしに行くのだ」

「戦……」

真砂がハッとしたように息を吞む。

「できることなら都で平穏に暮らしたいと願っていたが、どうしても行かねばならぬ」

「新九郎殿が、そうおっしゃるのならば、とても大切なことなのでしょう。この期《ご》に及んで見苦しくお引き留めするつもりはありません。ですが……ですが、ご無事で戻られることを祈っております」

真砂の目に涙が溢れ、その涙が頰を伝った。

（真砂……）

門都普と肩を並べて歩きながら、新九郎は真砂の涙を思い出して胸が痛んだ。屋敷を出るとき、真砂は千代丸《ちよまる》を抱いて新九郎を見送ってくれた。千代丸の小さな手の温もりがまだ掌《てのひら》に残っているような気がする。

「新九郎」

「ん？」

「おまえは、よくない顔をしている」

「どんな顔だ？」

「妻や子を思い、優しげな顔になっている」

「それがよくない顔なのか？」

「人を殺しに行く顔ではない」

「そうかもしれぬな」

新九郎が苦笑いをする。自分がどんな顔をしているか自分ではわからないが、妻子の顔を思い浮かべているのだから、それほど険しい顔をしているとも思えない。気が緩んでいると叱責されても返す言葉がない。ふと、新九郎は、

「なあ、門都普、おまえと知り合って、どれくらいになるのかな？」

と訊いた。

「二十年だ」

門都普が即座に答える。

「そんなになるか……。なぜ、いつまでも、おれと一緒にいるんだ？」

「人には運命がある。新九郎のそばにいるのが、おれの運命だ」

「ならば、これからも、ずっと一緒だな」

「それはわからない」

門都普が首を振る。

「なぜだ？」

「人間は、いつか必ず死ぬと決まっているからだ。それがいつなのか誰にもわからない」

「その通りだな」

新九郎がうなずく。

「ということは、おれかおまえのどちらかが死ぬときまでは一緒ということか」

「さあ……」

門都普が小首を傾《かし》げる。

「新九郎がおれを必要とし、おれが新九郎の役に立てるのなら、おれはそばにいるだろう。

しかし、いつか、新九郎がおれを必要としなくなり、おれが新九郎の役に立つことができなくなる日が来る。そうなれば、おれは立ち去るつもりだ」

「……」

新九郎は驚いたように門都普の横顔を見る。門都普は顔を真っ直ぐ正面に向けたまま、口を真一文字に引き結んでいる。その顔を見れば、門都普がふざけているわけでないことはわかる。本心を語っているのだ。

新九郎自身、大して出世しているわけでもないから、幕府から給される俸禄は、さほど多くはない。それでも五十人の郎党を抱えるまでになっている。その俸禄から、弥次郎や弓太郎、才四郎たちにも米や銭を分け与えている。

しかし、門都普には何ひとつ与えたことがない。台所飯は食っているが、米や銭などは一切受け取ろうとしない。荏原郷から都にやって来た当初、無一文の新九郎のために門都普が稼いでくれたが、その頃のやり方を今でも続けていて、時折、ふらりと屋敷から姿を消して、何日かすると戻ってくる。何をして稼いでいるのか、いちいち新九郎に説明することはないが、門都普の懐《ふところ》には、常に幾許《いくばく》かの銭があった。弟の弥次郎も、従弟の弓太郎も、竹馬の友である才四郎、正之助、権平衛、又次郎も、自分たちは新九郎の家来なのだと自負しており、新九郎を守《も》り立てることによって自分たちの未来を切り開こうとしているが、門都普は彼らとはまったく違っている。出世にも金銭にも何の関心もないらしい。

ただ新九郎だけに関心を持ち続けているのだ。

（おかしな奴だ……）

と思わぬではないが、そんな門都普を誰よりも頼もしく思っているのも事実であった。

三

菊川に着くと、宿に入り、

「これを九島殿に届けてくれ」

新九郎は九島三郎兵衛《さぶろべえ》宛の手紙を門都普に渡す。手紙といっても、直にお目にかかってお話ししたいことがある、という簡単な内容で、詳しいことは何も書いていない。必要なことは門都普が口頭で説明することになっている。十一年前、駿河に来たときには、九島源右衛門《げんえもん》・三郎兵衛父子に力を貸してもらったが、源右衛門も今では七十過ぎの老人になっているはずだから、倅《せがれ》の三郎兵衛宛に手紙を書いたのである。この時代、六十過ぎまで生き長らえることは稀《まれ》で、たとえ、源右衛門が生きているとしても、かなり弱っているだろうと考えたのだ。弥次郎たちよりも、二日くらい先行しているはずなので、その間に三郎兵衛と相談をまとめておきたかった。

「行ってくる」

門都普は疲れも見せず、宿を出て行った。

長旅の汗と埃《ほこり》を井戸端で洗い流して着替えると、新九郎は座禅を組んだ。三郎兵衛に会う前に、一度、頭の中を真っ白にしたかったからだ。

大徳寺に通っていたときと同じように座禅と思索を何度も繰り返しているうちに、門都普が三郎兵衛を連れて戻ってきた。驚いたことに源右衛門も一緒だった。髪は薄くなり、残っている髪も真っ白だが、動作はきびきびしており、肌の艶《つや》もいい。それを正直に口にすると、

「龍王丸さまが元服して、駿河を統《す》べるのを見るまでは死ねませぬわ。冥土で御屋形《おやかた》さまに合わせる顔がありませぬでなあ」

と、源右衛門が笑う。御屋形さまというのは、龍王丸の父・義忠を指している。つまり、源右衛門は小鹿範満を駿河の支配者として認めていないということだ。

「龍王丸さまは、お元気ですか？　山西《やまにし》の小川法栄《おがわほうえい》殿の屋敷に匿《かくま》われておられると聞きましたが」

以前、保子《やすこ》からもらった手紙に、そう書いてあったのである。

三郎兵衛と源右衛門はちらりと目を合わせると、

「今は山西にはおられません。泉《いずみ》ヶ谷《や》に移られました。北川《きたがわ》殿もご一緒です」

と、三郎兵衛が答える。

宇津谷《うつのや》峠の西側を山西といい、東側を丸子《まりこ》という。泉ヶ谷は丸子の最も奥まった土地で

ある。小川法栄は有名な富豪だ。北川殿というのは保子のことである。三郎兵衛によれば、十日ほど前、山西の屋敷が正体のわからぬ集団に襲われたため、龍王丸の身が危険だと判断し、泉ヶ谷にある小川法栄の山荘に移ったのだという。

「何ですと？」

新九郎の表情が一変する。激しい怒りが表情を険しくし、顔が朱《しゅ》に染まる。

その山荘は安全なのか、正体がわからぬといっても、小鹿範満の放った刺客に決まっているが、小鹿範満側に不審な動きはないのか、龍王丸や保子は今の状態をどう感じているのか……新九郎が矢継ぎ早に質問する。

「いや……」

三郎兵衛がまごつきながら答えるが、その答えは、とても新九郎を満足させられるものではない。

「新九郎殿」

源右衛門が口を開く。

「このままでは龍王丸さまの命はない。それだけのことでござるよ。駿河から他国に逃げるか、駿河に留まって小鹿の刺客に討たれるか。ふたつにひとつ、細かいことを話しても仕方ありますまい」

「なるほど、それもそうか……」

新九郎がふーっと大きく息を吐く。龍王丸や保子のいる屋敷が襲われたと聞いて、頭に血が上ったのだ。

「しかし、源右衛門殿、ふたつにひとつではないぞ。もうひとつの道がある」

「それは……」

源右衛門の口許《くちもと》に笑みが浮かぶ。

「小鹿を討ち取ってしまうという道ですかな?」

「うむ」

「やはり、な」

源右衛門は何度も大きくうなずき、それよそれ、肝心なのはそれよ、このときが来るのを待っていた、とつぶやきながら、自分の膝をばしばし叩く。気持ちが昂ぶっているらしい。

「しかし、急がねばなりませぬぞ」

源右衛門がぐいっと新九郎の方に身を乗り出す。

「もたもたしているうちに龍王丸さまに何かあったのでは、小鹿を討っても仕方がない」

「確かに」

新九郎はうなずくと、三郎兵衛に顔を向け、これから今川館の守りがどうなっているのか自分の目で確かめに行きたいので、菊川にやって来る郎党たちの世話をしてもらえまいか、できれば、どこか人目につかないところで……と頼んだ。

「ほう、都から郎党を連れてこられましたか。して、どれくらいの数でしょうか?」

三郎兵衛が期待に満ちた眼差しで新九郎を見るが、

「ざっと七十」

という答えを聞いた途端、目に失望の色が浮かぶ。

「九島の手勢を加えれば、百五十くらいにはなる」

源右衛門が言う。

「それでは龍王丸さまを守る者がいなくなってしまうではありませんか」

三郎兵衛が溜息《ためいき》をつく。

「それもそうか。ならば、龍王丸さまの守りに五十人ばかり残すか。すると、手勢は百……。それで小鹿めを討てますかな、新九郎殿?」

源右衛門が新九郎に訊く。

「そのつもりでおります」

「頼もしい言葉じゃ。さて、新九郎殿をご案内するか」

源右衛門が腰を上げようとする。

「父上、何をおっしゃるのですか」

三郎兵衛が慌てて止める。

「おまえは新九郎殿の郎党の世話をしなければなるまい。それ故、わしがご案内する」

「しかし、父上の顔は広く知られておりまする故、館の近くを歩き回れば、きっと誰かに見付かってしまいましょう」

三郎兵衛の眉間《みけん》に小皺が寄る。老いた父親の身を案じているのだ。

「お気持ちはありがたいが、わたし一人で行くことにします。場所はわかっております」

「おれも行く」

門都普が言うが、

「それは駄目だ」

新九郎が首を振る。恐らく、明日か明後日には弥次郎たちが菊川に着くはずであった。それを待ち受けるのが門都普の役目だ。

「新九郎は、ここに戻らないのか?」

門都普が怪訝《けげん》な顔になる。今川館を偵察するだけならば、半日もあれば済む。今から出かければ、夜には菊川に戻れるはずであった。

「館の近くを検分した後、おれは泉ヶ谷に行く」

保子と龍王丸に会うつもりなのだ。三郎兵衛と門都普には郎党たちの世話を、源右衛門には泉ヶ谷に先触れすることを頼み、新九郎は一人で駿府《すんぷ》に向かった。無謀といえば無謀だが、何の工夫もしなかったわけではない。菊川で修験者《しゅげんじゃ》に変装した。

四

駿府は京の都を模して造営された町で、規模こそ小さいが整然と町割りがなされ、大路・小路が縦横に走る。「東の都」と呼ばれるのにふさわしい町である。安倍川《あべかわ》の畔《ほとり》に立つ今川館も、花の御所を真似て造られたというだけあって優美な建物だ。

（ほう……）

十一年前に駿河を訪れたとき、新九郎は今川館に滞在した。初めて見るわけでもないのに、驚いて目を瞠《みは》ったのは、以前と比べて、かなり堅固に補強されているのがわかったからだ。

かつての今川館も周囲を土塀で囲まれ、その外側をぐるりと堀に囲まれていた。とはいえ、土塀は大した高さではなく、道具などなくても素手で容易に乗り越えられたし、堀にしても、幅が狭く、水深も三尺（約九〇センチ）ほどだったから、大人が飛び込んでも、腰のあたりまで水に浸かるだけだった。つまり、堀も土塀も形ばかりのものに過ぎず、敵に攻められるという前提で造られたものではなかった。

しかし、新九郎が目にしている今川館は、そうではない。堀の幅は三倍ほどに広がっており、土塀も高くなっている。しかも、土塀の前面には石が積み上げられ、傾斜がきつくなっている。土塀の上部には忍び返しまで設置されているから、これを乗り越えるのは、そう簡単ではない。恐らく、堀も深くなっているのではないか、と新九郎は推測した。十一年前の和睦で駿河の仕置きを任されたとはいえ、小鹿範満は今川の家督を継いだわけではないし、支配の正当性を幕府から認められたわけでもない。あくまでも龍王丸が元服するまでの繋《つな》ぎという役割を与えられたに過ぎない。龍王丸が十七歳になったにもかかわらず、範満には駿河の支配権を龍王丸に返そうというつもりはないらしい。それだけに、

（いつ龍王丸に狙われるかもしれぬ）

という危機感が今川館の補強という形になって表れているのに違いなかった。

周囲には重臣たちの屋敷が建ち並んでいるから、万が一、今川館を攻めあぐねることになれば、重臣たちの手勢が群がり寄せてきて、たちどころに新九郎は討ち取られてしまうであろう。

新九郎は、堀に沿って今川館をぐるりと二度回った。あまり目立たずに済んだのは人通りが多かったからだ。武士だけでなく、物売りや職人、旅人の姿も見かける。

（門が四つ……。夜になれば閉めるのだろうな）

東西南北に四つの門があるが、それらの門も以前とは見違えるほど頑丈そうな門になっている。かつての今川館と違って、現在の今川館は堅固な要塞といっていい。

しかも、周囲を重臣たちの屋敷が囲んでいるのだから、少数の兵で真正面から攻めかかるのは自殺行為と言うしかない。

（安倍川から水を引いているのか……）

堀には水が満ち満ちているが、以前はそうではなかった。狭くて浅い堀だったのに、それでも水嵩《みずかさ》は大したことがなかった。雨水に頼り、天気任せだったので、しばらく雨が降らないと、途端に堀の水位が下がったのである。

今は違う。水路を造り、安倍川から堀に水を引いているので天候に左右されることなく、堀には常に水が満ちている。

一周目はあまり細かいところを気にせず、十一年前と変わったところに注目しながら、ゆっくりと歩いたが、二周目になると新九郎の表情が次第に険しくなった。最後に足を止めたのは水門の手前で、水路から一度に大量の水が流れ込んで堀の水が溢れないように調整するという工夫に目を凝らした。よくよく見ると、堀に水を引いているだけでなく、館の中にも水を引いている。これも十一年前にはなかった仕組みだ。

険しい表情のまま、新九郎は今川館を離れる。泉ヶ谷に向かう前に、少しばかり駿府の町を歩いてみようと思い立ったのである。

（なるほど、町の様子も変わっている……）

ほんの少し歩いただけで、やたらに物乞いが多いことに気が付いた。物乞いだけではない。身動きせず、道端に坐り込んでいる者も多い。生きているのか死んでいるのか、離れたところから眺めるだけでは判断できない。新九郎にとっては見慣れた光景といっていい。

行き倒れて動けなくなった者も物乞いも都にはいくらでもいるからだ。

（こんなところまで似なくてもいいものを……）

整然とした町造りを真似るのはいいが、行き倒れの死者や物乞いが道に溢れるという悲惨な光景まで真似る必要はなかろう、と新九郎は胸が痛む。十一年前に駿府を訪れたときには、路傍に死体が遺棄されているなどということはなかった。それを思えば、これまで小鹿範満がどのような政を行ってきたのか窺い知れる気がする。

物売りが通りかかったので、

「おい」

と声をかける。肩に天秤棒を担ぎ、前後に野菜や果物を盛った笊《ざる》をつり下げている。

「ん？」

物売りが胡散臭《うさんくさ》そうに顔を向ける。

「柿をくれ」

「え、柿ですかい？」

「うむ、そこにあるだろう。大きくてうまそうな柿だ。ふたつもらおう」

「それは、どうも」

物売りが笊を地面に下ろす。意外そうな顔をしているのは、新九郎が薄汚れた修験者姿をしているから客だとは思わなかったのであろう。

柿をふたつ受け取ると、新九郎は物売りに銭を渡した。物売りが、おおっ、と声を発し、その銭を目の前でまじまじと眺める。

「これは、きれいな銭だなあ……」

感動したように言うのには、理由がある。

この時代、貨幣経済には完全に移行しておらず、農村に行けば、依然として米を基準とした物々交換が主流である。それでも駿府くらいの町になれば貨幣が流通しているが、一般に流通しているのは渡来銭である。渡来銭の中でも、鎌倉時代からずっと北宋銭《ほくそうせん》と呼ばれる銅貨が広く普及している。

しかしながら、あまりにも長い間、流通し続けているので摩耗や破損がひどい。こういう銭は「悪銭」と呼ばれて嫌われた。状態の悪い銭は一文が一文として流通せず、割り増しで要求されることが多い。これを「打歩《うちぶ》」という。打歩が当たり前になると、貨幣価値が歪《ゆが》んで、貨幣の流通に支障を来《きた》すので、室町幕府は後年、撰銭《えりぜに》禁止令を出して、一文を一文で流通させようとしたが、かえって社会を混乱させた。根本的に解決するには、新しい銅貨を流通させて、古い銅貨を回収するしかないが、日本では質のいい銅貨を鋳造できないため、大陸からの輸入に頼るしかない。室町幕府が積極的に銅貨を輸入したので、ようやく、この時期、明銭《みんせん》が流通するようになり、特に永楽通宝《えいらくつうほう》は年貢を銭で納める場合の基準となった。

新九郎が差し出したのは真新しい永楽通宝だ。古びた北宋銭を見慣れた物売りの目には新鮮に映り、その美しさに感動すら覚えたのであろう。

「何年か振りに駿府に来たが、昔とは随分変わってしまったようだな。どこを見ても物乞いばかりではないか。道端には死体まで転がっているようだ」

「年貢の取り立てが厳しいですからねえ。何もかも取り上げられて、村で食えなくなって逃げてくるんですよ。駿府に来たって食えやしないのに」

「物売りは儲かるか？」

「は？　ふざけてるんですか？　儲かるはずがないでしょうが。こっちだって食うや食わずですよ。幸い、いつも贔屓《ひいき》にして下さるお屋敷がいくつかあるから何とか商いになってるけど、それにしたって、その日暮らしですからねえ。怪我や病気で動けなくなれば、女房子供が路頭に迷う。ひどい世の中だ」

物売りが顔を顰《しか》める。

「昔より、ひどくなっているか？　前の御屋形さまの頃と比べてという意味だが」

新九郎が訊く。

「その頃だって楽じゃなかったけど、毎日、生きるか死ぬかってことばかり考えてたわけじゃないな。夜、寝る前に、ああ、今日も生きられてよかった、明日も生きていられるだろうか……まさか、そんなことばかり考えて暮らすようになるとは思ってなかったね」

さあ、少しでも稼がないとな、と自分に言い聞かせるようにつぶやくと、物売りが天秤棒を担いで歩き去る。その後ろ姿を見送りつつ、

（昔もひどかったが、今は、もっとひどくなっているというのか……。ならば、龍王丸さまが今川の家督を継げば、今よりひどくなることはあるまい。それにしても、たった十一年で、こんなことになるとは、小鹿範満は、いったい、どんな政をしているのだ？）

駿府すら、この有様なのだから、農村の窮状はもっとひどいのではないか……そんなことを考えながら新九郎が歩き出す。

「ん？」

道端に若い母親が坐り込み、その左右に幼い子供たちが疲れ切った様子で寝転がっている。小さな瞳がじっと新九郎を見上げている。彼らの目は輝きを失って濁っているが、まだ命の灯火は消えていない。その前にしゃがみ込むと、

「食べなさい」

と、新九郎はふたつの柿を差し出す。えっ、という顔で子供たちが両目を大きく見開き、母親を見上げる。母親がうなずくと、子供たちが新九郎の手から柿を奪い取る。むしゃむしゃと柿にかぶりつく。薄汚れた格好をして、顔も泥で真っ黒だが、母親は、それほど老けているわけではない。生気のない目でじっと新九郎を見つめる。ひどく疲れた様子で、お礼の言葉を口にする元気もないようだ。その目に涙が溢れ、泥で汚れた頰を涙が伝い落

ちる。

新九郎は懐から銭を何枚か取り出すと、その母親の手にそっと握らせ、

「これで少しでも長く生きるのだ」

「あ……」

母親が口を開いて何か言おうとするが、新九郎はさっさと腰を上げ、その場から離れてしまう。何とも言えぬ居心地の悪さを感じた。柿など食ったところで、ほんの一時、子供たちの空腹を癒《い》やすだけに過ぎない。銭を渡したところで、せいぜい、二日か三日ほど食いつなぐことができるだけだろう。銭がなくなれば、この母子は死ぬしかないのだ。人助けどころか、苦しみを長引かせただけかもしれなかった。

（急がねばならぬ……）

不幸な人間を増やさないためにも、小鹿範満を駿河の支配者の座から引きずり下ろさなければならぬ、と新九郎は心に誓った。

五

泉ヶ谷で新九郎は保子と対面した。

その横には龍王丸がいる。

新九郎は下座で平伏して、龍王丸に対した。

今の龍王丸は無位無冠で、まだ元服もしていない若者に過ぎない。一方の新九郎は幕府の奉公衆であり、将軍の側近であり、龍王丸の叔父である。奉公衆という立場で会うのならば、龍王丸の上座にいてもおかしくないし、叔父という立場で会うのならば、上下の隔てのない対等の立場で会うべきであった。

しかし、新九郎は、どちらの立場も取らなかった。下座で平伏したのは、龍王丸を今川家の御屋形さま、すなわち、駿河の支配者として認めた証《あかし》である。

十一年振りで龍王丸に会ったとき、大きく伸びた背丈や広い肩幅、太い二の腕の逞《たくま》しさだけでなく、聡明さを感じさせる目の光や思慮深そうな表情に感動した。物心ついたときには苦しい生活を強いられており、いつ誰に命を狙われるかわからないという危険な状況に置かれていたのだから、臆病になったり、世をはかなんだり恨んだりしてもおかしくないのに、龍王丸には、そういう卑屈な影が微塵も見当たらない。龍王丸が生まれながらにして優れた資質を兼ね備えていたせいだ、などとは新九郎は信じなかった。保子の教育の賜《たまもの》であろうと思った。

保子は、新九郎より三つ年上だから三十五歳である。しかし、実際の年齢よりも、ずっと老けて見えるのは、龍王丸の安全確保と教育に心を砕いたせいではないかと思われた。

「御屋形さま、姉上、お元気そうで何よりでございます」

新九郎が畏《かしこ》まって挨拶すると、保子が驚いたような顔になる。

「叔父上、わたしは御屋形さまではありませぬぞ。法栄殿の世話になっている居候《いそうろう》に過ぎませぬ」

龍王丸が笑う。

「間もなく、御屋形さまになられます。今から御屋形さまとして振る舞うべきかと存じます」

「新九郎、それはどういう意味ですか？」

保子が眉間に小皺を寄せて訊く。

「十一年前、わたしが駿河にやって来たとき、今川の重臣たちはふたつに割れ、扇谷上杉《おうぎがやつうえすぎ》や堀越公方《ほりごえくぼう》さまの軍勢が駿府に迫り、今にも戦が始まりそうな雲行きでした。太田道灌殿のおかげで、ぎりぎりの瀬戸際で和を結ぶことができましたが、その道灌殿は非業の死を遂げられ、小鹿殿は和睦の際に約束したことを果たそうとはしません。それどころか、刺客を放って御屋形さまの命を狙ったと聞きました。もはや、一刻の猶予もありませぬ。座して死を待つか、それとも、力尽くで約束を守らせるか、ふたつにひとつ」

「戦をするということですか？」

保子が訊く。

「残念ながら、真正面から小鹿殿と戦うほどの力は、わたしにはありませぬ……」

都から駿河に連れてきたのは七十人ほどに過ぎず、九島の郎党を借りたとしても、せいぜい、百人ほどにしかならないという事情を新九郎は説明する。

「その百人で何をするつもりなのですか？」

保子が怪訝な顔になる。

「奇襲ですよ、母上！」

龍王丸が興奮気味に叫ぶ。

「奇襲……」

「そうですな、叔父上？」

「さようにございます。小鹿殿がおられる館に奇襲を仕掛け、小鹿殿を討ち取ってしまいます」

「おお、やはり！　どのように攻めるのですか」

龍王丸の目が生き生きと輝く。

「戦がお好きですか？」

新九郎が苦笑する。

「母上に命じられて、ずっと学問に励んできました。今川の家督を継ぎ、政をするようになれば、学問が必要になると自分でも思ったからです。学問ばかりしていたのでは我が身を守ることもできぬので、刀や弓の稽古も欠かしませんでした。しかし、わたしは一騎駆けの武者になるわけではないので、兵法も学びました。亡くなった父上のように、いつか今川の兵を率いて戦をしなければならぬ日が来ると思ったからです」

「立派な心懸けでございまする」

「学問が進んでいることはわかります。刀の扱いもうまくなっているし、弓も下手ではない。しかし、どれほど兵法が身についているか、それが自分ではわからない。できれば試してみたいのです」

龍王丸が頬を紅潮させて言う。

「戦をするのは大将の役目ではございませぬぞ。戦など軍配者に任せればよいのです」

「自分で戦をしてはならぬのですか?」

「はい」

新九郎がうなずく。

「一国を支配する者は、何よりも、自分が生き延びることを考えなければなりませぬ。御屋形さまが戦で死ねば国が乱れます」

「確かに、父上が戦で亡くなってから、駿河は乱れた。しかし、何もかも叔父上に任すわけにはいきません。小鹿を奇襲するというのなら、ぜひ、わたしも加えていただきたい」

「いいえ、なりませぬ」

新九郎が首を振る。

「御屋形さまには、もっと大切なことをしていただきとうございます」

「何をしろというのですか？」

「民は苦しんでおります。小鹿が年貢を重くしているせいで、村から逃げ出す者が跡を絶たぬのです。村を逃げたからといって、どこか行く当てがあるわけではない。多くの者が行き倒れて死んでいます。駿府には物乞いが溢れ、路傍には行き倒れて死んだ者が野ざらしにされています。それが小鹿や重臣たちの目に入らぬはずがない。しかし、彼らは何もしない。小鹿を討ち、御屋形さまが政を執るようになったら、苦しんでいる者たちをどうやって救うか、それを考えていただきたいのです」

その夜、新九郎は泉ヶ谷に泊まった。夜が明けると、九島三郎兵衛の使いがやって来た。もうすぐ菊川に到着することになっている弥次郎たち七十人の隠れ場所が用意できたという知らせだった。

屋敷を去るに当たって、新九郎は龍王丸と保子に挨拶した。

「叔父上、いつ小鹿を討つのですか？」

龍王丸が訊く。

「それはまだ何とも言えませぬ」

新九郎が首を振る。

「無茶をするつもりではないのですか。おまえは、昔から、そんなことばかりしていたから」

「無茶などしません……そう言いたいところですが、今度ばかりは無茶をしなければ、どうにもなりません。この十一年、駿河を支配してきた男を討ち取ろうというのですから」

「そうかもしれませんが……」

保子が表情を曇らせる。

「無駄に命を捨てようというのではありません。わたしの命だけでなく、わたしと共に戦う覚悟をしている七十人の命まで無駄に捨てることなどできませんからね。無駄にはしませんが、だからといって、命を惜しんでできることとも思えません。命を惜しまず、勇気を奮い起こし、万にひとつの僥倖《ぎょうこう》に恵まれれば、小鹿を討てるのではないか、と考えているだけです。ひとつ、お願いがあります」

新九郎が龍王丸と保子の顔を順繰りに見る。

「何ですか？」

保子が訊く。

「もし、この企てがうまくいかず、逆に、わたしが討ち取られるようなことになったときは、どうか駿河から逃れて都に向かっていただきたいのです。こちらから先に攻撃を仕掛ける以上、失敗すれば、手痛いしっぺ返しを覚悟しなければなりません。小鹿の軍勢が、すぐこの屋敷に押し寄せてからでは逃れようもありませぬ故、失敗の知らせを聞いたら、すぐに立ち退くと約束してほしいのです」

「小鹿如きに尻尾を巻いて逃げ出せというのですか？」

龍王丸は不満そうな顔だ。

「これだけは約束していただかないと困ります」

「わかりました」

保子がうなずく。

「しかし、母上……」

「お黙りなさい。新九郎は七十人の郎党たちと共におまえのために命懸けで戦おうとしているのです。新九郎が死に、おまえまでが死ねば、新九郎と郎党たちは犬死にすることになります。何としてでも、おまえは生き抜いて再起を図らなければならないのです。それがわからないのですか！」

「はあ……」

頭ごなしに叱られて、龍王丸がしょんぼりとうなだれる。

三郎兵衛が用意したのは、菊川と駿府のほぼ中間地点、森の奥にあるきこり小屋だ。冬になると狼の群れが徘徊《はいかい》するので、地元の農民たちもあまり入り込まない場所である。人目に付かないのが利点だが、小さな小屋なので七十人を収容するのは難しい。

「うちの者に食べ物や筵《むしろ》を運ばせ、雨露を凌《しの》げる小屋を大急ぎでいくつか造らせましょう」

「かたじけない」

三郎兵衛の提案を、新九郎は感謝して受け入れた。

旧暦の十一月の初めは、新暦ならば十一月の下旬ごろである。野宿できる季節ではない。

九島家から出す人数を、いつ頃、ここに連れてくればいいか、と三郎兵衛が訊くので、

「それには及びませぬ」

と、新九郎が答える。

「どういうことですか?」

「小鹿は、わたしの手勢だけで討ち取ります。九島殿には別のことをお願いしたい」

「と、おっしゃいますと?」

「はい……」

襲撃が失敗し、自分たちが返り討ちにされたときは直ちに龍王丸を連れて駿河を脱し、都に向かってほしい、と新九郎は依頼した。九島一族が動員できる兵力は八十ほどに過ぎない。そこから新九郎の加勢に人数を割いたのでは、龍王丸の守りが手薄になってしまう。

「それで大丈夫なのですか?」

三郎兵衛は疑念を隠しきれない様子だ。

「小鹿のことは、わたしにお任せ下さい。九島殿には龍王丸さまのことをお願いします」

それから二人は、襲撃が失敗した場合と成功した場合の対処法について相談した。たとえ失敗した場合でも新九郎が生きているか死んでいるかによって、また対処が変わってくる。龍王丸が都に向かうことになれば、将軍の奉公衆である新九郎が同行する方がいいに決まっているからだ。様々な事態を想定して綿密に話し合い、夜更けに三郎兵衛は帰った。

小屋には新九郎と門都普の二人だけが残った。

強い風が吹くたびに、小屋が大きく揺れて、みしみしと音を立てて軋《きし》む。粗末な造りなのである。

「あれは狼だな」

新九郎がつぶやく。風の音に混じって、狼の遠吠えが聞こえるのだ。

「こんなところで狼に食われてしまったら笑い話にもならんな」

「心配ない。狼は小屋の中に入ってくることはない。万が一、そんなことになっても、おれが新九郎を守る。安心して眠ってくれ」

「冗談の通じない奴だ。まあ、それが門都普のいいところだが……。眠らせてもらおう。今日は、さすがに疲れた」

しばらくすると、新九郎の口から寝息が洩れ始める。暗闇の中で、門都普は目を開けて、神経を研ぎ澄ましている。

人の匂いを嗅《か》ぎつけた狼たちが小屋の周囲をうろつき回っている気配がする。新九郎には心配ないと言ったが、実際には、それほど楽観できる状況でもない。

（ふんっ、そのときは、そのときだ。おれが死に物狂いで戦えばいい。新九郎だけは何としても生き延びさせる）

そう覚悟を決めると、気持ちがすーっと楽になり、門都普にも眠気が兆してくる。

（狼どもめ……）


夜が明けると、門都普は小屋を出た。菊川で弥次郎たちがやって来るのを迎えるためだ。新九郎はまだ眠っていたので起こさなかった。

この日に三十人、翌日は四十人が到着し、七十人は、きこり小屋に腰を落ち着けた。三郎兵衛の郎党たちが新たに四つの掘っ建て小屋を造ってくれたので、ぎゅうぎゅう詰めではあるが、七十人は野宿せずに済んだ。皆の顔が揃うと、早速、新九郎を中心に、弥次郎、弓太郎、才四郎、正之助、権平衛、又次郎、門都普の八人が話し合いの場を持った。

「どんな様子なんだ？」

弥次郎が訊く。

「うむ……」

新九郎は、今川館が以前と比べて格段に頑丈になっていることや、駿府の町の荒廃した様子、龍王丸と保子の近況などを説明した。

「隠しているわけではないが、われらだけで館を攻めることができるのですか？」

才四郎が怪訝な顔になる。

「まともにぶつかったのでは歯が立たぬな。堀を渡ることもできず、土塀を越えることもできず、橋を渡っても頑丈な門に行く手を阻まれて立ち往生するしかない。そこで時間を無駄にすれば、館の周辺にある重臣どもの屋敷から武者どもが群がり出てくる。館の手勢と挟み撃ちにされて、わしらは皆殺しにされてしまうだろう」

新九郎が他人事のように淡々と口にする。

「……」

弓太郎と正之助が思わず不安そうに顔を見合わせる。無理もない。新九郎の言い方だと、勝算は皆無ということではないか。

「兄者《あんじゃ》……」

弥次郎がごくりと生唾を飲み込む。

「では、館を攻めるのは諦《あきら》めるのか？」

「誰がそんなことを言った。館は攻める。小鹿範満を討たねばならぬ」

「だが、兄者の話を聞いていると、とても成功しそうにないぞ。まともに攻めれば、皆殺しにされてしまうんだろう？」

「そうだ」

新九郎がうなずく。

「それ故、援軍を待っている」

「援軍だって？　九島一族からの手助けは断ったんだろう？　他にも当てがあるのか」

そんな話は初耳だった。

しかし、九島一族以外にも味方がいるとすれば頼もしい限りだから、

「どれくらい兵を貸してもらえるんだ？」

百か、二百か、と弥次郎が膝を乗り出す。

「人手は変わらない。われら七十で小鹿範満を討つのだ」

「援軍が来ると言ったじゃないか」

「そうは言っていない。援軍を待っていると言っただけだ」

「……」

弥次郎がまじまじと新九郎を見つめる。ふざけているのかと思った。

しかし、新九郎は大真面目な顔をして、

「わしを信じろ」

と言う。七人の仲間たちは、その言葉にうなずくしかなかった。

六

「本当に大丈夫なのか？」

「新九郎さまのことだ。何か、お考えがあるのだろうが……」

弥次郎、弓太郎、才四郎、正之助、権平衛、又次郎らは顔を合わせると、そんな話ばかりしている。

「援軍を待っている」

と言ったきり、新九郎は口を閉ざし、小屋に籠《こ》もって座禅三昧《ざんまい》なのだ。

「援軍など来るのだろうか？」

弓太郎が小首を傾げる。

今の駿河で味方してくれそうなのは九島一族くらいだが、その助力を新九郎自身が断っている。

「もしや他国から援軍が来るのでは？」

正之助が口にする。

「太田道灌殿が生きていれば手を貸してくれたかもしれないが、もう死んでしまったからな。おれの知る限り、兄者に兵を貸してくれそうな者はいない」

弥次郎が首を振る。

「門都普は、どこに行ってるんだ？　暗くなると、こっそりどこかに出かけていく」

才四郎が訊く。

「夜が明ける頃に帰ってくるな。今朝も見た。ずぶ濡れだった」

弓太郎がうなずく。

「川に魚でも獲りに行ってるんじゃないのか」

弥次郎が興味なさそうにつぶやく。

「手ぶらだったぞ。門都普が狩りに行くと、いつだって鳥や兎《うさぎ》を持ち帰るじゃないか。それに、真夜中に魚を獲りに行くか？」

弓太郎が言うが、門都普だって獲物にありつけない日もあるだろうよ、と弥次郎はにべもない。

「今日で三日か……」

才四郎がつぶやく。七十人が山小屋に隠れ潜んでから、すでに三日が経っている。三郎兵衛が便宜を図ってくれているから食べるには困らないが、何もすることがないので郎党たちもだれてきている。狩りをしたり、武芸の稽古でもすればいいのだろうが、誰にも見付からないように息を潜めていなければならないので、それもできない。

「こんなことは言いたくないが……」

弓太郎がためらいがちに口を開く。

「何だ？」

弥次郎が見る。

「臆したということはないかな。だけど、ここまで来ながら、そう簡単に引き揚げることもできないし……」

「おい、おまえ、兄者をそんな人間だと思ってるのか！」

弥次郎が弓太郎につかみかかろうとする。

「よせ」

才四郎が間に割って入ろうとする。そこに、

「何を騒いでいる？」

新九郎が小屋から出てきた。後ろに門都普もいる。

「ちょうどよかった、兄者に直に訊いてみよう。今日で三日になる。いつ小鹿を討つんだ？」

弥次郎が新九郎に詰め寄るが、

「風の流れが変わったな」

新九郎は、弥次郎の問いには答えず、指先を嘗《な》めて、風の動きを探ろうとする。

「空気も湿っている」

門都普がうなずき、雲の動きもおかしい、と言う。

「確かに」

新九郎は目を細めて、じっと空を見上げる。空高く浮かんでいる雲は西から東に向かってゆっくり動いているが、それよりも低いところに浮かんでいる雲は、東から西に向かって動いている。浮かんでいる高さによって雲の動きが異なっているのだ。

「間違いないか？」

新九郎が門都普に訊く。

「うむ。間違いない」

当たり前のことを訊くな、という顔で門都普が小さくうなずく。

「今夜、小鹿範満を討つ」

新九郎が皆に向かって言う。

「え」

弥次郎が跳び上がり、本当か、兄者、と叫ぶ。

「これから手順を説明する。小屋に入ってくれ」

新九郎がさっさと小屋に戻る。

「どうなってるんだ？」

「さあ……」

皆、わけがわからないという顔だ。

新九郎を中心に、弥次郎、弓太郎、才四郎、正之助、権平衛、又次郎、門都普が車座《くるまざ》になって腰を下ろす。まだ日中だが小屋の中は暗い。蠟燭《ろうそく》を灯さなければ隣にいる者の顔もわからないほどだ。

「小鹿は、この館にいる」

新九郎が車座の真ん中に図面を広げる。

「いつの間にこんなものを……」

弥次郎が驚き顔で新九郎を見る。

「座禅を組んでばかりいたわけではない」

新九郎が口許に笑みを浮かべる。

図面を指差しながら、新九郎がそれぞれの役割について話し始める。門は東西南北に四つあり、夜になると閉められる。才四郎、正之助、権平衛、又次郎の四人は九人ずつ率いて、四つの門を守り、誰も外に出さないようにする。新九郎、弓太郎、弥次郎、門都普ら三十人が館に侵入して小鹿範満を討ち取る。深夜であれば、当然、範満は寝所《しんじょ》にいるはずだから、まっしぐらに寝所を目指す。今川館は以前と比べると格段に堅固に補強されているが、館そのものの構造は変わっていないし、外敵の侵入に対する防御力が増したので、宿直《とのい》の武士の数は逆に以前よりも減っている。館に何か変事が起これば、すぐに館の周囲にある重臣たちの屋敷から武者たちが駆けつける手筈《てはず》になっているからでもある。才四郎は東門、正之助は西門、権平衛は南門、又次郎は北門、と新九郎は図面を指差す。その説明を聞きながら、門都普以外の者たちが次第に怪訝な顔になる。

「ちょっと待ってくれ」

弥次郎が手を挙げて新九郎の言葉を止める。

「おれの聞き間違いかもしれないが……」

「何だ？」

「才四郎たちが四つの門を守って、誰も外に出さないようにすると聞いた気がするけど、それは、おかしいよな？　だって、まずは門を突破して、館に入り込まなければならないわけだろう。門を固めるのは、中に入ってからの話だ」

「そうだよ。館は、以前より、ずっと頑丈になっていると聞いた。堀も広く深くなっているから、そう簡単に渡ることもできないというし、たとえ堀を渡っても土塀を越えるのも容易ではないという。となれば、橋を渡って門を破るしかないが、その門がこれまた頑丈なんだよね？　第一に考えるべきなのは、どうやって門を破って館に入るか、ということじゃないのかな？　だけど、新九郎さまは館に入ってからどうするのか、ということばかり話している」

弓太郎も疑問を呈《てい》する。

「それでいいのだ」

新九郎が自信ありげにうなずく。

「どうやって門を破るんですか？」

才四郎が訊く。

「門は通らない。だから、破る必要もない」

「では、堀を渡って、土塀を乗り越えるんですか？」

正之助が訊く。

「それも違う」

新九郎が首を振る。

「じゃあ、どうやって……？」

「水路を通る」

新九郎が図面を指差しながら言う。

「ここに水門がある……」

広く深くなった堀に常に水を湛《たた》えておくために水路を造って、安倍川から水を引いている。これまでは雨水に頼っていたから、しばらく雨が降らないと堀の水位が下がってしまったのである。この安倍川の水は堀だけでなく、館の中にも引き込まれて利用されている。

難点は、大雨が降ると、水路から大量の水が流れてきて堀から水が溢れることだ。それを防ぐために、水路には水を堰《せ》き止める工夫が為されている。水路から館に水を引き入れている場所には鉄柵が設置され、そこから外敵が侵入できないように配慮されているし、その部分は流れが急なので、現実問題として、水路からの侵入は不可能といっていい。

だが、新九郎は、そうは思わなかった。

鉄柵を排除し、流れを穏やかにすることができれば、簡単に館に侵入できると考えた。少なくとも頑丈な門を正面突破することに比べれば、はるかに容易なはずであった。

「そんなことができるのか?」

弥次郎が小首を傾げる。

「すでに鉄柵には細工してある」

何本かの鉄柵の、水中に沈んでいる部分を切断し、人が通り抜けられるくらいの隙間ができているという。夜毎、門都普がどこかに出かけ、夜明け頃、ずぶ濡れになって帰ってきたのは、その細工を施《ほどこ》していたせいだったのだ。

しかし、隙間を作ったとしても、周囲の流れが急なので、よほど水練が達者でないと溺《おぼ》れてしまう。それ故、新九郎は流れがなくなるのを待つことにした。

「それが今夜なのか?」

「雨が降れば、水門で水を堰き止める。そうなれば、流れが止まる。泳ぎが苦手な者でも、縄を辿《たど》れば、鉄柵を通り抜けて、館の中に入ることができる」

「兄者が待っていた援軍というのは雨のことだったのか……」

「だけど、間違いなく雨が降るのかい？」

弓太郎が訊く。

「降る」

新九郎が自信ありげにうなずく。

山地で、風向きが変わって、空気が湿ってくるのは雨が降る予兆だ、と新九郎は言う。

もっとも、それだけでは、どの程度の雨が降るかはわからない。新九郎が欲しているのは大雨である。堀から水が溢れるくらいの大雨が降らなければ、安倍川からの水を水門で堰き止めてもらえないからだ。大雨であれば、新九郎たち七十人が館に近付く煙幕の役割も果たしてくれるし、館で騒ぎが起こっても、その騒ぎを周辺に住む重臣たちに気付かれにくいという利点もある。一石二鳥どころか、一石三鳥なのだ。

今夜、大雨が降ると新九郎が確信したのは、雲の動きを見たからである。高い空と低い空で雲の動きが違うというのは強い低気圧が接近している証で、そういうときには激しい雨が降ることが多い。観天望気に詳しい門都普がそばにいたからこそ、雲の動きから天候の変化を予想することができる。長い歳月によって蓄積してきた観天望気に関する経験と知識が山の民には備わっており、それを門都普も受け継いでいたのである。

「夜には雨が降り始めるはずだ。それから山を下りる。弁当を用意させ、それが終わったら眠るように言え。今夜は眠れないだろうからな」

新九郎が言うと、皆、真剣な表情でうなずく。

七

その夜、雨が降り始めた。

ぽつりぽつりと静かに降り始めたが、やがて、強い風を伴う横殴りの雨に変わった。空も真っ暗で、周囲は墨を流したような濃い闇に包まれている。雨と風が強すぎて松明《たいまつ》をかざすことすらできないほどだ。

「行くぞ」

新九郎が立ち上がる。頭に笠を被り、萱《かや》で編んだ雨除けの蓑《みの》を背負う。

「兄者、こんなに雨風が強くて、しかも、真っ暗な山道を下るのは危ないんじゃないか」

雨水で地面が泥状になり、うっかり足を滑らせて谷底に転落すれば命がない、と弥次郎は言う。

「縄を用意してある。門都普に先導してもらい、後に続く者は縄をつかんでゆっくり歩けばいい」

門都普は夜目が利くし、この隠れ場所と今川館を何度となく往復しているから道に迷う心配はない、と新九郎が言う。

「しかし、全員が無事に山を下りられるかどうか……」

日暮れ前、明るいうちに山を下る方がいいのではないか、と弥次郎は進言したが、まだ雨が降っていなかったので、新九郎は承知しなかった。今川館に不意打ちをかけるためには隠密行動が必要で、自分たちの姿を誰にも見られてはならないと考えていたからだ。早まって山を下り、万が一、雨が降らずに自分たちの姿を誰かに見られれば、新九郎の計画は根底から崩れてしまうのである。それ故、雨が降り出すまで新九郎は動こうとしなかったのだ。それが弥次郎は不満だった。自分の進言を受け入れてくれれば、こんな危険な山下りをする必要はなかった、と言いたいのであろう。

「なるほど、山を下っている途中で、何人か足を滑らせて死ぬかもしれぬ。だがな、わしらは、これから人を殺しに行くのだ。小鹿範満と、小鹿範満を守ろうとする者たちの命を奪おうというのだ。他人の命を奪おうとするからには、自分の命が奪われることも覚悟しなければなるまい。運悪く足を滑らせて谷底に落ちて死ぬのも、敵に斬られて死ぬのも、死ぬことに変わりはない。この小屋を出るときに、自分たちの命はないものと腹を括《くく》らなければ、人を殺しになど行けるものではない。わしは……」

新九郎がじろりと弥次郎を睨《にら》む。

「そういう覚悟でいる。わしが足を滑らせて死ねば、弥次郎、おまえが小鹿範満を殺しに行け。わしと弥次郎が足を滑らせて死ねば、弓太郎が殺しに行くのだ。門都普が館の中に入れてくれるから、わしがいなくても小鹿範満を殺すことができる」

「……」

新九郎の並々ならぬ覚悟を知って、弥次郎は言葉を失った。もはや、不満を口にしようとはしなかった。それは他の者たちも同じで、一瞬にして強い緊張感が生まれた。新九郎の決意と覚悟の凄《すさ》まじさが口伝えで七十人に広がっていき、そのおかげなのか、一人の怪我人も死者も出すことなく、七十人全員が無事に山を下ることができた。


激しい風雨の中、新九郎たちは二刻（四時間）がかりで、今川館に辿り着いた。夜道を明かりなしに歩いたせいもあって、通常の倍の時間がかかったのである。普通に歩くだけでも大変な苦労だったが、おかげで、途中、誰に見咎められることもなかった。水路から館に水を引き入れているあたりに皆がしゃがみ込む。

「頼むぞ」

「任せろ」

門都普が縄を手にして、堀に飛び込む。鉄柵には事前に細工してあり、人が通り抜けられるくらいの隙間ができているが、真っ暗な水の中で隙間を探すのは不可能だから、まず門都普が縄を通し、その縄を伝って、館の内部に入り込む作戦なのである。

「大丈夫なのかな？」

「信じるしかあるまい」

弥次郎と二人で縄を持ちながら、新九郎がうなずく。縄はどんどん水中に引き込まれていく。門都普が無事に内側に着けば、合図が送られてくることになっている。わずかな合図も見逃さないように、新九郎と弥次郎は指先に神経を集中した。

やがて、

「ん？」

「合図じゃないか」

「そうだな」

縄が二度強く引かれた。少しの間をおいて、また二度強く引かれた。あらかじめ門都普と決めておいた合図だ。

「弥次郎、行け」

「わかった」

笠と蓑を地面に投げ捨てると、弥次郎がざぶんと堀に飛び込む。

（一、二、三……）

新九郎は心の中で数を数え始め、三十まで数えると、

「弓太郎、行け」

「よし」

同じやり方で、次々に堀に飛び込み、最後に新九郎が飛び込んだ。

「全員揃っているか？」

水から出た新九郎が呼吸を整えながら、弥次郎に訊く。

「うん、みんな無事だ」

「よし」

新九郎は、才四郎、正之助、権平衛、又次郎の四人の名前を呼び、

「打ち合わせた通りだ。門を守ってくれ。女だろうが年寄りだろうが子供だろうが決して外に出すな。強引に通ろうとする者がいれば斬り捨てろ。容赦するな」

「わかりました」

「行け」

才四郎は東門、正之助は西門、権平衛は南門、又次郎は北門に、それぞれ九人を率いて行く。新九郎が小鹿範満を討ち取るまで、誰も門の外に出さないことが役目だ。もし異変に気付いて、周辺の重臣屋敷から武者たちが駆けつけても、門を固く閉ざし、誰も中に入れないという役目も負っている。

「弥次郎、おまえも十人ばかり連れて館の裏に回ってくれ」

「え？　一斉に正面から攻め込むんじゃないのか」

「そのつもりだったが、思った以上に雨と風が強い。明かりが消えて真っ暗になったら、取り逃がす怖れがある。こっちが正面から乗り込めば、向こうは裏から逃げようとするだろうから、おまえは裏を見張ってくれ」

「何だか、退屈そうな役回りだな」

「そうではない。大切な役目だ」

「よし、わかった。兄者の指図に従う」

弥次郎が郎党たちを率いて、小走りに館の裏手に向かう。残ったのは新九郎、門都普、弓太郎ら、二十人ばかりである。

（ついに、このときが来た……）

新九郎は大きく息を吸い、ゆっくり口から吐く。心臓の鼓動が速くなっているのがわかる。何とか、ここまで辿り着いたものの、冷静に考えれば、ここからが難しい。何より難しいのは、小鹿範満の顔を見知っているのが新九郎一人しかいないということだ。郎党たちは駿河に来ること自体が初めてだし、弥次郎や弓太郎たちは十一年前に駿河に来てはいるものの、浅間《せんげん》神社で和を結んだときに、ちらりと小鹿範満の顔を垣間見た程度に過ぎない。新九郎にしても、十一年も経っていれば、かなり相手の風貌も変わっているであろうし、見分けられるかどうか自信がない。

もっとも、それは最初からわかっていたことである。万全を期すのならば、三郎兵衛に頼んで、小鹿範満の顔を見分けられる郎党を借りればよかった。

だが、新九郎は三郎兵衛の助力を断った。龍王丸の警護を緩めてほしくないという理由で断ったが、本心は、そこにはない。龍王丸が駿河を統べるようになれば、九島一族が今川家の柱石として龍王丸を支えることになる。その九島一族に「小鹿範満殺しに手を貸した」という汚名を背負わせたくなかったのだ。よそ者である自分が汚れ役を引き受ければよい、というのが将来を見据えた新九郎の判断だったのである。

「行くぞ」

新九郎が刀を抜くと、他の者たちも無言で倣《なら》う。白刃を手にした男たちが館に向かって走り出す。

新九郎たちが館に入り込む物音を強い雨風が掻《か》き消してくれた。玄関の横に宿直部屋があり、二人の武士が不寝番《ふしんばん》を務めていたが、弓太郎と門都普が板戸を開けるまで何も気付かなかった。侵入者に驚き、慌てて刀に手を伸ばそうとするが、たちどころに組み伏せられ、縛り上げられてしまう。猿轡《さるぐつわ》を嚙まされて板敷きに転がされる。抵抗すれば容赦なく斬る、というのが新九郎の方針だが、それは抵抗しなければ無益な殺生《せっしょう》をしないという意味でもある。小鹿範満に仕えているのは今川の家臣である。いずれ家督を継げば、龍王丸に仕えることになるのだから、わざわざ命を奪う必要はない。

「大声を出せば殺すぞ。よいか？」

新九郎が念押しすると、武士がうなずく。猿轡を取り、小鹿範満はどこにいるのか、と訊く。

「ご、ご寝所におられる……」

「そうか」

新九郎が目配せすると、門都普が武士たちに当て身を食らわせる。

二人の武士は気を失った。

「寝所だ」

二十人もの男たちが廊下を走れば、さすがに大きな音が出る。

「曲者《くせもの》！」

突然、刀を振りかざした武士が斬りかかってくる。それが呼び水になったかのように、曲者だ、出合え、出合え、という叫び声がして、そこかしこから武士が群がり出てくる。たちまち斬り合いが始まる。

「新九郎さま、ここは任せてくれ！」

弓太郎が叫ぶと、頼んだぞ、と言い残して新九郎が奥に向かう。門都普と数人の郎党が後に続く。

この夜、館には、ざっと六十人ほどがいたが、その半数は女である。すでに騒ぎは館中に聞こえている。女たちが悲鳴を上げながら走り回る。

「どけ！」

怯《おび》えて逃げ回る女たちを押し退《の》けて、新九郎が寝所に迫る。板戸を開けて、寝所に飛び込むが、人の姿がない。もぬけの殻だ。

「まだ温かい」

門都普が敷き布団に手を当てて、つぶやく。

「くそっ、逃げたな！」

新九郎が悔しがる。

「まだ館の中にいるはずだ。探そう」

門都普が廊下に出る。そこで、

「ん？」

と足を止めて、眉間に小皺を寄せる。

「どうした？」

「東門で騒ぎが起こっている」

「何だと？」

新九郎も耳を澄ましてみる。激しい雨が屋根を打つ音、強い風が建物を揺らす音、弓太郎たちが斬り合う音や叫び声……それ以外にも叫び声らしきものが聞こえるような気もしないではないが、それがどこから聞こえてくるのかよくわからない。

だが、新九郎は門都普の言葉を信じた。

(気付かれたな……)

館の騒ぎを、この周辺に住む重臣たちに気付かれ、その郎党どもが押し寄せたのに違いなかった。

「急ぐぞ」

廊下に面した部屋を虱潰《しらみつぶ》しに探しながら、新九郎たちは館の奥に進む。

しかし、小鹿範満を見付けることができない。

さすがに新九郎の心にも焦りが生まれる。

そのとき、奥から騒ぎが聞こえた。女たちが泣き叫ぶ声も混じっている。新九郎たちが声のする方に走っていくと、戸口の前に女たちが集まって、武器など何も持っていないし、抵抗するつもりもないから、どうか外に逃がしてほしい、と涙ながらに懇願していた。それを弥次郎たちが刀を振り回して、下がれ、下がらぬと斬るぞ、と怒鳴り、女たちを押しとどめている。

「弥次郎!」

新九郎がそばに駆け寄ると、

「おお、兄者! 小鹿を見付けたか?」

「まだだ。何の騒ぎだ?」

「女たちが外に出してくれと騒いでいる。やかましいから、そうしようかと考えていた。女たちを外に出して、みんなで小鹿を探してはどうだ? こんなところにいるのは時間の無駄じゃないか」

「ふうむ……」

重臣たちの郎党が門を破る前に小鹿範満を討ち取ることができなければ新九郎の負けだ。時間との勝負である。弥次郎たち十人をこんなところで遊ばせておくよりも、小鹿範満の探索に従事させるべきではないのか、という気がする。

(急がねばならぬ)

新九郎は決断した。

「よかろう。女たちを外に出してやれ」

「わかった」

弥次郎が郎党に命じて、板戸を開かせる。女たちが我先に板戸に殺到する。

(ん?)

女たちの中に、頭から着物を被った者が交じっている。深夜なので、すでに眠っていたせいか、見苦しい姿をさらさないように同じようなことをしている者は多いが、新九郎が目を留めたのは、その者の背が高くて目立ったからである。背中を丸めて、意識的に目立たないようにしているせいで、かえって、新九郎の目を引いた。

「門都普、あの女だが……」

新九郎が口に出したときには、すでに門都普は、その者に駆け寄ろうとしている。

「おい」

門都普が声をかけたとき、その女の横にいた女、いや、実際には女物の着物を頭から被った武士が門都普に斬りつけた。かろうじてかわすが、完全には避けきれず、門都普が傷を負う。周囲にいた女たちが、うわーっと叫んで逃れようとする。弥次郎が門都普の助太刀《すけだち》に駆けつける。武士と斬り合っている隙に、背の高い女が土間から廊下に跳び上がって走り出す。剛毛の密集した脛《すね》を見て、

（あれが小鹿範満だ）

と、新九郎は直感した。

新九郎たちの襲撃に驚いた小鹿範満は、その場に踏みとどまって戦うのではなく、警護の武士と共に女物の着物を頭から被って、女たちに紛れ込んで館から脱出しようとしたのであろう。

（逃がさぬ！）

新九郎が後を追う。

廊下を真っ直ぐに進み、突き当たりを右に曲がる。

と、いきなり斬りつけられ、咄嗟《とっさ》に体を投げ出す。そこに太刀が迫る。新九郎は廊下を転がって、小鹿範満の攻撃をかわす。二度、三度とかわすうちに、次第に小鹿範満の動きが鈍くなる。その隙に新九郎は立ち上がって、刀を正眼《せいがん》に構える。

(小鹿範満……)

顔を合わせるのは十一年振りである。当時の印象は神経質で気が弱そうだ、というものだ。小太りで顔色が悪かったが、今は小太りどころか、でっぷり太って、顔にも体にも締まりがない。顔色は更に悪くなり、見るからに不健康そうだ。まだ四十前のはずだが、それを知らなければ、五十過ぎと言われても信じたであろう。

ふと、新九郎は、見た目の感じが前《さきの》将軍・義政《よしまさ》に似ていると思った。義政は政治を忘れ、酒と女と賭け事に溺れる荒れた生活を送った揚げ句、見るからに不健康な男に成り果てた。二人の姿が重なったとき、この十一年、小鹿範満がどんな暮らしをしてきたかわかった気がした。そのせいで、今川館の近くに行き倒れの死体が転がり、駿府に物乞いが増えているのではないか、と思った。

「なぜ、こんなことをする?」

小鹿範満が新九郎に刀を向けながら訊く。両手が小さく震えているのは刀を力任せに振り回したせいだ。刀というのは想像以上に重いもので、よほど腕力のある者でも四半刻(三十分)も振り回し続ければ、腕の筋肉が硬直してしまい、感覚が麻痺してしまうという。

小鹿範満の体つきを見れば、普段、それほど武芸の稽古に励んでいるとも思えないから、もう腕がぱんぱんに張っているのであろう。顔には玉の汗がいくつも浮かび、呼吸も荒い。

「わしを覚えているか？」

「伊勢新九郎ではないのか」

「ならば、なぜ、わしがここにいるのか、何しに来たのか、わかっているはずだな」

「殺すのか、わしを？」

小鹿範満の顔色が変わる。

「できることなら、こんなことはしたくなかった。なぜ、十一年前の約束を守らなかった？　なぜ、いつまでも、この館に留まっている？　なぜ、刺客を送って龍王丸さまの命を奪おうとする？」

「わ、わしは……」

小鹿範満がごくりと生唾を飲み込みながら周囲に視線を走らせる。すでに門都普や弥次郎たちも駆けつけているから、小鹿範満には逃げ道がない。

「龍王丸さまにひどい仕打ちなどしなかった。そのつもりならば、とうの昔に刺客を送っている。そうした方がいいと耳打ちする者もいたが、わしは耳を貸さなかった。きちんと約束を守るつもりでいた。二年ほど前から、九島の者たちが、龍王丸さまを元服させて、今川の家督を継がせるべきだと言い出した。わしは、もっともだと思ったが、周りにいる者たちが許してくれなかった」

「だから、刺客を放ったのか？」

「わしが命じたわけではない！」

「だが、止めもしなかったな？」

「今度こそ約束を果たそう。わしは、この館を出る。龍王丸さまを主として迎えればよい。元服し、家督を継いで、駿河の仕置きを為さればよかろう。だから……」

「だから、命を助けよ、と言いたいのか？」

「さっきも言ったように、わしは龍王丸さまを憎んでなどおらぬ」

小鹿範満は目にうっすらと涙を浮かべて新九郎に訴える。命が助かるかどうかの正念場だから必死なのだ。

「おまえは、それほど悪人ではないのかもしれぬ。恐らく、周りにいる者たちが悪人なのであろう」

「そうだ。わしは悪人などではない」

「しかし、おまえのような者が駿河の主だというだけで駿河の民は苦しむことになるのだ。小鹿よ、おまえは、民がどういう暮らしをしているか知っているか？」

「民？　それは誰のことだ？」

「おまえが、この館で贅沢《ぜいたく》な暮らしができたのは、駿河の民が年貢を納めてくれたからではないか。汗水垂らして作物を育て、秋になれば、それをおまえに奪われ、自分たちは食うものもなくて飢えている。村にいても飢えて死ぬだけなので、駿府にやって来る。しかし、駿府でも食うことができず、痩せ衰えて道端に倒れて死ぬ。そういう者が、どれほどたくさんいるか、おまえは知っているか？」

「わしは何も知らぬ。何もしておらぬ」

「そうだ。何もしていない。何も知らぬのも本当であろう。だからこそ、おまえは悪人なのだ。主が何もしなければ、下々の者は苦しむ。何もしない主など悪人以外の何者でもない」

「そう怒るな。わしは出家する。頭を丸めて仏門に入る。すべて龍王丸さまにお譲りする。それで文句はあるまい」

「聞けぬ」

新九郎が首を振る。

「本心だぞ。嘘ではない。わしは……」

「おまえの言葉を信じよう。しかし、おまえが生きていれば、きっと、おまえを担いで龍王丸さまに謀叛《むほん》しようとする者が現れる」

「わしは謀叛などせぬ！」

「駿河の主でありながら、おまえは周りの者の言いなりになって、民のために何もしようとはしなかった。誰かが謀叛を企んだときも、おまえは言いなりになるに違いない。小鹿よ、おまえは、そういう男なのだ」

「し、しかし……」

「乱世においては、何もしない者こそが悪人なのだ。よいことをしよう、人のためになることをしよう……そう思って骨を折らねば、よいことなどできぬのだ。おまえは駿河の民に何ひとつとしてよいことをしなかった。その罪は重い。命を差し出しても償いきれぬほどの大きな罪だぞ」

「わしを斬るというのか?」

「おまえが生きている限り、いつまでも火種が燻《くすぶ》り続ける。龍王丸さまを主として皆がひとつにまとまるには、おまえは邪魔なのだ。おまえは駿河のために死ななければならぬ。おまえが生きていることが、即ち、悪なのだ。おまえが死ねば、駿河のためにひとつだけはよいことをしたことになる」

「おのれ、ふざけたことばかり言いおって。わしの目には、伊勢新九郎こそが悪人に見えるぞ。わしを亡き者にし、龍王丸さまを操って駿河を支配しようという魂胆なのであろうが」

「そんなつもりはない。しかし、わしが悪人であることは認めよう。わしは悪人になると決めたのだ。悪人となることで多くの者を救うことができると知ったからだ」

「わけのわからぬことを言うな！」

憎悪に満ちた目で新九郎を睨みながら、間合いを詰める。命乞いが無駄ならば、一か八か、新九郎を斬って血路を切り開くしかないと腹を括ったのだ。

弥次郎と門都普が小鹿範満の背後に回り込む。その気になれば、いつでも斬りかかることができる。

「よせ」

新九郎が首を振る。小鹿範満を討つのは、悪人として生きることを決めた自分の役割だと思い定めているのだ。

「……」

誘いをかけるように、刀の先を小さく揺らす。

「お、おのれ」

小鹿範満の呼吸が荒くなる。血走った目で新九郎を睨む。

新九郎が一歩踏み出すと、反射的に小鹿範満が後退《あとずさ》る。すかさず新九郎が退《ひ》くと、それにつられて範満が踏み出してくる。範満の刀が新九郎に向かって振り下ろされる。それを新九郎ががっちり受け止める。刀と刀がぶつかる激しい金属音が廊下に響く。

しかし、鍔《つば》迫《ぜ》り合《あ》いは、さして長くは続かなかった。もはや範満には斬り合いをする力など残っていなかったのだ。

ぐいっと範満を押しやり、新九郎が斬りかかると、範満は刀を受け止め損ねて腕を斬られる。うっ、と顔を顰めて、手から刀を落としてしまう。ハッとしたように新九郎を見て、

「た、たのむ、どうか命だけは……」

目に恐怖の色を滲《にじ》ませて、範満が懇願する。

「今のおまえにできるのは死ぬことだけなのだ。それが民のためになる」

新九郎が刀を振り下ろす。

八

上座に龍王丸が坐り、保子がやや下座に坐っている。ずっと下座で平伏しているのは新九郎だ。

「このたびの働き、改めて礼を申しますぞ、叔父上」

龍王丸が頭《こうべ》を垂れる。

「少しでもお役に立てたのであれば、この上ない喜びでございます」

新九郎は謙虚な物言いをしたが、龍王丸が家督を継ぐことができたのが新九郎の功績以外の何ものでもないのは明らかだ。新九郎は小鹿範満を討ち取った直後、今川の重臣たちを館に呼び集め、

「十一年前に神前で誓った約束を守らぬ故、わが手で小鹿範満を成敗した。今日より、龍

王丸さまが今川家を継ぎ、駿河の仕置きをなさる。気に入らぬという御方がいるのなら、どうか遠慮なく領地に帰って兵を挙げてもらいたい。この伊勢新九郎がお相手致す」

と宣言した。

すかさず、九島源右衛門と三郎兵衛が、

「今川のご嫡流《ちゃくりゅう》である龍王丸さまが家督を継ぐのは道理にかなっておる。めでたきことでござる」

と言い、それに多くの豪族たちが同調した。

今川義忠が戦死した後、幼い龍王丸を見限って、小鹿範満の擁立を謀《はか》った三浦《みうら》氏や朝比《あさひ》奈《な》氏ですら声高に反対はしなかった。新九郎の乱暴なやり方が気に入らなかったとしても、十一年前の約束については皆が承知していたし、反対しようにも小鹿範満が死んでしまったのでは手の打ちようがなかったのだ。

新九郎が拍子抜けするほどあっさり、龍王丸の家督継承が承認されたのは、

（よほど小鹿範満は嫌われていたらしい）

ということの証でもあった。

範満の政には公平さが欠けていた。人事についても好き嫌いがモノを言い、年貢の負担も大豪族には軽く、力のない中小の豪族には重かったので、範満に不満を持つ豪族が少なくなかったのだ。そういう事情は、範満を討った後になって新九郎の耳に入ってきた。

「ついては叔父上に礼をしたいのです。いや、そうではないな。お願いがある、と言った方がよさそうだ……」

次に龍王丸が発した言葉に新九郎は驚いた。

「城を預かってはもらえますまいか」

と口にしたのである。

「わたしが城を？」

「母上とも相談してのことです」

龍王丸が保子に顔を向ける。

「褒美《ほうび》として与えるなどと偉そうなことを言うつもりではないのです。新九郎のおかげで、何とか家督を継ぐことができましたが、皆が皆、それに納得しているわけではありますまい。中には不満を持っている者もおりましょう。この子も十七歳で、まだまだ未熟です。政でしくじることもありましょう。信頼できる者が近くにいて、過《あやま》ちを犯さぬように導いてほしいのです。それに……万が一、おまえが小鹿殿を討ったように、この子を討とうなどと邪《よこしま》な考えを持つ者がいないとも限らぬ故、この子が一人前になるまでそばで見守ってほしいのです」

「当家が直に統べている土地の城であれば、どこの城でも差し上げるつもりです。もちろん、その城に住めということではなく、叔父上ご自身は、この館の近くに住んでほしいのです。母が申したように、どうか、わたしのそばにいて、わたしの誤りを正していただきたいのです」

龍王丸が言う。

「身に余る、ありがたいお言葉ではございますが、この場で返事はできかねまする。わたしはまだ幕府に仕えている身でありますれば」

「将軍家の奉公衆を務めておられるのでしたな？」

「さようでございます」

「何とかなりませぬか？」

保子が懇願するような眼差しを向ける。

「少し時間をいただけませぬか」

「もちろんです。よく考えて下さい」

龍王丸の前を辞した新九郎は九島の屋敷に向かった。龍王丸が今川館で暮らすようになり、九島源右衛門と三郎兵衛の父子も今川館の近くにある屋敷に戻ってきた。小鹿範満が生きている間は、ほとんど使っていなかった屋敷だ。今は、そこに新九郎と、その郎党たちが厄介になっている。

屋敷に戻ると、

弥次郎、弓太郎、才四郎、正之助、権平衛、又次郎、門都普の七人を一室に呼び集めた。

「話がある」

「どうしたんだい、そんなに難しい顔をして？」

弥次郎が訊く。

「うむ、実は……」

駿河に留まって、城を預かってほしい、と龍王丸に頼まれたことを説明する。

「え！」

さすがに皆が驚く。

「すごいな、新九郎さまが城持ちになるのか」

「これは驚いた」

「大変な出世だ」

「まだ承知したわけではない」

新九郎だけは冷静だ。

「なぜですか？　龍王丸さまが家督を継ぐことができたのは新九郎さまの働きのおかげなのだし、城をもらっても悪いことはない。遠慮することはないと思うけどなあ」

弓太郎が言うと、

「そうだよ、兄者。もらえばいいじゃないか。おれたちが駿河に残れば、龍王丸さまだけなく、姉上だって心強いはずだよ」

「では、おまえたちは賛成なのだな？」

「当たり前じゃないか。おれたちは兄者のそばにいたくて備中《びっちゅう》から都に来た。兄者が行くところなら、どこにでも行くさ。駿河に腰を落ち着けるというのなら、おれたちも黙って従う」

なあ、そうだろう、と弥次郎が見回すと、皆がうなずく。

「そうか。おまえたちの考えはわかった」

新九郎が二度、三度とうなずく。

「兄者は、どうするつもりなんだい？　もちろん、承知するんだよな」

「すぐには決められぬ。まだ将軍家に仕えている身だからな」

新九郎が首を振る。

「気持ちとしては、どうなのか、という意味だよ。それが何よりも肝心じゃないか」

「わしの気持ちか……」

新九郎が腕組みして、小首を傾げる。しばらく黙って思案していたが、

「どうやら、わしもおまえたちと同じように駿河に留まりたいと思っているようだ。都に戻ったからといって、幕府で大きな役割を背負っているわけでもなく、わしがいようがいまいが誰も困りはせぬ。しかし、駿河では龍王丸さまも姉上も、わしを必要としてくれる。

わしを頼りにしてくれている。城を預けると言われても、わしに何ができるかわからぬが、力の限り、龍王丸さまに尽くしてみたいと思う」

そう言うと、弥次郎たちが大きくうなずく。

新九郎は、源右衛門と三郎兵衛に会って自分の考えを伝え、どう思うか、率直な考えを聞かせてほしい、と頼んだ。古くから今川家に仕えている家臣たちの目から見れば、新九郎などよそ者に過ぎない。そのよそ者が城持ちになるというのは、つまり、今川の重臣として扱われるということである。それを快く思わぬ者がいるのは当然だ。自分が憎まれるだけならいいが、そのせいで、龍王丸や保子まで反感を持たれるようなことになっては困るというのが新九郎の本音だ。

「いや、それは……」

源右衛門が顔を綻《ほころ》ばせる。

「実に、よきことであると存ずる」

「父の言う通りです。新九郎殿が城持ちになれば、それを面白くないと思う者もおりましようが、今は、そんな輩《やから》を気にしているときではありません」

「と、おっしゃいますと？」

「今川の嫡流である龍王丸さまが家督を継いだのは当たり前のこととはいえ、小鹿殿も十一年間、駿河を支配していたのです。その間に、小鹿殿に媚《こ》びへつらって出世した者たちも少なくない。彼らがいつまでおとなしくしているかどうかわからぬということです。われらが隙を見せれば、小鹿殿の縁者を押し立てて、龍王丸さまに謀叛する……そうならぬとも限りませぬ」

「そのような動きがあるのですか？」

新九郎が驚いたように三郎兵衛を見る。

と、いきなり、

「わははははっ、今は誰も不満など口にせぬし、謀叛の動きもござらぬよ。まあ、腹の中で何を考えているかまではわからぬが、少なくとも、そんなことを口にする者はおらぬ」

源右衛門が大笑いする。

「なぜだか、わかっておるでしょうな？」

「はて」

新九郎が小首を傾げる。

「謙遜なさるな。皆、新九郎殿を怖れているのでござるよ。十一年前、新九郎殿は、太田道灌殿や小鹿殿と堂々と渡り合って和を結んだ。そのことで、駿河の者は新九郎殿に一目置いていたのに、今また館を奇襲して小鹿殿を討ち取った。新九郎殿に戦を仕掛けようなどと考えるほど度胸のある者はおらぬ。狼に出合った犬ころのように、耳を伏せ、尻尾を隠して、地面に這《は》い蹲《つくば》っている」

「それは大袈裟《おおげさ》な……」

源右衛門の言葉を聞いて、新九郎が苦笑いをする。

「いえいえ、父の申したこと、決して大袈裟ではござらぬ。新九郎殿を怖れて、今は誰もがおとなしくしているが、新九郎殿が都に帰ってしまえば、よからぬことを企む輩がきっと現れる。それ故、ぜひ、新九郎殿には駿河に留まっていただきたい。身共からもお願い申し上げます」

三郎兵衛が頭を垂れる。

「さよう、新九郎殿が駿河で睨みを利かせてくれるようになれば、ようやく、このじじいも隠居することができるというもの」

源右衛門がにこりと笑う。


駿河に残る覚悟を決めた新九郎だが、都には家族もいるし、将軍の奉公衆を務める身でもあれば、一度は都に戻って始末をつける必要がある。

また荏原郷以来の仲間たちは新九郎と共に駿河に残ると言ったが、郎党たちは都で召し抱えた者たちである。父・盛定から預かった者もいる。彼らの考えも確かめねばならなかった。新九郎が駿河で城持ちとなれば、彼らも出世することができるだろうが、住み慣れた都から駿河に移り住まなければならない。ほとんどの者が、これからも新九郎に従いたいと申し出たが、十人ほどが都に帰ることを望んだ。いずれも家族持ちの男たちだった。

新九郎は門都普を伴い、帰京を願う男たちを連れて都に向かった。

将軍・義尚は近江《おうみ》に出陣中だったので、新九郎は、まず義尚を陣中に訪ねた。駿河での事の顛末《てんまつ》を説明し、奉公衆を辞し、今川家に仕えることを願った。

「近江が平穏になったならば、次は関東に目を向けねばならぬと思っている。そのときは今川の手を借りることになるだろう。新九郎は先兵として駿河に下るがよい。関東の動きによく目を光らせておけ。扇谷上杉、山内《やまのうち》上杉、古河《こが》公方、それに堀越公方」

近江を鎮めて、次は、関東の争乱を鎮める……口から出る言葉は威勢がいいが、それを語る義尚自身は、ひどく疲れている様子で、顔色も悪い。

「今川に仕えて城をもらうがよい。兵を養い、兵糧《ひょうろう》を蓄えて、来《きた》るべき戦に備えよ。しかし、奉公衆を辞することは許さぬぞ」

「それは御所さまにお仕えしながら、同時に今川にも仕えよという意味でございましょうか？」

「構うまい。今川がわしに刃向《はむ》かったりせぬ限り、新九郎が困ることはない。今川は昔から幕府に忠実な家だから、新九郎が今川に尽くすことは、幕府に尽くすことでもある。違うか？」

「さようでございます」

「ならば、そうせよ」

義尚の許しを得た新九郎は、近江から都に入った。

久し振りに我が家に戻った新九郎は、留守の間に成長した千代丸を抱いて表情を緩めた。千代丸は一歳である。

「無事に戻られて祝着《しゅうちゃく》にございます」

そう挨拶しながら、何となく真砂が不安そうな顔をしているのは、七十人で出発したはずなのに、わずか十人ほどしか戻っていないからである。おずおずと、弥次郎殿たちはどうなされたのですか、と訊くと、

「ああ、それは心配ない。皆、無事だ。駿河に残っている」

新九郎は笑顔を見せ、実は、駿河で城をもらうことになった、と口にした。

「え、城を？」

「うむ。御所さまのお許しも得た。あとは、おまえ次第だな」

「わたし次第？」

「駿河になど下りたくない、都に残りたいと言えば、わしも考え直さなければならぬ」

「ま」

真砂が手で口を押さえて笑う。

「何がおかしい？」

「だって、もう決めていらっしゃるのに。もし、わたしが本当に駿河に行くのは嫌だと言ったら、どうなさるつもりだったのですか？」

「おまえがそんなことを言うはずがないとわかっていたさ」

はははっ、と新九郎が笑う。

九

父の盛定や義父の小笠原政清《おがさわらまさきよ》からも許しをもらい、大徳寺の宗仁《そうじん》、宗哲、納銭方会所《のうせんかたかいしょ》の浄円《じょうえん》、海峰《かいほう》ら、都で世話になった人々にきちんと挨拶し、新九郎は再び駿河に下った。真砂と千代丸は、当面、都で暮らし、新九郎からの連絡を待つことになった。城をもらうといっても、まだ、どこの城をもらうかも決まっていなかったからである。

京都から駿河に戻った新九郎は、龍王丸と保子に目通りを願った。将軍の許しを得たので、これからは今川の家臣としてお仕えしたい、と新九郎が言うと、

「おお、それは嬉しや！　のう、母上」

龍王丸が興奮気味に言う。

「そうですね。よく決心してくれました」

保子も安堵した様子でうなずく。家督を継いだとはいえ、龍王丸の立場は盤石《ばんじゃく》とは言い難い。

それに龍王丸は、まだ十七歳で、政治にも軍事にも疎《うと》い。これから学ばなければならないことが多いのだ。母として保子が龍王丸の将来に不安を抱くのも不思議はない。新九郎がそばにいて龍王丸を補佐してくれるのならば、保子にとって、これほど心強いことはない。龍王丸のやり方に不満を持つ者がいたとしても、新九郎が睨みを利かせていれば、誰も迂闊《うかつ》なことはできないはずであった。

「して叔父上、どの城をお望みですか？」

龍王丸は自分が直轄する土地にある城の名を指を折りながら挙げていく。どれも肥沃な土地にある立派な城ばかりで、新九郎に対する龍王丸の感謝と期待が十分すぎるほどに込められている。

「それは……」

少しばかり待ってもらえませぬか、と新九郎が言うと、龍王丸も保子も怪訝な顔になり、

「なぜですか？　城を預かって下さるのではないのですか」

「そうですよ、新九郎。遠慮することはないのです。おまえが駿府の近くで城を預かってくれれば、わたしたちも安心できるのです」

「遠慮しているわけではないのです。図々しいことを申し上げてもよろしいですか？」

「何なりと申して下され」

「どの城を預からせていただくか、しばらく考えさせてもらいたいのです」

「それは構いませぬが……。どれくらい待てばよいのですか？」

「できればひと月……ふた月はかからぬと思います」

「叔父上には何か考えがあるのですね。結構です。時間をかけて、好きな城を選んで下さい」

龍王丸がうなずく。


九島屋敷に戻った新九郎は、源右衛門と三郎兵衛に会い、龍王丸とどんな話をしてきたか説明した。

「時間をかけて考えることなどありますまい。城をもらってくればよかったものを」

源右衛門が不思議そうな目で新九郎を見る。龍王丸が名前を挙げた城ならば、どれをもらっても損はないと言いたげだ。

「父上、新九郎殿には何かお考えがあるのですよ。そうなのでしょう？」

「お二人に伺いたいことがあるのです。ざっと駿河を見渡して、もし戦が起こるとすれば、どのあたりになりましょうか？　今すぐということではなく、将来ということですが」

「戦が起こる？」

源右衛門と三郎兵衛が顔を見合わせる。

「それは重臣どもの中で、誰が御屋形さまに謀叛しそうか、ということを訊いておられるのですか?」

三郎兵衛が訊く。

「そうではありません」

新九郎が首を振る。

「油断はしておりませんが、わたしは謀叛など起こらぬと思っています」

「ほう、それは、なぜですかな?」

源右衛門が訊く。

「思っていた以上に、小鹿の支配に不満を抱いていた者が多いとわかったからです。小鹿と同じ過ちを繰り返さなければ、皆、御屋形さまの支配におとなしく服するのではないでしょうか」

「なるほど、三浦や朝比奈は優遇されていたが、それ以外の者たちは、その皺寄せを食って、さして、いい思いもしていなかったわけですからな」

三郎兵衛はうなずき、では、どういう戦を考えておられるのか、と訊く。

「十一年前、家督争いが起こったとき、扇谷上杉と堀越公方が直ちに駿河に兵を送ってきたことを覚えておられましょう。あのときは領地を奪われずに済みましたが、小鹿から御屋形さまに支配が替わったばかりでもあるし、若い御屋形さまを侮《あなど》って駿河に兵を入れようとする者がいるかもしれませぬ。そういう腹黒い者が狙うとすれば、どの土地であろうか……それを知りたいのです」

新九郎が言うと、二人は、ああ、そういう意味だったのかと納得した様子で、

「それならば駿東《すんとう》でしょう」

と、口を揃えて答える。

「駿東？」

「しばし、お待ち下され」

三郎兵衛が腰を上げ、廊下に出て行く。戻ってきたときには、紙を巻いた筒を手にしている。

「ご覧下され」

その紙筒を広げる。駿河の地図である。山や川、それにめぼしい城が書き込んである。

「このあたりが駿東でござる」

富士川《ふじかわ》の東から伊豆《いず》との国境に至る一帯を三郎兵衛は指差す。富士山の南から南東に広がる平野部である。

「駿東は、元はと言えば、今川の領地ではないのです」

と、三郎兵衛が言う。

駿東のかなりの地域は、かつて上杉氏の系統のひとつ、犬懸《いぬかけ》上杉氏の領地だったが、応《おう》永《えい》二十三年（一四一六）に起こった上杉禅秀《ぜんしゅう》の乱で犬懸上杉氏が壊滅状態に陥ったときに幕府が取り上げて直轄地に組み込んだ。

その頃、関東では絶え間なく戦乱が起こり、駿東もたびたび戦場になった。京都の室町幕府は遠い駿東の地を自らの手で守り抜くのが負担になり、この土地を今川家に与えた。幕府に敵対する勢力に奪われるくらいなら、幕府に忠実な今川家に与えて恩を売るのが得だと判断したのである。

龍王丸の父・義忠の頃には駿東も平穏だったが、小鹿範満が駿河を支配するようになってから、堀越公方や扇谷上杉氏などが駿東に触手を伸ばし始めている。この土地に住む豪族たちも、古くから今川家に仕えているわけではないので忠誠心が薄いのだ。

「なるほど、そういう土地ですか」

新九郎はうなずき、駿東にはどんな城があるのか、と訊いた。

「これというほどの城はありませぬ。せいぜい、砦《とりで》くらいのものでしょう」

三郎兵衛が答える。

「新九郎殿、また何か奇妙なことを考えているようですな」

源右衛門がにやりと笑う。

「そんなことはありませんが、駿東は、なかなか、面白そうな土地だと思いました」

新九郎は板敷きに広げられた地図を眺めながら、大真面目な顔で言う。

その夜、新九郎は、門都普と二人で九島屋敷を出た。いつもの姿ではない、修験者の姿をしている。変装しなければならないほど危険な土地に行くということであった。

十

ひと月ほどで、新九郎と門都普は九島屋敷に戻ってきた。出発するときには白かった着衣は埃や泥で汚れて真っ黒になっていた。新九郎と門都普も、すっかり垢染《あかじ》みており、そばに寄ると耐え難い臭気がするほどだ。二人は蒸し風呂に入って垢をこすり落とし、沸かしてもらった湯を浴びて汗と垢を流すと、茶漬けを所望《しょもう》した。よほど腹が減っているのか、新九郎は七杯も茶漬けをお代わりした。空腹が満たされると、

「寝る」

台所の板敷きに横になり、そのまま、いびきをかいて眠り込んだ。

そんな新九郎の姿を呆れたように眺めながら、

「おい、どういうことなんだ？　二人でどこに行ってきたんだ？」

弥次郎が門都普に訊く。

「おれの口からは何も言えない。新九郎が自分で話すだろう。だが、ひとつだけ言えるのは、このひと月、何も心配せずに眠ったことは一日もないということだ。よほど疲れてい

るに違いないから、目が覚めるまで、そっとしておいてあげてほしい」

そう言うと、門都普は新九郎の隣にごろりと体を横たえた。腕枕を作って目を瞑《つむ》ると、もう口から寝息が洩れている。疲れているのは新九郎だけではない。よほど門都普も疲れているのだ。

二人は、翌朝まで昏々と眠り続けた。

長い眠りから目覚めると、新九郎は井戸端で冷たい水を浴びた。ぼんやりしていた表情が、それで引き締まった。髪をくしけずり、身なりを整えると、新九郎は今川館に出かけた。龍王丸に謁見《えっけん》を願うと、すぐに広間に通された。さして待つこともなく、龍王丸と保子が現れた。

「叔父上、いったい、どこに旅していたのですか、心配しましたぞ！」

龍王丸が声を張り上げる。

「行き先を告げずに出て行ったというから心配したのですよ」

保子がうなずく。

「申し訳ございません」

新九郎は深く一礼すると、御屋形さまは、わたしに城を預けるとおっしゃいましたが、そのお考えに変わりはございませんか、と訊く。

「もちろんです。どこか気に入った城が見付かったのですか？」

「はい。駿東に興国寺《こうこくじ》という寺がございます。できれば、その寺をいただきたいと存じます」

「寺を？」

龍王丸が怪訝な顔になる。

「まさか出家するというのではないでしょうね？」

保子も驚いた様子だ。

「そうではありません」

新九郎は苦笑し、興国寺に手を加えて自分の城にしたいのだと言う。

当時、寺を堅牢に修築して城郭として用いることは割と普通に行われていたことである。

新九郎が興国寺に注目したのは、その立地条件のよさゆえであった。

駿河と、その東にある伊豆や相模《さがみ》を結ぶ交通路としては、愛鷹山《あしたかやま》の南麓《なんろく》を東西に走る根《ね》方《がた》街道と、根方街道の更に南にある東海道がある。根方街道と東海道を結んでいるのは南北に走る竹田道だ。

根方街道、東海道、竹田道の三つを同時に扼《やく》することのできる場所に興国寺は位置している。交通の要衝《ようしょう》なのである。いくつもの街道が交錯する地点を押さえることが軍事的な観点からも経済的な観点からも重要だということは『孫子』にも書いてあり、もちろん、新九郎はそれを読んでいたであろうが、知識として知っていることと、それを実地に応用できるかどうかは、まったく次元の違う話である。

駿東にいくつも点在する山城などに目もくれず、興国寺に目を付けたのは新九郎の非凡さといっていい。

このひと月ほど、新九郎と門都普は駿東の地を歩いてきた。今川の支配地の中で、最も支配が不安定だと言われる土地の実情を自分の目で確かめたかったのだ。

「農民たちは、ひどい暮らしをしております……」

たびたび戦騒ぎに巻き込まれたため田畑が荒れており、新田開発も進んでいない。土地が痩せているため、広い割には収穫が少ない。その少ない収穫を代官が奪い取っていくので、農民たちの手許には何も残らず、誰もが食うや食わずの暮らしを強いられている。そんな暮らしに嫌気が差して逃げ出す者も多い。放棄された田畑は、耕作する者がいないので次第に荒れていく。駿東には、そんな荒れ地が多いのだと新九郎は言う。

いくら真面目に働いても、ろくに食えず、不作の年には餓死する者も多いような暮らしだから、旅人が通りかかると、村ぐるみで旅人を襲うようなことをする。新九郎と門都普が、旅の間、片時も気を許すことができず、安眠することができなかったのは、それほど物騒な土地柄だったせいである。

では、農地を捨てて逃げ出せば幸せになれるのかといえば、もちろん、そんなことはない。近畿地方の逃散《ちょうさん》農民が都を目指すように、駿河の逃散農民は駿府を目指す。大きなだ。

町に行けば食えるのではないか、何か仕事を見付けて働けるのではないか、と期待するのだ。

しかし、中には、駿府に辿り着く前に追い剝《おは》ぎや盗賊に襲われて身ぐるみ剝がれた上、奴隷として売り飛ばされる者も少なくない。この時代、人身売買を目的とする市が各地でおおっぴらに行われているのだ。

何とか駿府に辿り着いても、悲惨な運命が待っていることに変わりはない。今川館の周辺を歩き回るだけでも、行き倒れの死者が無数に遺棄されているのを目にするし、死者を上回る数の物乞いが路傍に蹲《うずくま》っている。そのほとんどは逃散農民である。

「それほど、ひどいのですか……」

保子は眉間に小皺を寄せて、溜息をつく。荏原郷で暮らしていた頃は、領地を気儘《きまま》に歩き回る生活をしていたが、今川家に嫁いでからは、そんな生活とも無縁になったから、駿河の農民がどれほど困窮しているか、保子にはわからないのだ。

それは龍王丸も同じで、青ざめた顔で、

「わたしは、どうすればよいのですか?」

と、新九郎に訊く。

「小鹿の過ちを繰り返さぬようにすることです。小鹿は家臣たちに贔屓をし、朝比奈や三浦から取り立てる年貢を軽くし、それ以外の家臣たちの年貢を重くしました。年貢を重くされた家臣たちは、領地で暮らす農民から農作物を厳しく取り立てることになります。そんなことをするから農民が逃げるのです。そうならぬように、家臣から取り立てる年貢だけでなく、家臣が農民から取り立てる年貢にも気を配らねばなりませぬ。もちろん、簡単にできることではないでしょうが、慌てることはありません。この十一年、小鹿は、そのようなことを考えたこともなかったはずですから」

「心得ておこう」

龍王丸がうなずく。

「しかし、叔父上、なぜ、そのような荒れ地ばかりの土地を望むのですか？　しかも、わざわざ寺に手を加えるとは……。他に、もっとよい土地がありますぞ」

「ありがたきお言葉ではございますが、そのような土地は、御屋形さまが代官を送って大切に守っていけばよかろうと存じます。駿東の地、特に、かつて犬懸上杉氏が支配していた富士下方のあたりは、今川家を慕う心が薄く、このままでは扇谷上杉の誘いに乗って、今川家と手を切ろうとするやもしれませぬ。そうなってからでは遅いので、今のうちに手を打たねばならぬのです」

「それは駿東の豪族どもを討伐するという意味ですか？」

龍王丸が訊く。

「いいえ」

新九郎が首を振る。

「戦になれば、ますます、土地は荒れ、農民の暮らしは苦しくなります。力尽くで押さえ込もうとすれば、かえって、駿東の豪族や農民の心は今川家から離れてしまうでしょう」

「何をするつもりなのですか？」

保子が訊く。

「荏原郷では道端で人が死んでいるようなこともなく、物乞いが溢れることもありませんでした。村の者たちが食えなくなるほど重い年貢を取り立てなかったからです。その代わり、城で暮らすわたしたちも、さして贅沢な暮らしはできませんでしたが、それを不満に思ったこともない。違いますか、姉上？」

「そう言われると、確かに、その通りですね」

「元々、荏原郷の土地が肥沃で、いつも豊かな実りを得られたということもありますが、もし父上が強欲だったならば、もっと年貢を重くしていたことでしょう。わたしは今になって、ようやく、父上の偉さがわかった気がします。駿東が荏原郷のような土地になれば、今川の支配を嫌う者はいなくなると思うのです」

「駿東を荏原郷のような土地にする……難しいことではないのですか？」

「今まで誰もそんなことをやろうとしなかったのですから、難しいかどうかわかりません」

「本当に、それが叔父上の望みなのですか？」

龍王丸が念を押すように訊く。

「はい」

「……」

龍王丸と保子が顔を見合わせる。新九郎に城を預けたいというのは、もちろん、小鹿範満を討って龍王丸が家督を継ぐにあたって新九郎が果たした功績に報いたいという意味もあるが、それだけではない。

将来、龍王丸が危機に陥るような事態が起こったとき、新九郎が兵を率いて駆けつけることを期待しているのだ。多くの兵を養うには金がかかる。それがわかっているから、豊かな土地を与えようと龍王丸は申し出たのである。

それなのに、今川家に対する忠誠心の薄い、荒れ地ばかりが目立つ痩せた土地を与えるのでは、いざというときに新九郎が頼りにならない怖れがある。

「新九郎……」

考え直してはどうか、と保子は勧めたが、新九郎は首を振った。駿東に漂う不穏な空気を自分の肌身で感じてきた新九郎には、このまま駿東を放置しておくと、いずれ農民たちの不満が爆発するのではないかという切実な予感がある。駿東が混乱すれば、その混乱は波紋のように駿河全土に広がり、家督を継いだばかりの龍王丸の足許を揺るがすであろう。

つまり、駿東を平穏に治めていけるかどうかが、龍王丸の将来を左右する鍵なのだ、と新九郎は言いたいわけであった。

「そこまでおっしゃるのなら、叔父上の望み通り、興国寺に手を加えて城として使い、その周辺の土地を預けることを許しましょう。しかし、わたしも母も、それだけでは叔父上の恩義に報いたという気持ちになれません。他に望みがあれば、遠慮なくおっしゃって下さいませんか。このままでは気が済みません」

「他に望みですか……」

新九郎が思案する。

が、すぐに、

「ならば、ふたつお願いしてもよいでしょうか？」

「何なりと」

「ひとつは……」

新九郎が龍王丸に願ったのは、新田開発を進める許しを得たいということ、年貢を二年間免除してほしいということ、そのふたつだった。

「ほう……」

龍王丸の口許に笑みが浮かぶ。初めて新九郎が己の得になることを口にしたので安堵したのだ。新田開発をするのはいい。むしろ、龍王丸の方が積極的に奨励したいことである。

田畑が広がって収穫が増えれば、結局は龍王丸の収入が増えることになるからだ。

しかし、年貢の免除は、そうではない。

今川家の直轄地を新九郎が預かるというのは、つまり、龍王丸の代官として、その土地を支配するということである。新九郎が農民たちから取り立てた年貢は、あらかじめ定められた割合を手許に残し、それ以外は龍王丸に上納することになる。年貢の免除とは上納の義務がなくなることを意味するから、農民から取り立てた年貢はすべて新九郎のものになる。

(叔父上にも人並みに欲があるらしい)

そのことに龍王丸は安堵したのだ。少しくらい欲がある方が人間味があって親しみが感じられる気がしたのである。

だが、龍王丸は間違っていた。新九郎は己の欲のために年貢の免除を願い出たわけではなかった。

十一

小鹿範満を討つために、新九郎は総勢七十人ほどで駿河に下ってきた。そのうち十人ほどの郎党が範満を討ち取った後に都に戻ったため、今では新九郎に従う者は六十人ばかりになっている。

その六十人を引き連れて、新九郎が興国寺に入ったのは、長享《ちょうきょう》二年（一四八八）の初春である。

興国寺は無人ではない。住職や小僧がいる。興国寺を召し上げ、他に寺を与えるから退去せよという命令は龍王丸が発していたが、代わりの寺が見付からないので、住職たちは依然として興国寺に留まっている。住職を清庵《せいあん》といい、七十過ぎの小柄な老人である。

「新しい御屋形さまも無茶なことをなさる。いきなり寺を取り上げて、すぐに立ち去れと言われても、どこに行けばよいというのか」

清庵は腹立ちを隠そうともせず、新九郎に怒りの言葉をぶつけた。代官に逆らうようなことをすれば、どんな罰を受けるかわからないという時代である。清庵というのは、よほど肝が据わっているか、そうでなければ、よほど短気な男だったのであろう。

新九郎は清庵の言葉にじっと耳を傾けていたが、清庵がしゃべり疲れた頃合いを見計らって、

「ご迷惑をおかけして申し訳ございません」

と頭を下げ、急いで退去する必要などありませぬ、ご住職を始めとする皆さま方は、いつまでも好きなだけ、ここに留まって下さって結構でございます、わたしたちは仏道修行の妨げにならぬよう、空いている僧坊や離れで務めを果たします、と口にする。

「……」

清庵が怪訝な顔で新九郎を見つめる。やがて、

「本当に、それでよろしいのか？」

と訊く。

はい、と新九郎がうなずくと、

「この寺を修築して城にすると聞きましたぞ」

「まあ、いずれ」

新九郎が口許に笑みを浮かべ、そういうことは急がなくてもよいと思います、やらねばならぬことは多いが、何もかも一度にすべてを片付けることはできぬので、大事なことからひとつずつ手をつけるつもりです、と言う。

「ほう……。大事なこととは何ですかな？　よければ、お聞かせ願いたい」

「民の暮らしを知ること、その上で、年貢に関する取り決めをすること……そのふたつでしょうか」

「ふんっ」

清庵が目を細める。その目には軽蔑の色が滲んでいる。

（つまり、どれほど年貢を搾り取ることができるか、それを探ろうということか。欲深き者めが）

それきり清庵はそっぽを向いてしまい、新九郎と口を利こうとしなかった。

その翌日、新九郎は、本堂に家臣たちを集めた。都から付き従ってきた者たちは、今や、興国寺城の主となった伊勢新九郎の家臣である。もっとも、名目だけの城に過ぎず、体裁は寺のままだ。

その六十人の他に五十人ほどの役人がいる。新九郎がやって来るまで、近在十二郷を預かっていた代官に仕えていた者たちで、その多くは土着の豪族どもの子弟や縁者である。この土地で生まれ育った者たちだから、代官が駿府に引き揚げても、ここに残ったのである。彼らを丸ごと新九郎は召し抱えた。

実際、そうするしかなかった。

新九郎が連れてきた六十人は勇敢な者たちではあるが、その中に、事務処理ができそうな者は一人もいない。そもそも、ほとんどの者が読み書きすらできないのだから、引き継ぎ書類を渡されても途方に暮れるだけであったろう。

「人別帳《にんべつちょう》を持ってきたか？」

新九郎が役人たちの方に顔を向けて訊く。その五十人ほどの集団の最前列にいる男が、

「持参しております る」

と頭を垂れる。年齢は三十くらい、頭の回転が速く聡明そうな顔をしている。

「その方、名を何と申す？」

この男が役人たちのまとめ役なのだな、と推察して新九郎が訊く。

「松田信之介《まつだしんのすけ》と申します」

「では、松田、教えてくれ。わしが御屋形さまから預かることになった十二郷には、どれくらいの人が住んでいるのだ?」

「は?」

一瞬、信之介は言葉に詰まったが、すぐに、

「ざっと三千人というところかと存じます」

自信なさげに答える。

「ふうむ、三千人か……。間違いないか?」

「人別帳には、それだけの数の名前が記されておりまする」

「松田、正直に答えよ。本当に三千もの領民が十二郷で暮らしているのか?」

「恐らく、もっと少ないかと存じます」

「どれくらい少ない?」

「そ、それは……」

信之介は小首を傾げ、よくわかりませぬ、と答える。

「では、年貢について教えてくれ。村々に課す年貢は、どうやって決まるのだ?」

「人別帳に従って取り立てます」

「その村に百人の領民がいると人別帳に記されていれば、百人分の年貢を取り立てるという意味か？」

「はい」

「だが、人別帳に載っているよりも領民は少ないのであろう？　人別帳に百人の名前が記されていても、実際には五十人しかいないかもしれぬ。そのときは、どうするのだ？」

「人別帳に従って、百人分の年貢を取り立てまする」

「しかし、それは、おかしいのではないかな。そうは思わぬか、松田？」

「そう言われましても……」

信之介は額に汗を浮かべながら、それが定めでございますれば、と小さな声で答える。

「勘違いするな。おまえを責めているわけではない。しかし、普通に考えれば、今までのやり方はおかしい。それ故、まず、人別帳を作り直すことから始めなければならぬな」

「え」

信之介が両目を大きく見開いて、新九郎を凝視する。突然、何を言い出すのか、と驚いている様子である。

「どうかしたか？」

「い、いいえ……」

信之介は手の甲で額の汗を拭うと、

「ならば、取り急ぎ、村長《むらおさ》どもに人別調べを命じまする」

「それには及ばぬ。わしらが自分でするのだ」

「それは、どういう……？」

「わしらが手分けして村々を回り、自分たちの手で人別調べを行うのだ……」

その際には、老若男女の区別だけでなく、病気で寝込んでいる者や怪我をして働くことのできない者についても調べなければならぬし、家々の暮らし向きにも心を配り、飢えることなく暮らしているかどうか、きちんと見極めねばならぬ、もし日々の暮らしに困っている家があれば、一日にどれほどの米があれば暮らしていけるのか、それも書き記すようにするのだ、と新九郎が言う。

「もうひとつある……」

この土地では農民の逃散が多いと聞いている。村々を回ったときに、働き手が逃散してしまい、打ち捨てられている田畑がどれくらいあるか、それも調べるようにせよ、と付け加える。

新九郎の家臣六十人と役人たち五十人の合計百十人を、家臣六人と役人五人の十一人で一組とし、全部で十組作って、翌日から村々を回ることにした。

家臣たちは新九郎に心服しているから黙って指図に従うだけである。役人たちは、何のためにこんなことをするのか、と不安げな顔をしているが、その疑問を口にする者はいなかった。

その翌日から、早速、人別調べが始められた。

新九郎は門都普を伴って、朝早くから夕方まで、あちこちの村を歩いた。いつ新九郎が現れるかわからないので、人別調べをする者たちは気を抜くことができなかった。新九郎とすれば、別に家臣や役人たちの仕事振りを督励しようとしたわけではなく、自分の目で領民の暮らしを見たいという素朴な好奇心に促されただけのことであった。

十日後、また一同は興国寺の本堂に集まった。人別調べが終わったのだ。各組が調べた内容をまとめたのは松田信之介である。

「松田、十二郷には、どれほどの領民がいる？」

「ざっと二千四百人ほどでございまする」

「ふうむ、二千四百人か。わしが最初に聞かされた数より、だいぶ少ないな」

新九郎が信之介の顔をじっと見る。信之介は、居たたまれなくなって、うつむいてしまう。それも無理はない。十日前に新九郎が領民の数を訊ねたとき、信之介は三千人と答えたのだ。六百人も違っていたのでは言い訳のしようもない。

だが、それは信之介が悪いわけではない。かつては三千人の領民がいたのは間違いないのだ。ただ逃散したり、病死したりして領民の数が減ったのに人別帳が修正されなかっただけのことである。

「病人は、どうだ?」

新九郎が質問する。

「は」

信之介が答える。それによると、どの村にも病人が多く、どの家にも一人か二人は寝込んでいる者がいる有様だという。病人といっても、ほとんどが栄養失調で動けなくなっている者たちである。

「とにかく、ひどいんだ……」

弥次郎が沈んだ声で言う。年寄りは骨と皮ばかりで動けなくなり、子供たちも痩せている。荏原郷では、村を歩けば、子供たちが歓声を上げて走り回っている姿を目にするのが当たり前だったが、このあたりでは、そんな姿を目にすることがほとんどない。

「うむ」

新九郎がうなずく。それは新九郎自身、村を歩いて気が付いた。どの村を歩いても静かで、あまり人の姿を目にすることがない。村に人がいないわけではなく、農家を訪ねると、そこには人がいる。年寄りも子供も腹を空かせて、まともに動くことすらできず、じっと家の中に坐り込んでいるのだ。

「まずは食い物か……」

新九郎は厳しい表情でうなずくと、倉にはどれほどの蓄えがあるのか、と信之介に訊く。

「五百俵ほど残っております」

「半分の二百五十俵を村に返してやれ」

「え！」

信之介だけではない。その場にいる誰もが新九郎の言葉に驚いた。

「村に返して、その米をどうするので……？」

「村には腹を空かせた者たちがいるのであろう。その者たちに食わせてやるのだ。それで十分ということはなかろうが、しばらくは生き長らえることができよう。その間に、次の策を考える」

「次の策とは、どういうことだい？」

弥次郎が訊く。

「倉にある米を渡すだけではどうにもならぬ。二の矢、三の矢を放つのだ。手をこまねいていると、領民が飢えて、どんどん死んでいく。松田、明日、村長どもを呼び集めよ。わしから話がある。そのときに、皆にも詳しく、わしの考えを話す」

十二

翌日、興国寺に集められた村長たちは、一様に戸惑い顔をしていた。新九郎が二百五十俵の米を村に下げ渡すという噂は、もう広がっていたが、それを素直に喜んでいる者などれていた。米を下げ渡す代わりに、いったい、どんな要求をされるのか、皆、それを怖れていた。苛斂誅求《かれんちゅうきゅう》には慣れているが、親切にされたり優しくされたりすることには慣れていない者たちなのだ。農民の目から見れば、代官など、生き血を啜《すす》る鬼のようなものでしかない。少なくとも、これまでは、そうだった。

やがて、新九郎が現れ、上座に腰を下ろす。

「松田、米の割り振りは決まったか？」

「はい」

信之介がうなずく。

「先日来、村々を回って人別調べを行ったところ、食うものがなくて飢えている者が多いことを知った。それ故、代官所の倉にある米を汝らに下げ渡す。皆の手に分け隔てなく行き渡るようにせよ」

新九郎が言うと、村長たちが、ははあっと平伏する。

「だが、倉にある米には限りがある。五百俵のうち、半分を下げ渡すが、それだけでは十分とは言えぬのは承知している。かといって、すべての米を下げ渡してしまえば、それを食い尽くしたとき、何もできぬことになる。ついては、これよりいくつかのことを申し渡す故、心して聞くがよい」

「……」

村長たちが不安そうに顔を見合わせる。

(やはり、何かあるのだ……)

どんな厳しい要求をされるのかと、皆、びくびくしている。

「わしが支配する土地では旅人を襲ってはならぬ。今までの罪は問わぬ故、これより後、決して同じことをするな。言い訳は聞かぬ。この指図に従わぬ者がいれば、死罪を命じ、磔《はりつけ》に処する。家族で旅人を襲えば、その家族はすべて死罪、村ぐるみで旅人を襲えば、村長と村役人を死罪とする。わかったか?」

ははあ、と村長たちが平伏する。

「来月の十日、興国寺の門前で市を開く。そこでは何を売ってもよいし、何を買ってもよい。銭のない者は、自分の持ち物を運んで、好きなものと取り替えてもらえばよい。わしは、その市で米と鮑《あわび》を交換する。鮑を二十個持ってくれば、米一俵と取り替える」

新九郎の言葉が発せられると、本堂がざわめく。

鮑は高級品で、そう簡単に手に入るものではないが、鮑二十個で米一俵が手に入るとなれば、目の色を変えて鮑を獲ろうとする者が現れるに違いない。興国寺から駿河湾までは、そう遠くない。海に潜れば、ただで手に入るのだ。

いや、この噂を耳にすれば、沼津《ぬまづ》や清水《しみず》あたりの漁師が鮑を担いで乗り込んでくるに違いない。

次に新九郎が発した言葉が更に皆を驚かせた。

「市では税をかけぬ。何の税も取らぬ」

と言ったのだ。

考えられないことといってよかった。

京都を例に取ると、近在の農民が京都の市で商売しようとすれば、まず、関所で税を課せられるし、市に着けば、市で商売することに対して税が課せられる。扱う品物によっては、その売り上げに対して課税されることもある。二重三重に課税される仕組みになっているのだ。それが支配者の旨味なのである。その旨味を自ら捨てるというのだから、皆が驚くのも無理はない。

「もうひとつある」

新九郎が声を張り上げる。ざわめきが大きくなったせいだ。皆が静まると、

「最初、人別帳には三千人の名前が載っていた。しかし、実際に人別調べをすると、二千四百人しかいなかった。六百人のすべてが働き手ではないにしろ、かなり多くの働き手がこの土地からいなくなり、誰も手を入れない田畑があるということだ。わしは、人を増やそうと思う。よそから働き手を連れてきて、荒れた田畑を手入れさせるのだ。一度にまとめて連れてくるわけではないが、いつでも受け入れることができるようにしておくのだ」

村長たちが帰ると、新九郎は弥次郎を始めとする古くからの仲間たちに本堂に残るよう

に言った。

「松田、おまえも残ってくれ。それにおまえたち……」

松田信之介の仕事振りを見ているうちに、信之介にも信頼する仲間がいることがわかった。それが諏訪《すわ》半蔵《はんぞう》であり、橋本《はしもと》七兵衛《しちべえ》であり、富永《とみなが》彦三郎《ひこさぶろう》であった。皆、同じくらいの年格好だ。

「さっきの話だが、さぞ、おかしなことをすると思ったであろうな。おまえたちには、わしの考えをきちんと知っておいてほしい。遠慮なく何でも訊いてもらいたい」

「市を開くのはいい考えだと思うけど、どうして、税を取らないんですか？　もったいないじゃないですか」

弓太郎が訊く。

「税を取るのでは、他の市と代わり映えしないからだ。それでは多くの者を集めることはできぬ。税を取りたいのではなく、多くの鮑を手に入れたいのだ」

「それも不思議に思っていた。米一俵と鮑二十個を取り替えるって……。無茶だろう。倉には二百俵以上の米がある。それを全部取り替えるつもりなのか？」

弥次郎が訊く。

「すべての米を使うことになっても構わぬ」

新九郎がうなずく。

「そんなに鮑を集めて、どうするつもりなんですか？」

才四郎が訊く。

「都に持って行くつもりだ」

「都に？」

「最初は、米を運ぶつもりだったが、よく考えれば、都まで運ぶのが大変だ。珍しいものでもないから、さして高く売ることもできぬ。鮑ならば、米よりもずっと軽いし、高く売ることもできる」

「鮑を持ち込もうとすれば、都に入るときに関所で高い税を取られるじゃないか」

弥次郎が言うと、

「それはない」

新九郎は首を振り、なぜなら、わしは今でも奉公衆だからだ、と言う。幕府に仕える者が自分の領地から米や品物を都に運び入れるときには課税されないという特権を利用するつもりなのである。

「なるほど、その手があったか……」

弥次郎が納得したようにうなずく。興国寺で二百五十俵の米を鮑に換え、それを都に運んで銭に換える。その銭を興国寺に持ち帰れば、二百五十俵の米を新たに買い込んでも、まだ手許には大量の銭が残るはずだ。鮑は都では高級食材として珍重され、幕府の役人や公家たちがこぞって買い求めるから、常に高値で安定している。都で課税されなければ、濡れ手で粟《あわ》のボロ儲けが期待できる。

「ひとつ伺ってもよろしいでしょうか……」

おずおずと信之介が口を開く。

「遠慮なく訊くがいい」

新九郎がうなずく。

「よそから働き手を連れてくるとおっしゃいましたが、それも市から買ってくるということなのでしょうか?」

信之介が言うのは、人身売買のために開かれる市から働き手を買うつもりなのか、という意味だ。

「いずれ、そういうことも考えるかもしれぬが、今は別のことを考えている……」

駿府にいる物乞いを連れてくるつもりだ、と新九郎は言う。物乞いとはいえ、元はと言えば、村を逃散して駿府に辿り着いた農民がほとんどである。駿府に行けば楽な暮らしができると期待したものの、駿府でも食うことができず、仕事を見付けることもできずに物乞いに落ちぶれてしまった者たちだ。ならば、故郷に帰ればよさそうなものだが、この時代の領主というのは逃散を厳しく禁じており、のこのこ村に戻れば、見せしめとして処刑されてしまう。だから、故郷に帰りたくても帰ることができないのである。

「お言葉を返すようですが……」

信之介が遠慮がちに口を開く。

なるほど、単純に考えて六百人分の土地が放置されているのだから、新たな働き手を連れてくるのは悪い考えではない。現在は、三千人分の年貢を二千四百人で負担しているから、働き手が増えれば、その分、一人当たりの年貢は軽くなる計算である。

しかし、物乞いをしているほどだから、その者たちは手ぶらで来るであろう。真面目に農作業に取り組んでも、作物を収穫するには一年待たなければならない。その一年、新たな働き手をどうやって食わせていくのか。今でさえ食うや食わずなのである。とても、よそ者に食わせる余裕はない……信之介が言う。

「村の者たちに厄介をかけるつもりはない。その者の食い扶持《ぶち》は、わしが与える……」

龍王丸の許しを得て、二年間、年貢を免除された、その年貢米を新たな働き手たちの食い扶持に当てるつもりだ、と新九郎が言うと、信之介の顔が朱色に染まった。先の先まで見通して手を打っている新九郎のやり方に感動したのであろう。

「こうやって話していると、いかにも簡単そうに聞こえるが、実際にやってみると、大変なことばかりだと思う。しかし、何もしないでいれば、次々に人が死んでいくだけだ。わしは、御屋形さまから預かった十二郷を少しでも住みよい土地にしたいのだ。飢えて死ぬ者が一人もいないような土地にしたいのだ。子供たちが外で遊ぶ元気もないほど腹を空かせているのは間違っている。間違っているのなら、その間違いを正さねばならぬ。わし一人でできることではない。だから、みんなの力を借りたい。どうだ、わしを信じて、わしに力を貸してくれるか？」

弥次郎、弓太郎、才四郎、正之助、権平衛、又次郎、門都普の七人は顔色も変えずにうなずく。新九郎がどういう人間か、彼らはよく理解しているからだ。都にいる頃から、新九郎は私欲を捨てて、貧しい者たちのために尽くしてきた。そんな姿を見慣れているから驚きも感じなかったのだ。

しかし、信之介たちは、そうではない。新九郎の言葉に驚き、その言葉に嘘がないとわかると、心の底から大地が揺れるほどの感動が湧いてきた。立場としては、彼らも支配階級に属してはいるが、この土地で生まれ育った者たちだ。駿府から送られてくる代官や、その取り巻きとは違うのである。自分の故郷が荒れ果て、昔から顔を見知っている者たちが飢えで苦しむ姿を目にして平静でいられるはずがない。

だからといって、自分たちにできることは何もなく、無力感に苛《さいな》まれながらも悲惨な現実から目を背けることしかできなかった。

そこに新九郎が現れた。

もちろん、新九郎の口にした言葉は理想論に過ぎず、それを実現させるのは容易なことではないとわかるが、彼らは新九郎を信じた。

いや、信じたかった、というのが正確であろう。

だからこそ、信之介も、半蔵も、七兵衛も、彦三郎も人目を憚《はばか》らずに号泣したのだ。


興国寺門前の市は盛況だった。

商取引や商品の売買に税がかからず、途中に関所がなく通行税も取られないというだけでも驚くべきことなのに、鮑を持って行けば米に換えてくれるという物珍しさが評判になり、近在の漁民はもとより、伊豆の漁民までが鮑を担いでやって来た。

その結果、百俵以上の米が鮑と交換され、新九郎は、わずか一日で二千個以上の鮑を手に入れた。最初は干物にして都に運ぶつもりだったが、海水に浸けておけば数日は生かしておくことができると漁師から教わって考えを変えた。干し鮑よりも生きた鮑の方が高く売れるからだ。市が開かれた翌日には、新九郎は家臣二十人、徴発した農民三十人、総勢五十人ばかりを引き連れて都に向かった。農民の家族には、働き手がいなくなる見返りに米を渡した。

鮑を運ぶだけなら、それほどの大人数は必要ない。都で鮑を売って、駿河に戻るとき、都で買い求めたいものがたくさんあって、それを運ぶために、これくらいの人数が必要だと考えたのだ。

都に着いた新九郎は、前将軍・足利義政、その妻・日野富子《ひのとみこ》、政所執事《まんどころしつじ》・伊勢貞宗《さだむね》、管領《かんれい》・細川政元《ほそかわまさもと》を訪ね、鮑を五十個ずつ献上した。新九郎とて世間知らずではない。権力のツボを心得ている。この四人にさえ憎まれなければ、大抵のことはうまくいくのだ。

残った鮑の販売を、新九郎は松波屋《まつなみや》の主・海峰に頼んだ。海峰の本業は高利貸しで、海産物など取り扱っていないが、新九郎は海峰の顔の広さを見込んだのである。おかげで、すぐに売りさばくことができた。その謝礼を差し出そうとすると、

「そんなものはいらぬ。わしからの餞《はなむけ》だと思ってくれればいい。何年も前のことだが、伊勢新九郎は幕府の小役人になど収まる器ではない、と言ったことを覚えている。その見立ては正しかったな。ついに城持ちに出世した。いくら世が乱れているとはいえ、小役人から城持ちになるとは想像していなかった」

「城といっても、今は興国寺という寺に居候しているに過ぎませぬわ」

新九郎が笑う。

「それで終わりというわけではあるまい。おまえがどれほど大きくなっていくか、わしは都から眺めている。それが、わしの楽しみよ」

新九郎は、駿河ではなかなか手に入らないような反物《たんもの》や櫛《くし》、笄《こうがい》、武器、それに薬などを大量に買い込んだ。それでも、鮑を売って得た銭の一部を使ったに過ぎず、かなりの銭が手許に残った。

あまりにも忙しくて、屋敷には一泊しかできなかった。

真砂に駿河での状況を説明し、

「あと半年もすれば、おまえと千代丸を呼び寄せることもできよう」

と約束して真砂を喜ばせた。

駿府に着くと、龍王丸と保子に会い、龍王丸には刀と兜《かぶと》、保子には反物と櫛を献上した。それでもまだ多くの品物が手許に残ったので、龍王丸の重臣たちに都からの土産物として分け与えた。喜んだのは、重臣たちの妻女である。

こういう場合、貰いっぱなしということはないから、それぞれが新九郎に答礼する。といっても、田舎のこと故、気の利いたものなど用意できず、皆、

「お役に立てて下され」

と米をくれた。それらの米は、直接、興国寺に運んでもらうことにした。鮑を手に入れるために交換した米を上回るほどの米が手に入った。

駿府から興国寺に戻るとき、

「わしと一緒に興国寺に来て野良仕事をせぬか。飯を食わせてやるぞ」

と路上に屯《たむろ》する物乞いに声をかけて回った。新九郎を人買いではないかと疑って誘いに乗らない者もいたが、それでも五十人ほどが、

「ここにいても、どうせ死ぬのだ」

と腹を括って、新九郎についてきた。男だけでなく、女や子供もいた。家族ぐるみで逃

散し、駿府で物乞いに落ちぶれた者も多かったのだ。

（よし。うまくいっている）

新九郎は意気揚々と興国寺に帰った。

前途洋々に思われた。

ところが、興国寺では、新九郎を愕然《がくぜん》とさせることが起こっていた。

十三

新九郎のやり方は魔法のようにうまくいった。

代官所の倉に納められていた五百俵のうち、二百五十俵を村々に返し、残った二百五十俵で商売をした。

興国寺の門前で市を開き、米と鮑を交換したのである。手に入れた鮑を都に運んで売りさばいた。反物や櫛、笄、武器、薬などを買い込んで駿河に戻り、龍王丸を始め、今川家の重臣たちに贈り物として差し出したところ、そのお礼に米をもらった。その米を倉に積み上げると、三百俵以上になった。この時点で、すでに新九郎は商売の元手を回収したことになる。手許には、まだ多くの銭や薬が残っている。

新九郎が都に連れて行ったのは家臣二十人、農民三十人だが、駿府から興国寺に帰るときには、その数が百人ほどに増えていた。駿府で物乞いをしている者たちに、興国寺で野良仕事をせぬか、と声をかけ、その誘いに応じた五十人ほどの老若男女が加わったからでである。

興国寺に向かう道々、都に連れて行った権平衛や又次郎が、

「新九郎さまは戦がうまいだけでなく、商いもうまいのでございまするなあ」

「これを何度か繰り返せば、大変な分限者《ぶげんしゃ》になられまするぞ」

と感心したが、

（そうはいくまい）

新九郎自身は少しも楽観していなかった。

なるほど、今回はうまくいった。それは将軍の奉公衆という立場を利用することで、税を納めることなく関所を通り、鮑の売り上げにも課税されなかったからである。義政や日野富子、伊勢貞宗、細川政元といった実力者たちには鮑を五十個ずつ贈ったが、言うなれば、目こぼし料のようなものだ。そのおかげで今回は大目に見てもらったものの、新九郎が大儲けしているなどという噂が聞こえれば、利にさとい日野富子あたりが黙っていないであろう。一回限りのつもりで思い切ったやり方をしたのが、たまたま、うまくいったに過ぎない、そう新九郎は割り切り、調子に乗ってはならぬ、と己を戒めた。

（それでいいのだ）

秋の収穫まで何とかやりくりできれば、それでいい。龍王丸からは年貢を二年間猶予し

てもらったから、年貢として納められた米は代官所の倉に積み上げられ、新九郎が自由に使うことができる。その米を、駿府から連れてきた者たちの食い扶持に充てることもできるし、暮らしが立ち行かなくなっている領民に分け与えることもできる。二年あれば、領民たちの暮らしを立て直すことができるに違いない、その道筋は平坦ではないだろうが、みんなが力を貸してくれれば、きっとうまくいくだろうという自信を持っている。駿府から興国寺への道を辿りながら、どうすれば領民たちの暮らしを楽にできるか、新九郎は思案を繰り返したが、その作業は実に楽しかった。

が……。

興国寺では、新九郎の前向きな情熱に冷水を浴びせるような出来事が待っていた。

「兄者、話があるんだ。信之介も待っている」

弥次郎が浮かない顔で言う。

「信之介も?」

何かよくないことが起こったな、と新九郎もピンときた。

離れに行くと、松田信之介が強張《こわば》った表情で待っていた。

「聞こう」

新九郎が腰を下ろすと、

「申し訳ございません!」

いきなり、信之介が平伏した。

「何があった？」

「商人が襲われたんだ……」

弥次郎が溜息をつく。

「詳しく話せ」

新九郎の表情が険しくなる。

先達《せんだつ》て、興国寺の門前で市が開かれたとき、沼津方面からも多くの商人や漁師がやって来た。

この時代、道中の危険を減らすために、できるだけ大人数で旅をするのが普通だし、商人といえども丸腰ではない。自衛のために刀や弓くらいは携えている。多ければ二十人くらいで、少なくとも十人くらいの集団で旅をするが、襲われた商人たちは六人だった。海産物の仲買を生業《なりわい》とする商人が二人、あとの四人は荷を運ぶ下男たちである。沼津で鮑を買い付け、それを門前市に運んで米に換えた。その米を持ち帰る途中、武装した農民たちに襲われたのだという。

「誰がやったのか、わかっているのか？」

怒りの滲んだ声で新九郎が訊く。それも当然で、新九郎の呼びかけに応じて門前市にやって来た商人が襲われたとなれば、領主としての新九郎の面目は丸潰れだ。沽券《こけん》に関わる由々《ゆゆ》しき事態といっていい。

「は、はい……」

信之介は視線も上げられず、汗を拭いながらうなずく。

五人はその場で殺されたが、下男の一人が命からがら逃れた。傷を負って山中をさまよい、何日もかかって、興国寺に辿り着いた。その下男の言葉から、どの村の者たちが襲ったのか大体の目星がついているという。

「村ぐるみで襲ったのか、それとも、邪な者たちが徒党を組んで襲ったのか？」

その違いは大きい。

新九郎は、支配地の村長たちを興国寺に呼び集め、これからは旅人を襲うような真似をしてはならぬ、この指図に従わぬ者がいれば、死罪を命じ、磔に処する。家族で旅人を襲えば、その家族はすべて死罪、村ぐるみで旅人を襲えば、村長と村役人を死罪とする、と申し渡している。

ごく一部の邪な者たちが商人を襲ったのであれば、その者たちを捕らえて処罰すればいいが、村ぐるみで襲ったとなれば、村全体に連帯責任を負わせる意味で、村長や村役人など多くの者たちを処罰しなければならないのである。

「わたしどもが調べたところでは……」

信之介は、ごくりと生唾を飲み込むと、どうやら村ぐるみで襲い、奪った米を皆で分けたようでございまする、と蚊の鳴くような声で答える。

「わしは村長どもに盗賊稼ぎをしてはならぬと申し渡した。なぜ、このようなことが起こる？　わしが下げ渡した米では足りぬのか？　まだ米が足りぬから商人を襲ったのか」

新九郎が信之介に訊く。

「そうではないと思います……」

先達て、新九郎が村長たちに米を渡したことで、村人たちの飢えは癒やされたはずだ、と信之介は首を振る。

「ならば、なぜだ？」

「恐らく……」

いつまた飢えるかわからないから、少しでも米を蓄えておきたいと考えたのではないでしょうか、と信之介は言う。

「馬鹿な！　そのようなことにはならぬ」

そう口にしてから、新九郎は、

（わしを信じていないということか）

ハッと気が付いた。

農民など、領主に虐《しいた》げられるだけの存在である。興国寺周辺の村々も事情は同じで、これまで苛酷すぎるほどの扱いをされてきた。農民がどれほど搾り取られていたか、その実情を新九郎も目《ま》の当たりにしている。農民にとっては、領主など鬼のようなものであろう。そこに突然、伊勢新九郎という、物分かりがよく、慈悲《じひ》深い領主が現れた。農民からすれば、それを歓迎して喜ぶよりも戸惑う気持ちの方が強いのであろう。いつまた裏切られるかわからないと疑心暗鬼になっても不思議はない。新九郎が豹変《ひょうへん》して苛斂誅求な支配を始めたときに備えて、商人を襲って米を貯め込んでおこうと考えたのに違いなかった。

新九郎は腕組みすると、深い溜息をつきながら目を瞑る。

(何と哀れな者たちであろう……)

農民の心情もわからぬではない。村ぐるみで盗賊行為を働くなど決して許されることではないが、彼らをそこまで追い込んだのは支配者の横暴と圧政なのだ。普通に働いているのではまともに食うことができないから、子供や年寄りを飢えさせぬように悪事に手を染めるのである。

それはわかる。痛いほどに理解できる。

(が……)

これを許せばどうなるのか、それが問題であった。

ここで手緩《てぬる》い仕置きをすれば、農民は新九郎を侮るであろう。甘く見るであろう。今までの悪しきやり方を改め、誰もが人間らしく暮らすことができるようにしたいというのが新九郎の願いだが、いかにやむを得ない事情があるにしろ、旅人を殺して金品を奪うのは人間らしい生き方とは言えない。

（一罰百戒《いちばつひゃっかい》……）

苦悶《くもん》の表情を浮かべて黙りこくっていた新九郎がようやく目を開ける。心が決まった。

「村長と村役人、それに商人たちに手を下した者どもを捕らえねばならぬ。刃向かう者は容赦するな。その場で斬り捨てても構わぬ。松田」

「は」

「できるか？」

「もちろんでございます」

「弥次郎、三十人ほど連れて、松田と共にその村に行ってくれ。才四郎と弓太郎も連れて行くがいい。油断せず、戦をするつもりで行くのだ」

「わかった」

弥次郎が硬い表情でうなずく。

商人を襲った村から、弥次郎たちは、村長、村役人、人殺しに加わった村人など、全部で十人の男たちを捕らえて興国寺に引き立ててきた。

新九郎は川沿いの空き地に処刑場を拵《こしら》え、周囲を木柵で囲った。処刑される男たちの家族や同じ村の者たちが処刑場に押し寄せた。彼らの泣き叫ぶ声が周囲に満ち、男たちの妻や子は、新九郎に慈悲を請《こ》い願った。

しかし、新九郎は許さず、兵どもに処刑を命じた。

十字形に組まれた材木に縛られた男たちは、兵たちの素槍《すやり》で左右の脇腹を突き刺されて、次々に死んでいった。十人が処刑された後も、木柵の外では涙に暮れる者たちが立ち去ろうとしなかった。

彼らは、せめて遺体を渡してもらいたい、家族の手で弔《とむら》ってやりたいのだと懇願したが、それも新九郎は許さず、これから三十日間、この場に死体を晒《さら》したままにする、勝手に死体を持ち去る者がいれば、その者も処刑されることになる、と宣言した。

「無慈悲な代官よ」

「人でなしめが」

処刑された者たちの家族や知人は陰で新九郎を罵《ののし》り、憎み、恨んだ。

他の村に住む農民は、盗賊働きをした村人たちが磔にされたという噂を聞き、

「何と恐ろしいことよ」

「今度の代官には、とても逆らうことができぬ」

と、新九郎を怖れた。

それ以来、新九郎の支配する土地で旅人が襲われることはなくなった。

十四

新九郎がしようとしているのは壮大な実験といっていい。

理想の国を築くための実験である。

十三年前に妻子を亡くしたとき、一度、新九郎の心は死んでいる。再び生きる力を取り戻すことができたのは、

(伽耶《かや》と鶴千代丸《つるちよまる》の分まで生きねばならぬ)

と思い至ったからだ。

それは無為に生き長らえることではない。

一人でも多くの苦しんでいる者を救って、功徳《くどく》を為すために生きるのである。そうしてこそ、二人の供養にもなるし、二人に喜んでもらうこともできる、と新九郎は信じている。

都にいる頃は、屋敷で炊き出しをして貧民に食事を与えるという地味な活動を続けた。

しかし、幕府の小役人に過ぎず、財力も権力もない新九郎にできることには限りがあった。いくら自分がもがいても、さして多くの者を救うことはできなかった。そのことに悩み苦しんだ揚げ句、

(多くの者を救いたければ、わしが悪人になるしかない……)

と悟った。

新九郎は仲間たちを率いて、土倉《どそう》などの都の富裕層から金銀を奪い、それで米を買って炊き出しを継続した。

その結果、実力者たちの怒りを買い、都にいては命が危ないという状況に陥り、駿河に下った。おかげで命は助かった。

その後、都に戻った新九郎は、また細々と炊き出しを始めた。たとえ大した力がないとしても、それでも、自分が生きて炊き出しを続ければ、死にかけている者を一人か二人は救うことができる。

しかし、自分が死んでしまえば、誰も救うことができなくなってしまう。

身を慎んで地道に職務に励んだが、運命に翻弄されるように、またもや駿河に下ることになり、あろうことか城と領地を預かる身分になった。狐《きつね》に化かされているような気持ちだったが、だからといって、新九郎は少しも浮き足立つことがなく、

（わしの領地に住む者たちを苦しみから救うのだ）

と決意した。

初めて領地を見回ったとき、村々には人影がなかった。子供の姿も見えず、笑い声も聞こえなかった。人がいなかったわけではない。家には子供も年寄りもいた。腹を空かせて動くこともできず、痩せ衰えて坐り込んでいたのである。

それから半年経つ頃には、村の様子が明らかに変わってきた。新九郎は、どんなに忙し

いときでも、三日に一度くらいは領地を見回るようにしているが、今では、畦道《あぜみち》を子供たちが走る姿が当たり前の光景になっている。

田畑で農作業している者たちは、新九郎に気が付くと仕事の手を休めて丁寧に腰を屈《かが》めて挨拶する。その表情は、にこやかだ。

農民たちが笑顔で農作業に励んでいるのには理由がある。

ひと月前、新九郎は驚くべき布告を発した。

田畑の広さに応じて年貢を決めたのである。田一反につき四百文から五百文、畑一反につき百五十文から二百文である。駿河の片田舎には、まだ貨幣経済が十分に浸透しておらず、物々交換が当たり前のように行われているから、実際には銭ではなく、現物米で年貢を納めることになる。新九郎が示したのは、納めるべき年貢の目安に過ぎない。

しかし、この布告が為されると、村々は大騒ぎになった。

「信じられぬ」

「どうせ嘘に決まっている」

「わしらを騙《だま》すつもりではないのか」

農民が信じなかったのも無理はない。

それまでと比べて年貢が少なすぎるのである。

この時代の農民など、支配層から見れば、同じ人間ではない。牛馬のようにこき使われ、しかも、牛馬ほどに大切にされない。農作物の収穫時になると、領主が根こそぎ奪い去ってしまう。農民の手許には、かろうじて飢え死にしないだけの食料が残されるだけだ。不作の年にも容赦はない。そんな年にはすべての収穫物を奪われるから餓死するしかない。

しかし、領主は農民の生死など気にもかけない。関東では絶え間なく戦争が続いており、戦争の後には奴隷市が開かれる。そこで敵国からさらってきた農民を売りさばくのだが、その値段が恐ろしく安い。働き手になる壮年の男だと四十文から五十文、若い女が三十文、雑用をこなせるくらいの子供で二十文、幼い子供や力のない年寄りにはほとんど値がつかない。ちなみに、都では饅頭《まんじゅう》がひとつ四文、酒一升百文というのが相場だ。つまり、酒一升あれば、奴隷を何人も手に入れられるということで、それほどに人の命が安く売買される。領主の立場からすると、農民を一冬食わせて生き延びさせるより、年が明けてから奴隷市で働き手を買ってくる方が安上がりなのだ。

そんな苛酷な状況で生きている農民が、新九郎の布告を疑ったのも無理はない。何しろ、この布告が真実だとすると、年貢の上限が決まることになる。

田一反につき四百文と決めてしまえば、たとえ、その田から八百文の収穫があったとしても四百文しか年貢を取らず、残りは農民の手許に残ることになる。そんなことは前代未聞だ。あまりにもうますぎる話なのである。八百文の収穫があれば、領主が七百文を年貢として奪う。五百文の収穫しかなければ、すべてを領主が奪う。どこの国でもそんなやり方をしている。それがこの時代の常識なのだ。

最初は半信半疑だった農民たちも、まめに村々を見回って、誰とでも気安く言葉を交わす新九郎の姿を目にするのが当たり前になると、

（この御方なら信じられるのかもしれぬ）

という気持ちになってきた。

そうなると、誰もが張り切って農作業に励むようになった。強制されたわけでもないのに、自らの意思で荒れ地を開墾して田畑を増やす努力を始めた。田畑が広がれば収穫が増える。収穫が増えれば増えるほど、年貢を納めた後に自分の手許に多くの収穫を残すことができる。

年貢の上限を定めたことで、初めのうち新九郎が取り立てる年貢は、それまでと比べて大きく減ったが、時間が経つにつれて少しずつ年貢が増えてきた。農民が熱心に働くので田畑が増えてきたからだ。彼らのやる気を引き出したことで、結果的に、新九郎も潤うことになった。

もちろん、そんな大胆なことができたのは、龍王丸が二年間の上納免除を認めてくれたおかげである。駿府に年貢を送る義務から解放されたからこそ、農民への負担を減らすことも可能だったのだ。

村々を見回って歩くときには松田信之介と門都普の二人を伴うことが多い。信之介ほど

に領地の事情に通じている者はいない。何かわからないことがあれば、大抵のことは信之介がその場で答えてくれる。

荏原郷以来の仲間たちは、弥次郎も弓太郎も才四郎も、それぞれが何らかの役に就き、領主である新九郎を補佐する役目を負っているが、門都普だけはそれを拒み、常に新九郎のそばにいる。だから、収入もないが、別に不満も感じていないらしい。

「信之介、村の者たちの暮らしはどうだ？　飢えている者はいないか？　わしが訊いても、遠慮があるのか、皆、よいことしか言わぬ」

「それが本当のことだからでございます」

信之介がにこりと笑う。

「新九郎さまが支配しておられる十二郷の村々の暮らしは、間違いなく、よくなっております。以前は、三日に一度は、その日に食べるものすらなく、水を飲むしかないという有様だったのに、今は一日に二度、家族みんながきちんと飯を食っております」

「それが当たり前なのだ」

新九郎の表情が険しくなる。

「今までがひどすぎただけの話ではないか。朝から日暮れまで汗水垂らして働いているのに、ろくに飯も食えないというのがおかしい。それを誰もおかしいと思わなかったことが、何よりも、おかしなことだ。もっともっと豊かにならねばならぬ」

「豊かに、でございますか？」

「幸い、ここ数年、ひどい不作にはなっていないが、不作や凶作というのは必ず、やってくるものだ。そういうときにも、皆がきちんと飯を食えるようにしなければならぬ」

「ひとつ伺ってよろしいですか？」

「構わぬぞ」

「なぜ、そのように下々の者たちの飯の心配をなさるのでございますか？」

「飯の心配がなくなれば、安心して働くことができる。懸命に働けば、暮らしも楽になり、蓄えもできるであろう。農民が豊かになれば、年貢も増えるから領主も豊かになる。農民も領主も豊かであれば、国も豊かになるではないか。簡単な話だ」

「そのようなことができるのでしょうか？」

「わからぬ。誰もやったことがないのだから。しかし、どんなことであれ、やってみないことにはうまくいくかどうかなどわからぬ」

新九郎は足を止めると、目を細めて遠くを見つめる。視線の先には、遺棄された田畑が広がっている。逃散した農民の田畑である。

「思うように人手が増えぬな」

「十日に一度は駿府に出かけるように心懸けておりますが、この頃は、あまり人が集まりませぬ」

駿府にうろうろしている物乞いを連れてきて、土地や食べるものを与えて耕作させているが、その数は二百人ほどで、まだまだ人手が足りないのだ。

「農民が田畑を広げようとすると、どうしても自分の土地に近いところを切り開きがちなので、あのように捨てられた土地までは、なかなか手が回らぬのです」

「それは間違っていない。捨てられて時間が経つと土地が痩せてしまうし、すっかり荒れ果てているから、新たに土地を切り開くのと何も変わらぬ。それならば、自分の土地の近くで……そう考えるのは当たり前のことだ。どこかから人を連れてこなければならぬな……」

新九郎は腕組みして思案し、やがて、買ってくるか、とぽつりと言う。

「市で買うのでございますか？」

「うむ」

扇谷上杉氏と山内上杉氏は、毎月のように武蔵《むさし》や相模で戦っているが、勝ったり負けたりの繰り返しで一向に決着がつかない。戦争の後には、各地で人を売り買いする市が開かれる。敵地から拉致した農民を売りさばいて戦費に充てるためである。

「新九郎らしくないやり方だな」

それまで黙っていた門都普が口を開く。

「人を安く買ってきて領地でこき使うという、どこの領主もやっていることを真似るのか？」

「そんなつもりはない。市で買ってきたからといって、他の農民たちと違う扱いはしない。同じように扱う。この土地の暮らしが気に入らなければ、故郷に帰ることも許す」

「そ、それは……」

あまりにも寛大すぎるのではないか、と信之介が首を振る。

「よいのだ。無理に縛り付けても、何もいいことはない。故郷に帰る者もいるだろうが、故郷から家族を呼び寄せようとする者もいるだろう。この土地で暮らせてよかった、いつまでもここで暮らしたい……わしは、御屋形さまから預かった十二郷をそういう土地にしたいのだ」

それ以来、奴隷市が開かれるという噂を耳にすると、新九郎と信之介は足繁く奴隷市に通うようになった。

普通、奴隷市で最も人気があるのは力のありそうな二十代から三十代の男で、次が見目の良い若い女である。そういう順に売れていき、年寄りや子供は売れ残ることが多い。

新九郎の買い方が変わっていたのは、壮年の男を買うと、それと一緒に女や子供、年寄りまで買うことだった。家族ぐるみで買うことを心懸けたのである。最初に男を買うと、

「おまえの家族は、ここにいるか？」

と訊き、妻子や両親が売りに出されていれば、彼らも買うようにしたのだ。

「役に立たない年寄りや子供を買って、銭を無駄にするだけではないか」

と他の買い手から呆れられたが、新九郎は気にしなかった。

そういう買い手は奴隷を使い捨ての消耗品という目で見ていた。

しかし、新九郎は同じ人間として見た。

だからこそ、

(家族が切り離されてしまったのでは働く気持ちになどなれるはずがない。家族が一緒だからこそ、馴染みのない土地に連れて行かれても頑張れるのだ)

という考えで、できるだけ家族が一緒にいられるように計らってやろうとした。

市で買った者たちを興国寺に連れ帰ると、家や土地、食べ物を与えた。その上で、

「この土地が気に入らなければ、いつでも故郷に帰るがいい」

と言った。

市が開かれるたびに、領地の人口は少しずつ増えた。故郷に帰ろうとする者がほとんどいなかったからである。武蔵や相模では絶え間なく戦争が続いている。たとえ故郷に帰っても、また戦乱に巻き込まれて奴隷にされる怖れがある。そんな危険を冒すよりも、年貢が安く、戦もない土地で家族と一緒に暮らす方が幸せだ……そう考えて、皆、興国寺に残るのだ。

(この御方、やはり、ただ者ではない……)

信之介は、ますます新九郎を尊敬するようになり、いっそう忠実に職務に励むようになった。誰もが豊かに暮らすことができる国を造る……そんな夢を実現する手伝いをしていることが誇らしかったのだ。

十五

「以前も申し上げましたが、そう急いで立ち退かれることはありませぬ。こちらに遠慮はいりませぬ故、どうか、この寺に……」

「いやいや、そうはいきませぬ。いつまでも拙僧らが新九郎殿の邪魔をしていたのでは政に差し障りが出る。そんなことはしたくない。引っ越しに猶予をいただけたおかげで、代わりの寺も見付かったことですし、とりあえず、荷物を運んでしまえば、あとのことは何とでもなりましょう」

「それならば、よいのですが」

興国寺の住職・清庵の言葉に新九郎がうなずく。

龍王丸から興国寺周辺の十二郷を領地として与えられたとき、新九郎は、すでに存在する城や砦に入るのではなく、興国寺を城として修築することを望んだ。興国寺の位置している場所の戦略的な重要性に着目したからである。その希望を龍王丸も許したが、それには興国寺の僧侶たちを他の寺に移さなければならなかった。すぐには代替の寺が見付からなかったので、新九郎たちが興国寺に居候する格好になった。僧坊で寝泊まりし、離れで仕事をした。仏道修行の妨げになってはならぬという新九郎の考えで修築工事も控えたので、興国寺の外観は依然として寺のままである。

「わしは新九郎殿に詫びねばならぬ」

「和尚さまが、わたしに何を詫びるというのですか？」

「これまでの代官たちと同じように己の損得しか考えぬ強欲な人でなしであろうと思っていた。わしの目が曇っていた。どうか許して下され」

清庵が深々と頭を下げる。

「そのようなことをされては困ります。どうか、お顔を上げて下さいませ」

「うむ」

清庵は新九郎に向き直ると溜息をつき、

「今の世の中はひどい。周りを見回せば、どこの国でも戦続きで、人が死ぬのが当たり前、普通に生きていけるのが不思議なほどじゃ。農民どもは、いくら働いてもまともに食うことすらできず、子供たちは腹を空かせて泣いている。地獄とはあの世ではなく、この世にあるのか……そんなことを思う毎日であった。もはや御仏《みほとけ》の慈悲にすがる以外に、この世を変える術などないと諦めておったが、いやいや、そうではなかった。人の世を変えるものは、やはり、人でありましたわ。どのようなことも人の力で変えられぬことはない……それを新九郎殿に教えられました」

「まだまだ十分ではありません。凶作に見舞われたら、たちまち皆が飢えてしまいます」

「それよ、それ」

清庵がぽんと自分の膝を叩く。

「今までの代官は自分のことしか考えなかった。ところが、新九郎殿は、そうではない。今も、皆が飢える、と言った。自分のことではなく、領民のことを第一に考えている証じゃ……」

この十二郷に暮らす者たちは幸せよ、できることなら新九郎殿の政がもっと広がってほしい、そうすれば多くの民が救われることになるから、と清庵が言う。

「わたしなどに、それほどの力があるのでしょうか?」

「何を控え目なことを言うのか。ざっと駿河を見渡しても、新九郎殿のように領民のことを考えている豪族などおらぬではないか。いっそ新九郎殿が駿河の国主になってくれぬものかと……」

「和尚さま」

新九郎が苦笑いする。さすがに今の清庵の言葉を聞き流すことはできない。

「思わず口が滑ってしまいました。お許し下され。駿府におられる国主さまは新九郎殿の甥に当たられる御方でしたな。新九郎殿は身内に弓引くような御方ではない。それに、どうせなら、駿河ではなく伊豆の主になってもらう方がよい」

「伊豆ですか？」

「新九郎殿に比べれば、駿河の豪族たちもろくなものではないが、それでも伊豆の阿呆どもよりはましじゃ。まあ、伊豆の豪族どもを支配している者が阿呆なのであろうがのう」

清庵が、ははは、と声を上げて笑う。

と、不意に真顔になり、

「新九郎殿のやり方には何の不満もないが、心配なことがひとつだけある」

「何でしょう？　ぜひ、お聞かせ下さいませ」

「人間は必ず死ぬということじゃよ。病や怪我で死ぬ者もいれば、戦で死ぬ者もいる。それを免れたとしても寿命が尽きれば死なねばならぬ。わしも死ぬし、新九郎殿も死ぬ。わしが死んだところで困る者はおらぬが、新九郎殿が死ねば、そうはいかぬ。駿府から新しい代官が来るであろうが、誰が来たところで新九郎殿のようなやり方などできぬ。新九郎殿だからこそ、今のやり方ができるのだ」

「つまり、わたしが死ねば、領民の暮らしは元に戻ってしまうということですか？」

「それを考えたことはないのかな」

「そう言われると……」

今まで死を覚悟したことは何度もある。盗賊にさらわれた保子を助けに行ったときもそ

うだし、小鹿範満を討ち取るために今川館に攻め込んだときもそうだったが、平穏な生活を送っているときに、

(人間というものは、いつ死ぬかわからぬ)

などと切羽詰まったことばかり考えているわけではない。

しかし、清庵の言うように、たとえ合戦や斬り合いで死ななくても、人というのは寿命が尽きれば死んでしまうものだ。伽耶や鶴千代丸のように流行病《はやりやまい》で呆気《あっけ》なく死ぬこともある。身近にそういう事例を見ているにもかかわらず、いつか自分も死ぬということを深刻に捉えず、自分が死んだ後の領地支配にまで考えが及ばなかったことを新九郎は恥じた。

「まだ三十そこそこの若さの新九郎殿に自分が死ぬことを考えよというのは酷かもしれぬが、背負っているものの重さを思えば、遠い先のことまで見通しておく必要があるのではないかのう」

「どうすればよろしいのでしょうか?」

「はて……」

清庵が小首を傾げる。

「わしなどに政のことは何もわからぬ。ただ、さっきも言ったように、人の世を変えるものは、人であり、どのようなことも人の力で変えられぬことはない……そういうことではないかな」

「人ですか」

新九郎がふむふむと何度もうなずく。

興国寺の僧侶たちが他に移ったので、ようやく新九郎は寺を城郭に変えるための修築工事に取りかかることができた。清庵には、遠慮せずにいつまでもいてほしいと言い、それは嘘ではなかったが、僧侶たちと同居しながら代官としての執務を続けることに不自由さを感じていたのも事実だったから、清庵が快く移転してくれたのはありがたかった。

新九郎が修築工事の開始を喜んだのには、仕事のことだけでなく、もうひとつ理由がある。真砂と千代丸のことである。

興国寺での暮らしが落ち着いてきたので、新九郎は二人を都から呼び寄せた。弥次郎と才四郎に三十人ばかりの郎党を預けて迎えに行かせたのだ。

久し振りに対面した真砂を見て、新九郎は驚いた。真砂は身籠もっていた。

「なぜ、無理をした？」

この時代の旅は楽ではない。普通は徒歩で旅をするが、真砂ほどの身分の女であれば、郎党が手綱を引く馬に乗って旅をする。

しかし、馬の背中に乗っているのも大変だ。道が悪いから揺れるし、ずっと乗り続けていると尻の皮が剝《む》ける。それが妊婦にいいはずがない。新九郎が眉間に小皺を寄せて、真砂を責める口調になったのは、真砂の体を案じたからこそであった。

「申し訳ございません……」

赤子が生まれるのは、まだ先のことだし、今ならば少しくらい無理をしても旅ができると判断した、この時期を逃せば、少なくとも一年以上は駿河に下向するのは不可能になってしまう……そう真砂は詫びた。

「それは、そうだが……」

当時、出産は命懸けである。子供を産んですぐに旅などできるものではない。体力を取り戻すのにもかなりの時間がかかる。生まれたばかりの赤ん坊が長旅をするのも、よいことではない。そう考えると、今のうちに興国寺に赴《おもむ》き、その土地で出産したいと真砂が願ったことは、あながち間違っているとも言えなかった。

真砂は男の子を産んだ。その子を新九郎は次郎丸《じろうまる》と名付けた。真砂はすぐに床を払うことができず、寝たり起きたりの生活を送っている。しかも、他の者たちと同じように僧坊で寝起きしていた。さすがに新九郎も不憫《ふびん》に思ったから、修築工事の最初に、真砂と子供たちが静かに過ごすことのできる広い離れを拵えてやった。

完成した離れに移っても容態は回復せず、次郎丸に乳を与えることもできなかったので、乳母として雇った百姓女にすべてを任せざるを得なかった。千代丸を母乳で育てた真砂は涙を流した。

信之介や門都普を伴って村々の見回りをするとき、新九郎は千代丸を連れて行くことが多くなった。千代丸を残していくと、真砂のそばから離れようとしないし、真砂に遊んでもらいたがってむずかったりする。二歳の幼児に事情を理解しろというのが無理であった。新九郎が忙しいときは、女中に相手をさせたりするが、できるだけ新九郎自身が千代丸の面倒を見ることを心懸けた。

ひとつには清庵和尚の言葉が頭から離れなかったせいである。

「わしが死んだところで困る者はおらぬが、新九郎殿が死ねば、そうはいかぬ。駿府から新しい代官が来るであろうが、誰が来たところで新九郎殿のようなやり方などできぬ。新九郎殿だからこそ、今のやり方ができるのだ」

つまり、新九郎が死んでしまえば、十二郷の農民たちは以前のようなみじめな暮らしに逆戻りするということなのである。そんなことにならないようにするには、どうすればよいかを熟慮し、

（後を継ぐ者がわしと同じやり方をすればよい）

と思い至った。道理をわきまえた男に千代丸を育て、自分に何かあったときには千代丸に十二郷の支配を任せるように龍王丸と保子に頼んでおくのだ。

将来を見据えて、自分の手で千代丸を教育しようと思い立ってからというもの、千代丸の手を引いて畦道を歩きながら、様々な教訓めいたことを話すように心懸けたが、相手は

幼児である。新九郎の話など理解できるはずがない。外歩きに連れて行ってもらうことは喜ぶが、新九郎が話し出すと、途端につまらなそうな顔になる。時に、新九郎もカッとなって声を荒らげることがある。すると、

「無茶なことを言うな。子供にそんな難しい話がわかるものか」

門都普が千代丸を抱き上げて笑う。

「難しいことなど言っておらぬぞ」

「もっと大きくなればわかるだろうが、今は無理だと言っている」

「しかし……」

「新九郎に何かあれば、千代丸が大きくなったときに、松田殿が新九郎の教えをきちんと話してくれるだろう」

門都普は、家臣団の組織に属していないので、新九郎のことも千代丸のことも呼び捨てである。主従関係を超越した部分で二人の友情は成立しているのだ。

新九郎は、信之介と門都普の二人には、自分がどういうつもりで千代丸を教育しているのか説明してある。

「殿が若君に語られたことは、できるだけそのままの言葉で帳面に書き残すようにしております」

信之介が懐から帳面を取り出す。新九郎が千代丸に教訓を話し始めると、信之介は矢立

を取り出して、その場で書き留めるようにしている。

「ふうむ……」

新九郎が腕組みして思案を始める。

千代丸を教育するつもりで、将来、役に立ちそうなことを話しているつもりだが、門都普の言うように、今の千代丸には理解が難しいであろう。

だからといって、千代丸の成長を待っていられるほどの余裕はない。戦国の世では、いつ何が起こるかわからないからだ。

（千代丸には焦らずに少しずつ教えていけばよいか。しかし、せっかく始めたことだし、これを何かに生かせぬものか……）

ふと、信之介の帳面が目に留まり、自分の考えをもっとわかりやすく整理して、家臣たちにも読ませてはどうだろうと思いついた。

いつの日か千代丸が新九郎の後を継いだとき、千代丸だけが新九郎の思想を理解しているのでは十分ではない。家臣たちも同じように理解している必要がある。

つまり、新九郎に仕えるすべての者たちにも新九郎がやっていることは当たり前のことなのだと納得させなければならないということだ。新九郎の思想が千代丸だけでなく、家臣たちにも浸透すれば、たとえ新九郎の身に何かあったとしても、その思想がこの土地で脈々と受け継がれていくはずであった。

その思いつきをきっかけに、日頃、自分が考えていることを書き留めるようになった。多くの者に理解してほしかったので、できるだけ平易な文章にすることを心懸けて推敲《すいこう》を重ねた。これが後世「早雲寺殿廿一箇条《にじゅういっかじょう》」と呼ばれるもので、伊勢氏の家訓といっていい。二十一箇条すべてが一度に公表されたわけではなく、必要に応じて随時付け加えたり、書き直したりされて、最終的に二十一箇条になった。

第一、仏神を信じ申《もうす》べき事

という第一条から始まる二十一箇条には、ごく常識的なことが書き並べられているに過ぎない。

第二条では、

朝はいかにも早く起《おく》べし……

と早起きを奨励している。

しかも、午後八時には寝て、朝は五時には起きろ、と細々と指示している。

第六条では質素倹約を、第十二条では、少しでも暇があれば本を読め、と読書を勧めている。

それ以外にも、身だしなみに注意しろ、才智をひけらかすべきではない、役に立たないおしゃべりに付き合って時間を無駄にするな、火の用心を心懸けよ、学問の友は求めるべきだが、碁や将棋、笛や尺八などの遊芸に耽《ふけ》る友には近付くな……まさに口うるさい親が子供に注意するようなことが書き連ねてある。そんな中で、第十四条には、

上下万民に対し、一言半句にても虚言を申べからず……

とある。領民には正直に接せよ、というのだ。

このように当たり前のことが二十一箇条にわたって書かれているが、それを裏読みすれば、この時代には、こんな当たり前のことが当たり前ではなかったということなのである。

十六

「のう、信之介」

「はい」

いつものように領地を見回っているとき、ふと新九郎は足を止めて、松田信之介を振り返った。

「伊豆に行ったことがあるか？」

「ここから国境までは、さほど遠くございませんから、山菜を採りに行って、知らぬうちに伊豆に迷い込んだこともあれば、剣術の稽古でできた傷を癒やすために湯治《とうじ》に出かけたこともあります」

「うむ、そうよな。ここから伊豆は近い。駿府に出かけるより、堀越に行く方が、よほど近い。だが、農民にとって、伊豆というのは、よほど暮らしにくい土地らしいな」

新九郎が目を細めて前方を見つめる。そこには荒れ地を開墾している農民たちの姿がある。女や子供も交じって熱心に働いている。彼らは伊豆から逃げてきた農民たちであった。

新田開発を進めて生産高を上げるために、新九郎は積極的に人を集めている。駿府で物乞いをしている者や奴隷市で売られている者を領地に連れてきて土地を与え、翌年の収穫期まで食いつなげるだけの食料を与えている。そんな噂が隣国の伊豆にも聞こえているらしく、このところ、伊豆からの逃散農民が増えている。

「よろしいのですか、このままで？」

信之介は控え目に訊く。

「あまりよいとは言えぬな。このまま数が増え続けるようだと、堀越の公方さまも黙っておられぬであろうし、駿府の御屋形さまを困らせることになってしまう」

「では、追い返しますか？」

「あの者たちが逃げてきたときのことを覚えている。この世の者とは思えぬほどに痩せ細っていた。大人だけでなく、子供もだ。笑うことすら忘れてしまい、涙を流す元気もなくしていた。そうだったな、門都普？」

新九郎が振り返る。門都普は、うむ、とうなずき、

「あのとき、新九郎が受け入れてやらなければ、あの農民たちは道端に倒れて飢え死にするしかなかっただろう。それは間違いない」

「その者たちが今では笑いながら汗を流している。野良仕事など楽ではないはずなのに、それでも笑っている。それは、なぜだ？」

「その苦労が報われるとわかっているからでしょう。家に帰れば食べるものがある。荒れ地を開いて田畑が広がっていけば、それが自分のものとなり、そこで穫れる米や作物が自分のものになる。だから、辛いはずの野良仕事が楽しくて仕方ないのでしょう」

信之介が答える。

「わしには、それが当たり前のことに思える」

「ところが、興国寺城から大して離れていない伊豆では、それが当たり前ではありません。伊豆の農民が、この土地の農民を羨《うらや》んでいるという噂をよく耳にします」

「逃げてくることはない。伊豆でも同じようにすればよいだけのことではないか」

「残念ながら、そう簡単なことではないようです。どうなさるのですか、新九郎さま？」

「農民を追い返すのも哀れだし、かといって、御屋形さまに迷惑もかけたくない。堀越に行かねばならぬな。公方さまにお願いしてみよう。もっと農民を大切にしていただきたい、と」

「聞いて下さるでしょうか?」

「無理であろうな。そうだとしても、一度くらいきちんと挨拶に行かねばならぬわ。慈照院《じしょういん》さま（義政）の兄上であり、今の将軍家（義尚）の伯父上であられる」

堀越公方・足利政知《まさとも》は義政の異母兄である。

室町幕府の草創期、気風の荒々しい関東を支配するために、幕府は京都の将軍とは別に鎌倉公方を置いた。公方と名乗っていても、実際には京都にいる将軍の支配下にあったが、次第に両者は不仲になり、ついには武力衝突にまで発展した。これを永享《えいきょう》の乱という。

この乱で第四代鎌倉公方・足利持氏《もちうじ》は自害に追い込まれた。持氏の死によって幕府による一元支配が実現したが、それも束の間、持氏の遺児・成氏《しげうじ》が第五代鎌倉公方になると、成氏は凄まじい勢いで勢力を拡大し、京都の室町幕府を脅かすほどの存在になった。

幕府は成氏討伐を決め、上杉氏を支援して成氏を攻めた。ついに成氏は鎌倉を放棄して下総《しもうさ》古河に本拠を移した。以後、成氏の系統を古河公方と呼ぶ。

成氏の復活を怖れる幕府は、政知を新たに鎌倉公方に任じて関東を支配させようと目論んだ。

ところが、成氏が古河に移ってからも戦乱が止まず、上杉氏も扇谷と山内のふたつの系統が争いを始めたので、政知は鎌倉に入ることができず、伊豆の堀越で足止めされてしまった。

その後、幕府と古河公方は和睦したものの、それ以来、三十年ほどもこの土地に留まっているので、政知は堀越公方と呼ばれるようになった。形式上は室町幕府から関東の支配権を委ねられているものの、その影響力は伊豆一国に留まっており、それも伊豆の守護である山内上杉氏のお情けにすがってのことに過ぎない。

堀越公方・足利政知には何の政治力もないが、前将軍の異母兄であり、現将軍の伯父だから権威だけはある。政知と龍王丸が対面すれば、龍王丸は下座で平伏しなければならないほど身分が違う。新九郎が伊豆からの逃散農民を受け入れていることで政知が駿府の龍王丸にねじ込めば、龍王丸は頭を垂れて詫びねばならない。そんなことをさせたくないから新九郎自らが堀越に出向こうというのであった。

「すぐに行かれますか？」

そう信之介が訊いたのは、日が経つにつれて逃散農民が増えることを案じているからであった。

「できれば、そうしたいが、すぐには無理だな」

「お加減がお悪いのですか？」

「うむ、よくない」

新九郎の表情が曇る。このところ真砂の具合が一段と悪くなっている。その気になれば日帰りができる距離なのに、堀越に出かけることをためらわねばならないほど容態は悪化している。心の中では、

(もう駄目かもしれぬ……)

という微《かす》かな諦めすら感じている。

そんなことは想像もしたくないが、何の覚悟も持たぬまま真砂の死を迎えることになれば、その衝撃に耐えられないかもしれなかった。最初の妻・伽耶を亡くしたときは何の心構えもできていなかったから、生きた死人のように都をさまよい歩き、危うく野垂《のた》れ死ぬところだった。その頃は、新九郎の双肩には大した責任も乗っていなかったが、今は、そうではない。家族や家臣、領地に住む者すべてに対して大きな責任を負っている。昔と同じことをするわけにはいかなかった。

それ故、新九郎は、

(おれは何と情けない男なのだ……)

と溜息をつきつつ、真砂が亡くなったときの覚悟を固めなければならなかったのである。

第二部　伊豆

一

長享《ちょうきょう》二年（一四八八）の夏、真砂《まさご》が亡くなった。次郎丸《じろうまる》を産んだ後、産後の肥立《ひだ》ちが悪く、ずっと寝込んでいたが、結局、床を払うことができないまま息を引き取った。

千代丸《ちよまる》はまだ二歳で、人の死を理解できる年齢《とし》ではなかったので、真砂の死を察することもできず、いつもと同じように侍女たちを相手に遊んでいた。何も知らずに無邪気に遊ぶ姿が周りの者たちの涙を誘った。

弥次郎《やじろう》や弓太郎《ゆみたろう》たちが心配したのは、千代丸ではなく、むしろ、新九郎《しんくろう》のことだった。最初の妻・伽耶《かや》を喪《うしな》ったとき、新九郎は行方をくらまし、魂が抜けたような状態で都をさまよい歩いた。路傍で野垂れ死んでもおかしくなかったが、たまたま大徳寺《だいとくじ》の僧・宗哲《そうてつ》に救われた。必死に新九郎を探し回っていた弥次郎たちは、

「もう駄目だろう……」

と諦めかけたときに、新九郎と巡り会った。弥次郎を始めとする荏原郷以来の仲間たちは、そのときの辛さを忘れていない。また同じことが起こるのではないか、と危惧《きぐ》した。

「新九郎さまから目を離すまいぞ」

弥次郎、弓太郎、才四郎《さいしろう》、正之助《しょうのすけ》、権平衛《ごんべえ》、又次郎《またじろう》の六人は片時も新九郎から目を離さぬように心懸け、夜になると交代で不寝番《ふしんばん》を務めた。新九郎がおかしな行動を取ろうとしたら、すぐに止めるためだ。門都普《もんとふ》も誘われたが、

「おれは、そんなことをするつもりはない」

と断った。

「なぜだ？」

と、弥次郎が問うと、

「新九郎は、どこにも行かないとわかっているからだ」

と迷いなく答える。

「そんな奴は放っておけ」

「勝手にしろ」

新九郎のことが心配でならない六人は門都普抜きで見張りを続けた。

当然ながら、彼らの行動を新九郎が知らぬはずがない。

「わしは大丈夫だ。心配するな」

と不寝番などやめるように言ったが、六人は納得しなかった。

（仕方あるまい）

伽耶と鶴千代丸《つるちよまる》を亡くしたとき、自分が抜《ぬ》け殻《がら》のようになり、生きた屍《しかばね》となって都をさまよったことを新九郎も忘れていない。その記憶が六人を不安にさせているのだ。

だが、今度は、そんなことにはならないとわかっている。

悲しみの大きさに違いがあるわけではない。

真砂の死は胸が張り裂けるほど辛い。

その辛さを表に出さないだけだ。

今や新九郎は十二郷の領地を支配する興国寺城《こうこくじじょう》の主である。家臣や領民たちの生活に気を配ってやらなければならない立場だ。自分の双肩にかかっている責任の重さを考えれば、己の感情を押し殺してでも職務に励まなければならなかった。

それ故、明るいうちは普段通りに仕事を続けた。

それまでと変わった点があるとすれば、千代丸と一緒に夜の食事を摂り、侍女に寝かしつけを頼んだ後、持仏堂《じぶつどう》に籠《こ》もって座禅を組むようになったことだ。それまでも折りに触れて座禅を組むことはあったが、必ずしも日課として組み入れていたわけではない。

しかし、真砂が亡くなってから、新九郎は必ず持仏堂に一刻（二時間）くらいは籠もるようになり、その間は誰もそばに来てはならぬ、と命じた。

（我慢することはない。泣きたければ泣け、叫びたければ叫べ……）

人前では決して悲しみを露《あら》わにしないように心懸けたが、一人になれば、その箍《たが》も外れてしまう。

真砂が亡くなってからの数日、持仏堂に籠もった新九郎は座禅を組むどころではなかった。悲しみに身悶《みもだ》えし、愛する者に次々と先立たれる己の不幸を呪った。髪をかきむしり、歯を食い縛って泣いた。時として苦悩の声を抑えることができず、その声が持仏堂の外に洩れた。誰も近寄るな、と厳しく命じてあったから、その声を聞かれることはなかった。

いや、たった一人、門都普だけが聞いていた。

他の仲間たちは新九郎の家臣として取り立てられ、屋敷や俸禄を与えられていたが、門都普は家臣団に組み込まれることを拒み、今でも新九郎の友という自由な立場にいる。友だからこそ、命令に従う必要もなく、庭の片隅でそっと持仏堂を見守ることもできる。慰めの言葉をかけることもなく、遠くから見守っているのは、新九郎の抱えている苦悩と悲しみは、新九郎自身が受け止めて乗り越えなければならないとわかっているからだ。

十日ほど経つと、ようやく新九郎は形だけは座禅を組むことができるようになったが、心には様々な雑念が満ちており、その雑念を自分でもどうすることもできなかった。

それでも毎晩座禅を続けるうちに少しずつ落ち着きを取り戻し、ついに心から雑念を一掃し、心を空しくすることができるようになった。

その頃、かつて興国寺の住職だった清庵和尚《せいあんおしょう》が訪ねてきた。

「だいぶ辛い思いをされたようですな」

清庵は、じっと新九郎の顔を見つめる。

「ひどい顔をしておりますか?」

「どん底まで落ちて、そこから這い上がってきた……そんな顔に見えますな」

「そうかもしれません」

「領主さまは奥方さまを亡くして、気落ちしておられる……そんな噂を耳にして、お節介を承知で訪ねてきましたが、どうやら無駄足だったようだ。もう新九郎殿は立ち直ったらしい」

「そういう噂があるのですか、わたしが気落ちしているというような……?」

「領民どもは新九郎殿がどんな様子なのか気を揉《も》んでいるのですよ。心配でならぬのでしょう。新九郎殿のような領主はどこを探してもおらぬ。それ即ち、新九郎殿に何かあれば、元のみじめな暮らしに戻ることを意味している。自分勝手な理屈だと思いますかな?」

「そうは思いません」

新九郎が首を振る。

「民が自分たちの暮らしの先行きを案ずるのは当たり前のことです。そのような心配をさせぬことが、この土地を支配する者の務めだと思っています」

「今の新九郎殿には下手な慰めの言葉など必要ない……それがわかりましたぞ」

清庵が、ははは っと機嫌よさそうに笑う。

が、不意に笑いを引っ込めて、

「興国寺城に支配される十二郷の領民の暮らしは新九郎殿がいる限り安泰とわかった。ならば、そのありがたみを、ぜひ、伊豆《いず》にも広げてもらえぬものか……そんなことを願ってしまいますな」

「伊豆ですか」

「わずか十二郷を支配するには新九郎殿の器は大きすぎる。己の器量に見合った土地を支配されよ。そうすれば、領民も幸せになることができる」

「以前にも申し上げた気がしますが、あまりにも突拍子もない話に聞こえます」

新九郎が苦笑いをする。

「控え目なのは悪いことではないが、天から与えられた力を使わずにいるのは罪ですぞ」

「天から与えられた力……」

新九郎が息を呑む。

(おれにそんな力があるのか)

まさか、そんなはずがないと思いながらも、清庵の言葉は新九郎の胸に強く刻まれた。

「伊豆……」

領地を見回っているとき、ふと足を止め、新九郎は、その地名を口にすることがある。自分が正しいと思ったやり方で十二郷を治めたことで、この土地に住む者たちは人並みの暮らしができるようになり、新九郎に感謝しているのだという。

それを羨《うらや》んで、ここに逃げてくる農民も少なくない。特に伊豆から逃げてくる者が多い。苛酷な支配が伊豆でなされているということに違いなかった。

自分のやり方で多くの者が救われるのならば、そのやり方を広げるべきではないか……そう考えることがある。清庵は「天から与えられた力」を使えと言った。それは露骨に言えば、伊豆を征服せよ、ということに他ならない。

大胆すぎる発想というしかない。

今では新九郎も城を持つ身に出世したとはいえ、あくまでも今川《いまがわ》家に仕える立場に過ぎない。今川家には新九郎よりも、よほど身代の大きな重臣が何人もいるのだ。わずか十二郷の支配者に過ぎず、動員できる兵力は、どれほど掻き集めても、せいぜい二百というところだ。その新九郎が伊豆を征するなどというのは夢物語であろう。

何しろ、伊豆は、関東で最大の勢力のひとつ、山内上杉《やまのうちうえすぎ》氏が守護を務める国で、しかも、名目上のこととはいえ堀越公方《ほりごえくぼう》が支配している。

堀越公方・足利政知《あしかがまさとも》は前将軍《さきの》・義政《よしまさ》の異母兄で、現将軍・義尚《よしひさ》の伯父に当たるから、室町幕府との繋《つな》がりも深い。わずか二百の兵力しか持たない新九郎が、山内上杉氏や堀越公方を敵に回して伊豆を攻めることなどできるはずがなかった。いかなる兵法を駆使しても為し得ない不可能事といっていい。

が……。

それは新九郎もわかりすぎるほどにわかっているが、それでも伊豆のことが頭から離れなかった。清庵や信之介の話を聞くだけでなく、自分の目で伊豆という土地と、そこに暮らす者たちを見たかった。朝早くに興国寺城を出れば、昼過ぎには伊豆に着く。それほどの近さにあるにもかかわらず、新九郎は伊豆に足を踏み入れる踏ん切りがつかなかった。

焦がれるように伊豆を思い続けていた新九郎に伊豆を訪れる機会がやって来たのは、この年の初冬であった。

龍王丸《たつおうまる》の元服式を行うためだ。烏帽子親《えぼしおや》は今川家よりも高位にある者に頼まなければならないが、今川の家格そのものが高いために、誰にでも頼めるわけではない。本当であれば龍王丸が上洛し、将軍・義尚に頼むべきだったが、義尚は近江《おうみ》に出陣している。それで堀越公方・足利政知に頼もうという話になった。

問題は誰を使者にするかである。重臣の誰かを使いにすればよさそうなものだが、無骨者揃いで都の儀礼に通じている者がいない。それで新九郎に白羽の矢が立った。若い頃か

ことも なく、礼を失することもないだろうと期待されたのである。

ら御所《ごしょ》に出仕して将軍や御台所《みだいどころ》に接していた新九郎ならば、堀越公方に会っても臆する

二

興国寺城は小高い丘の上に立っている。山ではなく丘である。しかも、大した高さではない。

しかし、周囲が平坦な土地なので、はるか遠くまで見渡すことができる。北に目を向ければ愛鷹山《あしたかやま》が聳《そび》えており、その麓《ふもと》を根方《ねがた》街道が東西に走っている。南に目を向けると駿河《するが》湾まで一望できる。海岸沿いには東海道が走っている。根方街道と東海道を南北に結ぶのが城下を貫く竹田道である。三つの重要な街道が交わる要衝《ようしょう》に興国寺城は位置しており、ここに大軍を置けば、東西の交通を容易に遮断することができる。

底冷えのする寒い朝、新九郎は堀越に向かうために興国寺城を出た。門都普、信之介《しんのすけ》、弥次郎、弓太郎ら、総勢二十人ほどだ。新九郎は仰々しい旅が好きではないが、今回は龍王丸の名代《みょうだい》として足利政知に会いに行くので、こうするしかなかった。

本丸から大手門に下っていくとき、ふと顔を上げると、駿河湾の海面が朝日を浴びて、きらきらと銀色に輝いていた。海の向こうを見遣《みや》ると、薄ぼんやりと伊豆の山々が見える。

（ついに伊豆に行くことになった……）

新九郎は大きく息を吐いた。長く恋い焦がれていた想い人に忍び逢いに行くような不思議な心持ちがしている。

竹田道を真っ直ぐ南に進み、東海道にぶつかったら東に向かう。沼津《ぬまづ》に着いたら、そこからは狩野川《かのがわ》沿いに遡《さかのぼ》っていく。やがて、堀越御所に着く。沼津までは、ざっと二里半（約一〇キロ）、沼津から堀越御所までが三里（約一二キロ）というところだ。

「興国寺城あたりの土地とは何となく景色が違う気がするなあ」

周囲の田園風景を見回しながら弥次郎がつぶやく。

「何が違うんだ？　山があって、森があって、川が流れている。農民が働いている。何も変わらないさ」

弓太郎が言う。

「子供の姿が見当たらない。年寄りもあまりいない。それに農民たちが痩《や》せ細っている」

新九郎が言うと、

「そうか。景色は同じでも、そこにいる人間たちが違っているわけか。しかし、何となく見覚えがある気がするのは、なぜかな？」

弥次郎が小首を傾《かし》げると、

「かつて、われらの土地に住む者たちも、あのような姿をしていたからでございましょう」

信之介が答える。

「ああ、そういうことか」

弥次郎がうなずく。

「伊豆の農民は重い年貢に苦しめられて食うや食わずなんだろうな。だから、子供や年寄りがほとんど見えない。きっと腹を空かせて家の中に坐り込んでいるのだろう」

才四郎が言う。

「うむ……」

新九郎は口をつぐむと、険しい表情で野良仕事に励む農民たちを見遣る。

(ここにも不幸な者たちがいる。なぜ、どこの国に行っても、このような者たちがいるのか……)

腹の底から、むらむらと怒りが湧いてくるが、大きく深呼吸して、何とか平常心を保つ。腹を立てた状態で足利政知に会うわけにはいかない。今日は龍王丸の使いで来たのだ。

先触れを走らせてあったので、堀越御所に着くと、すぐに新九郎は広間に通された。弥次郎と弓太郎の二人だけが従い、他の者たちは控えの間で待つことになった。この二人は新九郎の血縁ということで、他の家臣たちより重んじられる立場なのだ。

三人が待っていると、小柄な老人が広間に入ってきた。弥次郎と弓太郎は政知が入ってきたのだと勘違いして慌てて平伏しようとするが、新九郎が、そうではない、と黙って首を振る。その老人は政知が坐ることになっている上座の席ではなく、その席よりもやや下座、新九郎たちに近い位置に腰を下ろした。その老人の横顔を見て、

（あ）

と、新九郎は声を上げそうになった。

上杉政憲《まさのり》である。一年前、新九郎が斬った小鹿範満《おしかのりみつ》の祖父だ。

新九郎たちが政憲に会うのは十二年振りのことになる。

そのときは、今川の家督を巡って小鹿範満と龍王丸が争い、それに政憲と太田道灌《おおたどうかん》が兵を率いて介入しようとした。太田道灌の取りなしで、両者は浅間《せんげん》神社で和睦したが、そのときに、新九郎たちは政憲に会っている。政憲に抱いた印象はよいものではなかった。目つきの鋭い、肉厚で脂ぎった男で、いかにも腹に一物《いちもつ》ありそうな悪人面だった。

今、目の前にいる政憲は眼力こそ衰えていないものの、髪は薄く白くなり、顔や体からは肉が削《そ》げ落ちて、干からびた枯れ木のように痩せている。

その政憲が不意に新九郎に顔を向け、

「伊勢《いせ》殿、久し振りでござる」

にこりともせずに軽く会釈した。

咄嗟《とっさ》に新九郎も頭を下げる。顔を上げると、政憲は何事もなかったかのように無表情に

視線を正面に向けている。

（何を考えているのかわからぬ男よ……）

新九郎は、何かと因縁のある政憲のことが、どうにも好きになれなかった。

やがて、広間に政知が入ってきた。一人ではない。妻の満子《みつこ》と三男の潤童子《じゅんどうじ》が一緒だ。

政知は五十四歳だが、かなり老けた印象で、実際の年齢を知らなければ、六十過ぎに見えるほどだ。顔色が悪く、肌がかさついて黄ばんでいるから体調が思わしくないのかもしれない。

それとは対照的に、三十歳の満子は、よく肥えていて肌艶《はだつや》もよく、長い黒髪にも光沢がある。目尻の切れ上がった勝ち気な顔をしている。

満子は後妻で、二人の子を産んでいる。最初の子が九歳の清晃《せいこう》で、次の子が五歳の潤童子だ。この二人の上に、先妻の子である十七歳の茶々丸《ちゃちゃまる》がいる。

政知は茶々丸を堀越公方の後継者に指名していたので、腹違いの弟たちは、この当時の慣例に従って出家させられることになっていた。

まず清晃が天龍寺香厳院《てんりゅうじきょうごんいん》を継ぐために上洛、去年の六月に香厳院主となった。清晃は法名《ほうみょう》である。弟の潤童子も、あと何年かすれば、出家させられることになる。

上座に政知、満子、潤童子の三人が並んで坐る。

新九郎、弥次郎、弓太郎の三人が平伏する。その姿勢を保ちながら、新九郎は、

（妙な話よ……）

と違和感を覚えた。

これが私的な訪問であれば、この場に誰がいようと構わない。

しかし、この訪問は、そうではない。今川家の使いとして堀越公方に烏帽子親を依頼するという重い役割を新九郎は担っている。

家宰《かさい》の上杉政憲が取次役として同席するのは当然だ。満子も正室だから同席は問題ない。

潤童子の立場が微妙である。政知の三男に過ぎず、何の官位も持たない五歳の幼児なのである。嫡子の茶々丸が同席するのならわからないでもないが、潤童子を同席させる政知の意図が新九郎にはわからなかった。

が……。

もちろん、そんなことはおくびにも出さない。

「興国寺城主・伊勢新九郎殿でございます」

上杉政憲が紹介すると、

「うむ、面《おもて》を上げよ」

政知が声を発する。甲高く、神経質そうな声だ。

「は」

新九郎が顔を上げると、政知は身を乗り出して、じろじろと無遠慮な視線を向け、

「いろいろな噂を聞いていたが、どうも想像していた姿とは違うのう……」

そうではないか、と政知が満子に顔を向ける。

「ほんにさようでございまするなあ。駿府《すんぷ》の館を攻めて、小鹿殿を討ち取ったというから、どれほど恐ろしげな大男かと思うておりましたが、そうは見えませぬ」

満子がうなずく。

「都暮らしが長かったせいではないかな。御所に出仕して申次衆《もうしつぎしゅう》を務めていたのだったな？」

「さようにございまする」

新九郎はうなずきながら、上杉政憲の目の前で平然と孫の死を話題にする政知と満子の無神経さに呆れたが、政憲は顔の表情をぴくりとも動かさない。

「将軍が代替わりした後は、確か奉公衆《ほうこうしゅう》を務めていたのではなかったか？」

「実は、今も奉公衆のままでございます」

「ほう、そうだったのか。よほど将軍に気に入られているらしいな……」

政知は義政や義尚の消息を知りたがったので、新九郎は自分の知っていることを話した。

新九郎自身、長きにわたって御所に出仕していたので、御所には知り合いも多く、政知と共通の知人も少なくない。政知だけでなく、満子とも共通の知人がいることがわかって大いに話が弾んだ。満子は伊豆での暮らしに倦《う》み、都を懐かしがっているようだった。思いがけず都の匂いを運んできた新九郎に好意を抱いたらしく、満面の笑みを浮かべて都での思い出話を語った。いつまでも語っていたい様子だったが、潤童子が落ち着かなくなってきた。まだ五歳の幼児だから、じっとしていられないのだ。それを見て、政憲が、

「今川殿の烏帽子親の件でございますが……」

と本来の用件に話題を戻した。

政知は、ああ、それか、とつまらなそうな顔になり、

「まあ、よかろう」

と簡単にうなずいた。

新九郎の使者としての役割は、それで終わった。

潤童子が大声を張り上げて騒ぎ出したので、満子が溜息をつきながら広間から連れ出そうとする。去り際に、

「これからも顔を見せてくれまするな？　興国寺城は、ここからそう遠くないと聞きましたぞ」

「ありがたいお言葉でございまする」

新九郎が一礼する。

「御所さまからも頼んでおいて下さいませ」

そう政知に言うと、満子は潤童子を連れて広間から出て行く。

「伊豆のような田舎にいると、都が恋しくてたまらなくなってしまうらしくてのう。周りにいるのは無骨な者ばかりだし、御台の話し相手になれるような者がなかなかおらぬ。わしからも頼む。これからも、時折、堀越を訪ねて来てはくれぬか」

「そうおっしゃっていただけるのは、この上ない喜びでございまする」

「御所さま」

政憲が政知を見る。

「せっかくの折りでございますれば、伊勢殿に問い質《ただ》しては如何《いかが》でございましょう？　あの件でございまするが……」

「何だったかのう？」

「伊勢殿」

政憲は新九郎に体を向けると、伊豆から駿河に逃げ込んだ農民を伊勢殿の領地に住まわせているというのは本当なのか、と厳しい声音で訊《き》いた。

「山で道に迷って駿河に入り込んでしまう者が多いとは聞いておりますが……」

「そのようなことを話しているのではござらぬ。伊豆からの逃散《ちょうさん》農民を興国寺城の領地で働かせているのではないのか、という話をしている。ご存じであろうが、それは決して許されぬこと。逃散した農民は元の主に返すのが慣《なら》わしでござるぞ」

「興国寺城を預かるようになってから日が浅く、お恥ずかしいことですが、まだ領地のことがよくわかっておらぬのです。城に帰りましたならば、早速、下役の者どもに調べを命じましょう」

「城主である伊勢殿が何も知らぬはずがありますまい！」

政憲が声を荒らげると、

「まあ、よいではないか」

政知が片手を挙げて政憲を制する。

「何もしないとは言っておらぬ。城に帰ったら調べると言っているのだから、それでよかろう。都で長く暮らした伊勢殿が駿河に下ってきて戸惑うのはよくわかる。わしもそうだったからのう」

「しかし、御所さま……」

尚《なお》も政憲が言い募ろうとするが、

「わしがそれでよいと言っておる！」

政知がぴしゃりと言うと、政憲も口を閉ざした。

「伊勢殿、御台が言ったように、これからも堀越を訪ねてほしい。待っておるぞ」

「は」

新九郎が恭《うやうや》しく平伏する。

広間から玄関に廊下を渡っていきながら、

「公方さまや御台さまに気に入られてよかったな」

弥次郎が小声で新九郎に言う。

「まったくだ。烏帽子親の話なんか簡単に決まったものな」

弓太郎がうなずく。

「逃散農民のことも大ごとにならなくてよかった。あれ、どうしたんだ、兄者《あんじゃ》、浮かない顔をして？」

弥次郎が訊く。

「いや、何でもない」

新九郎は首を振ったが、心の中では、堀越公方家内部の不協和音について思案を巡らせていた。政知と満子は睦《むつ》まじく見えたが、実際には、気の強い満子が政知を尻に敷いているのであろうし、それは義政と日野富子《ひのとみこ》の関係によく似ていると思った。政知と上杉政憲の主従関係もぎくしゃくしている感じだったし、何より、潤童子の同席が引っ掛かる。

もちろん、堀越公方家の内部事情などに口を出す立場でないことは百も承知しているが、それが伊豆の治世に悪影響を及ぼしているのなら困ったことだと思わざるを得なかった。伊豆からの逃散農民を興国寺城が受け入れていることも、さっきは咄嗟にごまかしたが、このまま逃散農民が増え続ければ、燻《くすぶ》っている火種が燃え上がることも覚悟しなければならなかった。

政知が龍王丸の烏帽子親になれば、堀越公方家と今川家の結びつきは今まで以上に強くなる。それは、伊豆との国境近くに城を構える新九郎も否応なしに堀越公方家と深く関わらざるを得ないことを意味する。

弥次郎が言うように、政知と満子の厚意を得ることができたのは思いがけない幸運だった。その幸運を生かしつつ、堀越公方家とは慎重に関わっていかなければならない、と新九郎は考えた。

三

政知が烏帽子親を引き受けてくれたことを駿府の龍王丸に急いで知らせなければならないので、新九郎は長居をせずにさっさと堀越御所を後にした。

狩野川沿いに歩いているとき、前方の河原で子供たちが騒いでいる姿が新九郎の目に入った。何匹もの犬の吠え声も聞こえる。ふと足を止めたのは、何かが燃えているのが見えたからだ。傍らにいる門都普に、

「何を燃やしているんだ?」

と訊いた。門都普は並外れて視力が優れており、他の者たちが見えないような遠くまで見ることができる。

「……」

門都普が目を細めて、じっと前方を見つめる。

「あれは犬だな」

「犬だと？」

「うむ。どうやら犬に火をつけて……」

その言葉が終わらないうちに、新九郎は土手を下って駆け出していた。すかさず門都普が続き、それを見て、他の者たちも慌てて新九郎を追いかける。

新九郎が子供たちの輪に近付いたとき、火だるまになった犬が断末魔の声を発して、ばったり倒れて動かなくなった。

「よし、次だ！」

「……」

その声が聞こえた方に新九郎が顔を向ける。

倒れた犬を囲んで囃《はや》し立てている十数人の子供たちの多くは十歳前後という年格好だが、輪の外にいて、何匹もの犬たちを縄で引いている五、六人は、もっと年嵩《としかさ》の少年たちだ。背丈も高く、十五歳くらいに見える。子供たちは貧しげな野良着姿だが、少年たちは質素ではあるが決して貧しい身なりではない。腰に脇差を差しているから武家の子弟なのかもしれない。

「早くしろ！」

少年たちの背後から声が聞こえる。

一匹の犬が引っ張り出され、後ろ脚を縄で縛られる。当然ながら前脚だけで歩こうとするから、ひどく無様な姿になる。その犬に柄杓《ひしゃく》で油がかけられる。

（あ）

と、新九郎は声を上げそうになる。

犬に火がつけられたのだ。炎が上がり、驚いた犬が狂ったように跳びはねる。それを見て、子供たちが手拍子しながら笑い声を発する。

（何ということだ……）

犬に火をつけて嬲《なぶ》り殺しにする子供たちの姿を目の当たりにして、新九郎は暗然とした気持ちになった。都の上流階級に人気のある犬追物《いぬおうもの》も新九郎は好きではなかった。犬追物は柵の中に放った犬を武士たちが矢で射るという遊びで、弓矢の腕を競うという側面もあるし、少なくとも犬は柵の中を好きなように逃げ回ることができる。

だが、後ろ脚を縛って犬の動きを封じた上で、全身に油をかけて火をつけるということが遊びなのか、こんな残酷なやり方で犬を殺すことに何の意味があるのか、新九郎にはまったく理解できなかった。気が付いたときには刀を抜いて、炎に包まれながら苦しげな声を発する犬を一刀両断にしていた。せめて苦しみを早く終わらせてやろうとしたのだ。それを見て、子供たちが息を呑む。

「あいつが犬を殺した」

「火踊りを勝手に止めた」

「あいつのせいだぞ」

「そうだ。あいつのせいだ」

子供たちが一斉に新九郎を睨《にら》む。

犬を引いている少年の一人が、

「なぜ、余計な手出しをする？　見物したいのなら邪魔立てせずに離れた場所で眺めるがいい」

「そうはいかぬ。このような無体な真似を見過ごすことはできぬ」

新九郎が首を振る。

「何を言う。たかが犬畜生のことではないか。人を焼き殺しているわけではないぞ。とやかく言わずに、さっさと立ち去れ」

「いや、立ち去らぬ。その犬たちを放してやれ」

「放してやれ？　おまえ、何様のつもりだ。ここにおられる御方を誰と心得ているのか」

少年たちがさっと横に広がる。敷物にあぐらをかいて坐り込んでいる大柄な少年がいる。同じ年頃の少女を横抱きにしながら盃で酒を飲んでいる。

「この御方は……」

少年がもったいをつけるように胸を大きく反らせて鼻孔を膨らませる。

「畏《おそ》れ多くも公方家のご嫡男《ちゃくなん》・足利茶々丸さまであらせられるぞ。その方ら、頭《ず》が高い！」

「……」

新九郎は呆然とした。

（これが茶々丸さま……）

本来であれば、潤童子ではなく、この茶々丸が堀越御所で政知と共に新九郎を引見していたはずなのだ。まだ十七歳の少年である。その少年が自分より年下の少年や子供らを従え、酒を飲み、少女を抱き、火踊りと称して犬を焼き殺している。

「この阿呆ども、頭が高いと申しておろうが！　そこに膝をつけ、地べたに額をこすりつけぬか」

腹を立てた少年が近付いてきて、新九郎の頭に手をかけようとする。その手をつかんでぐいっと捻ると、その少年は、ぎゃっと悲鳴を上げて腰砕けになる。それを見た他の少年たちが脇差に手をかける。弥次郎や弓太郎らも刀に手をかけようとする。

「よせ」

新九郎が手で制する。捻っていた少年の手を放すと、茶々丸に向かって歩いていく。地

面に片膝をついて軽くうつむき加減に、

「興国寺城の主・伊勢新九郎と申します」

「ふうむ、駿河の者か……」

　茶々丸がぼんやりした目で新九郎を見る。かなり酔っているようだ。

「御所で公方さまにお目にかかってきた帰りにございまする」

「父上にのう」

「教えて下さいませ。なぜ、このような酷《むご》いことをなさるのですか？」

「酷い？　何のことだ」

「犬の脚を縛って、生きたまま焼き殺すのは酷いと思われませぬか？」

「面白いではないか。自分の体が燃えるのだから犬畜生でも熱いのであろうな。必死に跳びはねて、どこかに逃げ出そうとする。しかし、脚を縛られているから走ることができぬ。前脚だけで、まるで芋虫のようによたよたと逃げようとする。その姿が何とも滑稽で愉快だ。何度見ても退屈せぬ」

　わはははっ、と茶々丸が笑う。いかにも楽しげに笑っているように見えるが、新九郎は、それが本心からの笑いではなく、上辺だけの作り笑いだと気が付いた。笑顔を取り繕《つくろ》ってはいるが、目がまったく笑っていないのだ。

　痩せて顔色が悪く、ひどく疲れているように見える。そういう印象が父の政知によく似ている。この父子は二人揃ってよほど不摂生な生活を送っているのか、それとも重い病でも患っているのではないか、と新九郎はちらりと考えた。

「新九郎よ、ここに坐ることを許そう」

茶々丸が自分の横を顎《あご》でしゃくり、わしの盃を受けよ、と言う。

「恐れながら、あの犬どもを放してやってもらえませぬか？」

「それが望みか？　わしの盃を受けるより、犬を助ける方がよいと言いたいのだな」

「申し訳ございませぬ」

「ふんっ！」

茶々丸が立ち上がろうとするが、膝に力が入らないのか、よろめいて倒れそうになる。それを少女が支えようとする。

「差し出がましいことをするな！」

茶々丸が少女の横っ面を容赦なく殴りつける。あっ、と叫んで少女は倒れ、顔を覆《おお》って、しくしく泣き始める。

「貸せ！」

茶々丸はそばにいた少年の腰から脇差を奪い取ると、鞘《さや》を払って犬の方に近付いていく。犬たちは怯《おび》え、尻尾を後ろ脚の間に挟んで、弱々しく吠えている。茶々丸が発散する殺気を感じるのであろう。

「わしと酒を飲むより、こんな薄汚い犬ころどものことが心配だとはおかしなことを言う奴よ。犬ころの火踊りがそれほど酷いか。ならば、これなら、どうだ？」

茶々丸は手近にいた犬の腹に脇差を突き刺す。それを見て、他の犬たちが騒ぎ出す。

「馬鹿者！　しっかり押さえぬか！」

厳しい表情で怒鳴りつけると、少年たちが大慌てで犬たちの首に巻いている縄を引き寄せて、首根っこをつかむ。これで犬の動きが不自由になる。茶々丸は次々に犬を刺していく。たちまち、すべての犬が血まみれになって地面に倒れた。

「どうだ、新九郎、腹が立つか？」

「……」

「この犬どもは、どっちみち百姓たちに食われてしまうのだ。このあたりの百姓たちは、いつも腹を空かせている。米も麦もないから、生きているものを捕らえて食うしかないのだ。犬も食うし、猫も食う。兎《うさぎ》も食うし、鼠《ねずみ》も食う。ヘビや虫けらですら食うのだ。このあたりでは犬は大変なごちそうなのだぞ。興国寺城では犬を食わぬのか？」

「食いませぬ」

新九郎が首を振る。

「犬を食わぬとは駿河は豊かな国なのだな。新九郎は犬を殺すのを酷いと言う。では訊くが、犬を食うのも酷いと思うか？」

「そうは思いませぬ。都でも犬や猫は食われておりました」

「ほう、駿河では食わぬのに都では食うのか」

「駿河の者が犬を食わぬとは申しておりませぬ。わが領地では食わぬと申しただけのこと」

「では、犬を食うのを酷いとは思わぬのだな？　わしが殺した犬は、ここに捨てられるわけではない。あの子供らが村に持ち帰って大切な食い物になる。つまり、わしは酷いことをしたのではなく、あの者たちによいことをしたことになるな。違うか、新九郎？」

「よくわかりませぬ」

「犬に油をかけて火をつければ、犬は炭のように真っ黒になってしまい、もはや肉も食えぬ。だから、火をつけて殺すのはよくないが、刀で刺し殺すのは悪いことではない……おまえは、そう言いたいわけだな？」

「それは、ちと違うようでございますが……」

新九郎が小首を傾げると、茶々丸が新九郎のそばに戻ってきて、

「何が違うというのだ？　おまえは、わしを侮《あなど》っておるのか」

血走った目で新九郎を睨みながら脇差の刃を新九郎の首筋に当てる。

それを見て、弥次郎たちが顔色を変え、今にも斬り合いが始まりそうになる。新九郎は弥次郎に目配せして、微《かす》かに首を振る。余計な手出しをするなというのだ。

「ふうむ……」
「わたしが死ねば、若君も死ぬことになる……それを露程《つゆほど》も疑いませぬ」
「の上で申しておるのか？」
「あの者たちがわしに刀を向けるというのか？　わしは堀越公方の嫡男だぞ。それを承知
しないと思っておりまする」
「わたしが死ねば、若君も死ぬことになりまする。それ故、若君はわたしの命を奪ったり
犬を殺すのも人を殺すのも大した違いはない。命乞いしてはどうだ？」
「ならば、なぜ、怖れぬのだ？　わしは新九郎の命を奪うことをためらったりはせぬぞ。
「甘く考えてはおりませぬ」
いざというときには飛びかかるつもりに違いなかった。
る。門都普だけがいつもと同じように冷静で、さりげなく茶々丸との距離を詰めている。
はない。弓太郎や又次郎、権平衛、才四郎、正之助、信之介も怒りで顔を真っ赤にしてい
が流れているように見えるので、弥次郎は目に怒りを滲ませて歯軋《はぎし》りする。弥次郎だけで
　茶々丸の刃から犬の血が滴り落ちて、新九郎の首に垂れる。あたかも新九郎の首から血
「おまえを殺すかもしれぬからだ。それとも本気ではないと甘く考えているのか？」
「なぜ、若君を怖れなければならぬのでございますか？」
「怖くないのか？」

茶々丸が弥次郎たちの方に顔を向ける。彼らの顔に浮かんでいる激しい怒りの感情を目にして、新九郎の言葉が真実であることを理解した。

「ただの悪ふざけよ。本気にするな」

茶々丸は脇差を地面に放り投げると、つまらん、酔いが醒《さ》めてしまった、御所に戻るぞ、馬を引け、と少年たちに命ずる。馬が引かれてくると、少女と共に馬に乗って、その場から離れる。新九郎には顔も向けなかった。少年たちが茶々丸の後を追う。子供たちは茶々丸が殺した犬どもを筵《むしろ》にくるんで運んでいく。真っ黒に燃え尽きた犬の死骸だけが川縁《かわべり》に残された。

「兄者、無事か？」

弥次郎が駆け寄ってくる。

「うむ」

「首の血は？」

「わしの血ではない。犬の血だ。怪我はしていない」

「しかし、驚いたな。あんな奴が公方さまの嫡男だとは……」

弓太郎が信じられないという様子で首を振る。

「おれたちが子供の頃も随分と暴れたり悪ふざけをしたけど、犬に火をつけて焼き殺したりはしなかったよな？」

弥次郎が才四郎に顔を向ける。

「まったくだ。あんなことをして何が楽しいのか……。頭がおかしいんじゃないか」

「そんな奴がいずれ公方さまと呼ばれるようになるのか？　伊豆の民は大変だな」

「……」

新九郎は何も言わず、次第に小さくなっていく茶々丸の背中をじっと見送った。

四

長享三年（一四八九）一月、龍王丸は元服して今川氏親《うじちか》と名乗った。烏帽子親を務めたのは堀越公方・足利政知である。

その儀式には新九郎も出席し、その折り、政知から、

「御台が会いたがっておる」

と堀越御所の再訪を促された。

貴人から何度も誘われて、それに応じないのは非礼である。時々、新九郎は堀越御所を訪ねるようになった。

政知の妻・満子は新九郎の訪問を大いに喜んだ。

伊豆のような田舎で暮らすことに飽き飽きし、暇を持て余していたのだ。初めのうちは共通の知人の噂話ばかりしていたが、さすがにそれだけではすぐに話題も尽きてしまう。

たまたま満子が『源氏物語』や『伊勢物語』を愛読していることがわかり、それならば新九郎も詳しいから、また話が弾んだ。訪問を重ねるうちに満子も打ち解けてきて、書物のことを語り合うだけでなく、新九郎に愚痴をこぼしたり、相談事めいた話までするようになった。

「ほんに新九郎殿は物知りよのう。戦も上手と聞いておりますが、学問にも優れている。まさに文武両道、新九郎殿が御所さまに仕えてくれていれば、いつまでも堀越などに足止めされることなく、とうに鎌倉に入っていたことであろうに」

満子は政治的に微妙な話題まで平気で持ち出すので、そういうとき、新九郎は、内心、

(困ったものだ……)

と戸惑いながらも、曖昧《あいまい》な返事をして聞き役になるしかなかった。満子の愚痴を聞いていると、特に家宰を務める上杉政憲に強い不満を抱いていることがわかった。

「新九郎殿は管領《かんれい》殿をご存じでしたな？」

「何度かお目にかかったことはございます」

管領殿というのは細川政元《まさもと》のことである。応仁《おうにん》の乱の主役の一人・細川勝元《かつもと》の嫡男で、三年前に二十一歳の若さで管領に就任した。まだ若いが、父・勝元を凌《しの》ぐ切れ者と言われており、今や都の政界を一手に牛耳るほどの辣腕《らつわん》を振るっている。新九郎もこれまでに何度か政元に会っているが、儀礼的な挨拶を交わした程度に過ぎない。政元の方が新九郎を

歯牙《しが》にもかけていないという感じだった。

「信頼できる御方か？」

満子が声を潜めて訊く。

「慈照院《じしょういん》さま（義政）からの信頼は厚いようです」

「ふうむ、慈照院さまの……。ならば、管領殿の言葉を信じてよいものであろうか」

「と申されますと？」

興味を引かれて、つい新九郎も身を乗り出してしまう。

「ここだけの話ですぞ……」

満子は新九郎ににじり寄ると、

「都にいるわが倅《せがれ》を管領殿が将軍にして下さるというのです」

と耳打ちした。

「え」

思わず新九郎は声を洩らし、

「まさか……」

と口走ってしまう。

「御所さまから聞かされたとき、わたしも、そう思いました。まさか、わが子が将軍になるなどとは……。しかし、よくよく考えれば、それほどおかしな話でもない。違いますか？」

「確かに」

新九郎がうなずく。

近江の守護・六角高頼《ろっかくたかより》討伐のために近江に出陣していた足利幕府第九代将軍・義尚は三月二十六日の朝、病で陣没した。享年二十五。

義尚には後を継ぐべき男子がいなかった。

万が一の場合に備えて養子を迎えていたが、養子が二人いたことが問題であった。

一人は義政の弟・義視《よしみ》の子である義材《よしき》だ。母親は、義尚の母・日野富子の妹だから、かなり血が濃い。義尚よりひとつ年下で、養子になるとき、従五位上《じゅごいのじょう》・左馬頭《さまのかみ》に任じられている。これは、将来、将軍になる者が踏む手順なので、正式に後継者に指名されたわけではないが、当時の慣例からすれば、義材は義尚の後継者として公に認知されたといっていい。

この時代、流行病《はやりやまい》などで人が簡単に死んでしまうから、念のために、義尚は義材の他にも養子を迎えた。それが政知の次男・清晃である。

義材が将軍になることに強く反対したのが細川政元で、政元は清晃を強く推《お》した。これに義政が同調したから混乱が大きくなった。

血を分けた兄弟とはいえ、義政と義視は、応仁の乱のとき敵味方に分かれて争ったほど憎み合った仲で、その蟠《わだかま》りは解消されていない。政元にしても、せっかく自分が政界を牛耳っているところに義視・義材父子に首を突っ込まれるのは迷惑だし、清晃ならば、まだ幼いから自分がどうにでも操ることができるという思惑がある。

義政と政元の横槍に激怒したのが日野富子である。義政の将軍時代、実際に政治を左右していたと言われるほど政治力があり、しかも、蓄財の才にも恵まれていて莫大な財力がある。もし義政と政元が強引に清晃を将軍に擁立すれば、息のかかった大名たちを動員して一戦も辞さずという構えを見せた。そんなことになれば応仁の乱の再現である。

さすがに義政は慌てて、

「話し合いがつくまで、わしが政《まつりごと》を見ることにしよう」

と言い出し、とりあえず、将軍の後継問題は先送りされている。

が……。

満子の言葉を聞けば、清晃擁立のために細川政元が裏で画策しているのは間違いなかった。清晃の父・政知を味方に引き入れようというのであろう。

「まったく何をしておるのやら……。御所さまにもしっかりしてもらいたいもの」

最初、満子の話を聞いて、新九郎は、清晃を将軍にするために、もっと政知が力を入れるべきだし、家宰である上杉政憲もそれに力を貸すべきだ、と言いたいのかと思った。

つまり、伊豆の守護である山内上杉氏に働きかけて、関東の諸大名たちを清晃支持でまとめるくらいのことをするべきではないか、ということである。

確かに満子は、それも望んでいる。

しかし、それだけではない。

どうやら、

「兄の清晃が将軍になるのなら、弟の潤童子もいずれは堀越公方にしたい」

というのが満子の本音らしかった。

満子の真意を理解したとき、新九郎は仰《の》け反《ぞ》るほどの驚きを感じた。

清晃の件は、都における権力闘争の一環だから、遠い伊豆にいる政知と満子にできることは限られている。

だが、潤童子の件は、そうではない。

政知には茶々丸という嫡男がいる。清晃が生まれる前から、茶々丸が堀越公方になると決まっているのだ。それを満子は覆《くつがえ》し、わが子の潤童子を政知の後継者に据えようとしている。

政知の態度が煮え切らないことに不満を持ち、上杉政憲が茶々丸の廃嫡《はいちゃく》に反対していることに腹を立てている……それが今の満子だった。その不満や怒りが思わず愚痴となって口から溢れたわけであった。

新九郎が何よりも驚いたのは満子の口の軽さだ。

わずか数ヶ月前に知り合ったばかりの男に、しかも、政知の家臣ですらなく、今川家の家臣で、隣国の小さな城の主に過ぎない伊勢新九郎に、これほどの大事を打ち明けるとは、どういうことなのか……秘密を知らされた新九郎自身が戸惑った。

（このこと、もしや茶々丸さまの耳に入っているのではないか……）

茶々丸に対する新九郎の印象は悪い。火踊りと称して、河原で犬が焼け死ぬのを酒を飲みながら見物していた姿は常軌を逸していた。

しかし、義母に虐《しいた》げられ、御所に居場所がないが故に自暴自棄《じぼうじき》になっていたのだとしたら、少しは茶々丸の気持ちがわかる気がした。なぜなら、新九郎自身、荏原郷にいたとき、義母の常盤《ときわ》に反発して悪さばかりしていたからである。

だが、新九郎には姉の保子《やすこ》もいたし、弟の弥次郎もいた。味方になってくれる者が何人もいたから、悪さはしても自暴自棄にはならなかった。

（茶々丸さまのそばには誰かいるのだろうか……）

荒《すさ》んだ様子や、暗い目を思い出すと、茶々丸は孤立しているのではないか、という気がした。そうだとすれば、いずれ堀越公方家で悶着《もんちゃく》が起こるに違いないと思う。茶々丸がおとなしく廃嫡を受け入れるとは思えなかったからである。

五

九代将軍・足利義尚が近江で陣没したことは、遠い駿河の興国寺城にいる新九郎にも無縁ではなかった。かつて義尚のそば近くに仕え、目をかけられたことだけが理由ではない。義尚の後継者候補の一人が堀越公方・足利政知の次男・清晃だということが新九郎にとっての大きな関心事であった。

もし清晃が将軍になれば、政知の地位は、今現在とは比べものにならないほど重くなる。長きにわたって堀越に打ち捨てられた格好になっている政知を幕府も放置できず、本腰を入れて、政知を鎌倉に移すことを考えるであろう。

それは容易なことではない。

関東には室町幕府の天敵といっていい古河《こが》公方がいるし、政知を庇護している山内上杉氏と敵対関係にある扇谷《おうぎがやつ》上杉氏もいる。政知が鎌倉に腰を落ち着けて関東を支配しようとすることを喜ばない大名も少なくないはずであった。

反対勢力を黙らせるには武力を用いるしかない。

政知は無力だから、幕府は支配下にある諸大名を動員することになるが、真っ先に指名されるのが今川家であることは間違いない。

古くから室町幕府と今川家の繋がりは深いし、当代の氏親の烏帽子親は政知である。幕府に出兵を命じられれば、唯々諾々《いいだくだく》として従うしかない。その場合、伊豆との国境近くに城を構え、氏親の信頼が厚い新九郎が先鋒を命じられる可能性が高い。

清晃が将軍になるかどうかは、新九郎にとっても大いに関わりのあることなのだ。

それだけでも大問題なのに、堀越公方家には、もうひとつ大きな火種が燻っている。

後妻の満子が先妻の子である茶々丸を廃嫡して、清晃の弟・潤童子を政知の後継ぎにしようと画策していることである。今のところ家宰の上杉政憲が反対していることもあり、政知も廃嫡に積極的ではないが、この先、どうなるかわからない、と新九郎は見ている。満子の勝ち気でわがままな性格を考えると、このまま手をこまねいているはずがないとわかるのである。

実際、このところ満子は、秋山蔵人《あきやまくろうど》、布施為基《ふせためもと》、斎藤教貞《さいとうのりさだ》といった者たちを引き立て、これ見よがしに上杉政憲を遠ざけている。

新九郎は月に一度くらいの割合で堀越御所に足を向けることを心懸け、満子と『源氏物語』や『伊勢物語』について語り合ったが、新九郎が何も訊かなくても、物語について話をする合間に堀越御所の動きや満子が抱いている不平・不満を勝手にしゃべってくれた。

「御所さまは何とおっしゃっているのですか？」

「何だかんだと煮え切らぬことばかり口にしています。こちらが先走って動くのはよくない。まずは都の動きを見定めることが肝心だ、などと呑気《のんき》なことばかり言うのですよ。あんなことだから、いつまで経っても鎌倉に入ることができないのです。そう思いませぬか、新九郎殿？」

「わたしにはよくわかりませぬが……。ところで、茶々丸さまは、どうしておられるのですか？」

「さあ、どこで何をしておるのやら……。何しろ、滅多に御所にいたことがないのです。よからぬ者たちを引き連れて悪さばかりしていると聞いています。村娘をさらって手込めにするとか、諫言《かんげん》した近臣を手打ちにするとか、御所さまの跡取りとは思えぬ恐ろしいことばかりしているのですよ」

「なるほど……」

やはり、茶々丸は自分が廃嫡されるかもしれないと察しているのだろうと新九郎は思った。堀越御所を訪ねるようになって、自然と茶々丸の噂も耳に入るようになったが、満子の言葉を一概に否定できないほど茶々丸の評判は悪い。急に評判が悪くなったというのではなく、何年も前から悪いのである。元々が粗暴な性格だったところに、廃嫡の噂を耳にしたことで自棄《やけ》になり、乱暴な振る舞いに手がつけられなくなったというのが本当らしかった。

（つまり、どちらか一方だけが悪いのではなく、どちらにも改めなければならぬところがあるということではないのか……）

そう考えると、満子の言葉に耳を貸すことなく、筋道を通して茶々丸の廃嫡に反対する上杉政憲の態度が正しいように思えるし、満子から優柔不断だと罵られながらも、結果的には、何ひとつとして現状を変えようとしない政知のやり方が理にかなっているような気もする。

できることなら、満子だけから話を聞くのではなく、上杉政憲や政知からも話を聞きたかったが、上杉政憲は孫の仇《かたき》として新九郎を忌《い》み嫌っているし、政知は体調が思わしくないらしく、滅多に姿を見せなかった。結局、新九郎は満子だけから話を聞くことになったが、たとえ、それがいくらか歪《ゆが》んだ見方だとしても、堀越公方家の内部事情を伝えてくれる貴重な情報であることは確かだった。

「新九郎殿、折り入って頼みがあるのです」

満子がぐいっと身を乗り出す。

「何でしょう？」

「都に上ってほしいのです」

「は？　わたしが、ですか……」

「新九郎殿でなければできぬことなのです」

要は、上洛して、将軍後継問題がどうなっているか調べてきてほしいというのが満子の頼みであった。なるほど、新九郎ならば、義政、日野富子、細川政元という当事者たちと面識があり、願い出れば謁見《えっけん》もかなうであろう。

しかも、後継問題が進展していないようであれば、清晃が後継者に指名されるよう、新九郎から義政たちに働きかけてほしいと満子は言う。

(何と世間知らずな御方なのだ……)

思わず新九郎が苦笑する。

次の将軍を誰にするかという大問題に嘴《くちばし》を挟めるほどの大物が駿河東端の小城にいるはずがない。義政や日野富子に面識があるからといって何でも意見できるわけではない
……その程度の常識すら満子には欠けているようであった。

だからといって、新九郎は満子を軽蔑はしなかった。世知に疎《うと》いからこそ、新九郎に何でも話してしまうのであろうし、他に相談相手もいないのであろう。清晃が将軍になれば、将軍の生母である満子の地位は、それこそ新九郎が口も利いてもらえぬほどに重くなるのだ。今のうちに満子から強い信頼を得ておくのは損になることではない……その程度の打算を新九郎も考えないではないが、物事にはできることとできないことがある。

「それは、ちと荷が重すぎるように思われます」

「他に頼める者がおらぬ。何とか引き受けてもらえませぬか?」

「困りましたな……」

実を言えば、新九郎自身、できるだけ早く上洛したいというのが本音であった。側近と

して仕えていた義尚が亡くなったのだから知らん顔はできなかった。せめて墓に詣でたかった。

が……。

さすがに、満子の頼みを簡単に承知することはためらわれた。少し考える時間がほしかったので、咄嗟に、腰を痛めていて今は長旅ができそうにない、と言い訳した。

すると、満子は、

「そうでしたか。なぜ、もっと早く言ってくれなかったのです……」

堀越御所から南に数里下ったところに修善寺《しゅぜんじ》という土地があり、そこでは様々な効能のある温泉が湧き出ている。かの弘法大師《こうぼうだいし》が開いたと言い伝えられる由緒ある温泉ですから、ぜひ、湯治に行かれるとよい、腰痛などすぐによくなるでしょう、と満子は本気で新九郎の腰痛を心配し、秋山蔵人を呼んで、伊勢殿を修善寺にご案内せよ、粗相があってはならぬぞ、と言い付けた。

思わぬ成り行きに呆気《あっけ》に取られながらも、かねてから修善寺温泉の噂も耳にしていたので、ありがたく満子の厚意を受けることにした。

興国寺城には使いを送り、湯治に行くので帰城が数日遅れると伝えさせた。

六

（妙なことになった……）

我ながら、そう思わざるを得ない。

都に行ってくれぬか、と満子に頼まれ、それを断る口実に腰痛を持ち出したら、なぜか、修善寺温泉に湯治に出向くことになってしまった。

いかに満子が新九郎に気を遣っているかは、寵臣の秋山蔵人に案内を命じたことでもわかる。てっきり手配りだけをして、道案内の小者でもつけてくれるのかと思っていたら、秋山蔵人自身が同行するという。

新九郎と秋山蔵人が馬首を並べて先頭を進み、その直後に門都普が続き、その後ろには二人の家臣たちがぞろぞろ続いている。ただの湯治にしては仰々しい行列だ。

「御台さまに伺いましたが、今の御所には難しいことが多くて大変そうでございますな」

新九郎は、さりげなく秋山蔵人に水を向ける。

「ほう、御台さまがそのようなことを……」

秋山蔵人がちらりと横目で新九郎を見る。

「清晃さまのことをおっしゃったのでしょうか？」

「もちろん、清晃さまのことも心配しておられるようです。しかし、それだけでなく潤童子さまのことも……。それに茶々丸さま」

「ん？　茶々丸さまですと？」

「公方さまの後を継がれる御方なのに、あまり御所にもおられず、悪さをする者たちと一緒になって出歩いてばかりいるとか……」

「伊勢殿」

今度は、きちんと新九郎に顔を向けて秋山蔵人が話しかける。

「はっきり伺いましょう。伊勢殿は、どちらの味方をなさるおつもりですか？」

「どちらとは？」

「この期《ご》に及んでとぼけることはないでしょう。茶々丸さまと潤童子さまということです」

「それは、茶々丸さまを廃嫡して潤童子さまを公方さまの後継ぎになさるという意味ですか？」

「清晃さまが将軍になられれば、弟の潤童子さまが堀越公方になられるのが道理というもの。兄上が都におられて、弟君が関東を治めるというのが本来の姿なのですから。将軍家の中次衆や奉公衆を務められた伊勢殿にはおわかりのはずです」

「それが本来の姿だとしても、嫡男と定められてから何年も経っている茶々丸さまを廃するのは、そうたやすいことではないでしょう。家宰殿が強く反対しているという話も耳にしました」

「ほう、御台さまは、そこまで伊勢殿に打ち明けておられるのですか。よほど頼りにされているのですなあ。それならば話は早いではありませんか」

「何のことですか?」

「言うまでもありますまい。今川家に働きかけ、潤童子さまが後継ぎになることに賛同すると、はっきり治部大輔《じぶのたいふ》さま（氏親）から公方さまに伝えていただきたいのです。そうすれば公方さまの迷いも消えるでしょう。われらは、いずれ堀越から鎌倉に移ることになるでしょうが、そのときには今川家の力添えが必要になります。公方さまとて今川家の意向を無視することはできぬのです」

「……」

新九郎が黙り込んだのは、すでに茶々丸の廃嫡問題がそこまで煮詰まっていることに驚いたからである。恐らく、満子は優柔不断な政知の態度に業を煮やし、秋山蔵人らの側近と今川家を動かして政知に圧力をかけることを相談したのに違いなかった。そう考えると、修善寺温泉に行くことを勧めたのも、秋山蔵人を同行させたのも、すべて満子の企みではなかったのかと勘繰りたくなってしまう。

「迷うことなどないではありませんか。茶々丸さまに味方することはできぬのですから」

「なぜですか?」

「今や御所の中で茶々丸さまに味方する者といえば家宰殿だけと言っていいくらいですが、家宰殿は伊勢殿が茶々丸さまに力添えすることを喜ばぬからです。なぜなのか、それは伊勢殿にもおわかりでしょう」

「なるほど……」

新九郎は、今川の家督を氏親に継がせるために上杉政憲の孫・小鹿範満を殺している。その恨みを政憲は忘れていない、と秋山蔵人は言いたいのであろう。それ故、潤童子に味方せざるを得ないではないか、という理屈だ。

「修善寺の湯に浸《つ》かりながら、ご自分がどうすればよいか、よくお考えになってはいかがですか」

秋山蔵人がふふふっと笑う。

七

咄嗟についた嘘のせいで修善寺で湯治することになったが、新九郎自身、思いがけないことに、この湯治は大いに役に立った。熱い湯に浸かっていると体の節々がほぐれ、肉体に染み込んでいた疲労が溶け出して体が軽くなる気がした。

（わしは、よほど疲れていたらしい……）

考えてみれば、駿河に下ってから、ろくに体を休めたことなどなかった。病気もせず、あまり疲れも感じなかったので無理を重ねてきたのである。

しかし、肉体の奥深いところに疲労が蓄積されて凝り固まっていたらしく、その疲労が修善寺の湯で溶けて流れ出たのである。

あまりにも気持ちがいいので、新九郎は一日に何度も湯に浸かり、

「また湯に入るのか」

と、門都普に呆れられるほどだった。

朝、目を覚ますと、まず湯に入る。洗い場で洗面も済ませてしまう。食事をすると、門都普と二人で近くを散策する。散策といっても物見遊山ではない。堀越御所を訪ねるときは、伊豆で暮らす者たちの生活振りに目を向けることを心懸けている。堀越から修善寺まで下るのは初めてだったので、

(このあたりの者たちは、どんな暮らしをしているのか……)

と強い関心があった。

だが、何も変わらなかった。

修善寺近辺の農民たちも痩せ細って暗い顔をしていた。子供や老人の姿をあまり見かけないのも伊豆の他の土地と同じだ。

(年貢が高すぎるのだ)

農民の暮らしが立ち行かない理由は、はっきりしている。

伊豆は山内上杉氏が守護を務める国だが、代官を置いて治めているわけではなく、伊豆の土豪たちを束ねているに過ぎない。山内上杉氏は、同族の扇谷上杉氏と血で血を洗うような抗争を続けており、土豪たちは年中行事のように出陣を命じられる。戦をするには金がかかるから農民に重い年貢をかけて戦費を調達するしかない。

しかも、堀越御所というものがある。堀越公方の生活を賄《まかな》う費用は土豪たちが差し出す年貢によって支えられている。それもまた農民たちの年貢に上乗せされる仕組みだ。伊豆の農民たちは様々な理由で二重三重に課税されるから自分たちの取り分がほとんど残らず、常に餓死の瀬戸際に立たされているといっていい。

（なぜ、誰もおかしいと思わないのだろう……）

それが新九郎には不思議だった。

都にいたときも、そうだった。都大路に行き倒れた者たちの死体が積み重なっていても、幕府の役人たちはまるで無関心だった。何も食えずに飢える者たちが溢れているのに、支配者たちの屋敷には山海の珍味が並び、倉には米俵が山積みされていた。

そんな状態をおかしいと思ったから、新九郎は炊き出しを始めた。多くの者を救うことはできなかったが、それでも何人かの命を救うことはできたと自負している。何もしなければ誰も救うことができないが、何かをすれば一人でも二人でも救うことができる。そのことに意味があると信じたから、せっせと炊き出しを続けた。

駿河に下ってきて、思いがけず興国寺城の主になった。そこで新九郎がしたことは都でやったことと大きな違いはない。炊き出しの代わりに、領民の暮らしが立ち行くように知恵を絞っただけである。新九郎が城主になるまで、興国寺城の領民たちも伊豆の農民たちと同じように痩せ衰え、冬になると、新年を迎えられないまま、多くの者がばたばたと餓死した。今では、そんなこともなくなっている。

都人と同じように伊豆の農民も困窮している。何とかしてやりたいと思うものの、新九郎にできることは何もない。今川家の家臣に過ぎない新九郎が他国の仕置きに口出しできるはずがなかった。そのことが新九郎には、もどかしくてならなかった。

政知の後を継ぐのが茶々丸であるにしろ、潤童子であるにしろ、恐らく、どちらが第二代の堀越公方になったとしても伊豆の現状は何も変わらないに違いなかった。新九郎が政知の後継問題に今ひとつ強い関心を持つことができないのは、そのせいかもしれなかった。

昼過ぎに散策を終えて宿に戻ると、新九郎はまた湯に入る。湯に浸かりながら物思いに耽る。熱い湯に浸っていると、いい考えが湧いてくるし、あまり迷うことなく決断を下すこともできる。

（年が明けたら都に上ろう）

と決めたのも、湯に浸かっているときだ。

新九郎の政治力を満子が過信しているのは気になるが、そう思っているのなら、そう思わせておいて恩を売ればいい。将軍継嗣《けいし》問題に口を挟むことなどできないが、御所には知人も多いから、情報を集めることならできる。そう割り切ることにした。

義尚の墓にも詣でたかったし、父・盛定《もりさだ》にも会いたかった。岳父《がくふ》・小笠原政清《おがさわらまさきよ》や海峰《かいほう》にも会いたかった。

いつ頃、出発するかは興国寺城に帰ってから決めることにした。

（少しくらい骨休めしても罰は当たるまい……）

もう何日か修善寺に留まって湯治を続けるつもりだった。新九郎は、すっかり修善寺の湯が気に入った。朝と昼だけでなく、夕食を摂った後にも新九郎は湯に入った。

この時代の人々は、大体が早寝早起きだが、新九郎もそうだ。ほとんど夜更かしをせず、特に用事がなければ、夕食後、一刻（二時間）ほどで寝てしまう。

しかし、たまに真夜中に目が覚めることがある。

真砂が亡くなってから、そういうことが増えた。目が覚めると、無理に眠ろうとせず、茶碗酒を飲んで一息つき、古い記憶を探りながら自然に眠気が兆《きざ》すのを待つようにした。

湯治に来てからは、酒を飲むのではなく湯に入るようになった。

宿には内湯もあるが、新九郎が気に入っているのは露天風呂だ。宿を出て裏山を登っていくと森の中に大きな露天風呂がある。人工的に造られたものではなく、大昔から存在する、自然が拵《こしら》えた風呂だ。

明かりも持たずに宿を出たが、幸い、空に大きな月が輝いていたので露天風呂に続く小道を辿《たど》るのに不自由はない。一人でてくてく登っていく。日中でも静かな場所だが、夜になると、フクロウの声と風に揺れる葉音しか聞こえない。

山道を歩いているうちに体が冷えてきたので、露天風呂に着くや否や、新九郎は裸になって湯に飛び込んだ。

（いい湯だ。体が温まる……）

手足を大きく伸ばし、星々と月を見上げる。

あまりにも気持ちがいいので、つい、うとうとしてしまう。しばらくして、

（ん？）

新九郎がハッとして目を開ける。

岩場の向こうから、ちゃぷちゃぷという水音が聞こえる。

（獣か……）

この露天風呂は岩山の窪みに湯が湧き出ているので、あちらこちらに大きな岩があり、全体を見渡すことができない。こんな夜更けに湯に浸かりに来る者が他にいるとは思えなかったし、猿や熊などの獣が湯に浸かることもあると聞いていたので、咄嗟に新九郎は獣かもしれないと思ったわけである。

しかし、念のために、

「誰かいるのか？」

と声をかけた。

すると、水音が止んだ。

（人だ）

と察したのは、息を止める気配を感じたからだ。

「わたしは怪しい者ではない。伊勢新九郎といい、麓の宿に泊まって湯治している者だ」

「……」

返事はない。息を殺して様子を窺っているらしい。

「名乗りたくなければ名乗らずとも結構。もしや獣でもいるのかと心配で声をかけただけに過ぎぬ。興を醒ましてしまったのならお詫びする。何しろ、今宵《こよい》は月も星も美しい」

「狐《きつね》でございます」

女の声だ。しかも、若い。

「ほう、伊豆の狐は人の言葉を話すのか。これは驚いた」

「風流心のないことをおっしゃいますな」

「ふうむ……」

相手がきちんと名乗ったのに自分が黙ったまま返事をしないでいるのは失礼だと考えたものの、ここで名乗るのは憚《はばか》られるから咄嗟に「狐」と称した、そういう事情を察し、咄嗟の機転を楽しむのが風流ではないかと言いたいらしい。

「わたしは眠れぬまま、つい、ふらふらと宿を出てきてしまったが、狐殿は、なぜ、こんな遅い時間に一人で湯に浸かっておられるのかな？　月や星に誘われて来たのか、それとも、どこか怪我でもして、その傷を癒やしに来たのか……」

新九郎が言うと、

わが心　慰めかねつ　更級《さらしな》や
　姨捨山《おばすてやま》に　照る月を見て

朗々しい声が岩場に響いた。

静かに、ゆっくりと二度繰り返された。

（ほう、これは大したものだ……）

新九郎は感心した。女狐が詠じたのは『古今和歌集』に収められている和歌である。わたしの落ち込んだ気持ちを慰めることはできない。たとえ更級の姨捨山に明るく照っている美しい月を見ても……そんな意味の歌である。

つまり、女狐が真夜中に一人で露天風呂に浸かっているのは、怪我をしているせいでも月を愛でるためでもなく、何か辛いことがあって、その悲しみを癒やすためだ、と歌に託して説明したわけであった。

荏原郷から都に上った当初、新九郎は花の御所にある書庫に籠もって蔵書を貪《むさぼ》り読んだ。

だから、これが『古今和歌集』の歌だとわかったが、よほど教養のある者でも、そう簡単にわかるものではない。即座に理解した新九郎も、こんな地味な歌を咄嗟に口にした女狐も、人気《ひとけ》のない修善寺の山の中で温泉に浸かっているのが不思議なほどの教養人といっていい。

かつ見れど　うとくもあるかな　月影の
　いたらぬさとも　あらじと思へば

今度は新九郎が和歌を詠じた。

この月を美しいとは思わないではないけれど、同時に疎ましいとも感じられる。なぜなら、この月はどんな場所にも行って、どんな場所でも見られるのだから……そんな意味だ。

新九郎の歌ではない。やはり、『古今和歌集』にある紀貫之《きのつらゆき》の歌である。女狐の詠じた歌にうまく対応しているようにも思えないが、他に思いつかないし、咄嗟に気の利いた歌が詠めるほど歌道に通じていないので仕方がなかった。

しかし、これを聞いた女狐は明らかに驚いた様子である。新九郎が驚いたのと同じように、こんな夜更けの露天風呂でまさか紀貫之の歌を耳にするとは想像もしていなかったのであろう。

「祖母が……」

女狐が口を開き、祖母が亡くなったのです、と言った。

「おばあさまが?」

「はい。長く患っていたのですが、先月、急に加減が悪くなって、とうとう亡くなってしまいました。わたしは祖母が大好きだったので、毎日、泣き暮らしました。何も食べずに泣いてばかりいたので痩せてしまい、このままでは病気になってしまうと父が心配して湯治に出してくれたのです」

「そうでしたか」

「この気持ちのいい湯に入って、あのきれいな月を見せてあげたかった……」

「……」

新九郎の耳に微かな啜《すす》り泣《な》きが聞こえてきた。

どう慰めればいいものかわからずに黙っているうちに人の気配が消えた。この露天風呂はかなりの広さがあるので、どうやら反対側の上がり場に向かったらしい。ほんの一瞬、後を追って女狐の正体を暴きたいような思いに駆られたが、それもまた風流を解さぬ野暮な振る舞いだと笑われそうなので思い留まった。一人きりになって、また月と星を見上げ

ていると、

（あれは本当にあったことなのか……）

夢でも見ていたのではないか、いや、狐に化かされていたのではないか、という気がした。

八

二日後、新九郎は修善寺温泉を後にした。

この数年間で初めてといっていい長い休養だった。体の奥底に澱《よど》んでいた重苦しい疲労が嘘のように消え、気分が高揚し、足取りも軽くなった。

興国寺城に帰るには、来た道を逆に辿って、まず堀越に戻り、そこから狩野川沿いに陸路を辿るのが最短距離である。

しかし、敢《あ》えて、その道を選ばなかった。

どこの土地を旅するときも、できるだけ違う道を歩いて、そこに住む者たちの暮らしを知ろうとするのが新九郎の性癖なのである。

（海沿いに帰ってみるか……）

と思いついたのは、今まで漁民の暮らしをあまり見たことがなかったからである。

修善寺から西の駿河湾に向かうことにした。

新九郎に従うのは門都普と、あとは家臣と荷物持ちの小者が数人に過ぎない。満子に命じられて同行していた秋山蔵人は新九郎の長逗留《ながとうりゅう》に呆れ、すでに何日か前に堀越に帰っていた。

「危のうございますよ」

宿の者たちは、どうしても海に出たいというのなら少し北に戻ってから三津《みと》あたりで舟を雇うのがよいのではないか、と勧めた。それならば、海までさほどの距離ではないし、あまり危ない場所はない、という。

しかし、修善寺から真っ直ぐ西に向かうと達磨山《だるまやま》の北側の峠道を通らなければならず、その峠道には追い剝《お》ぎ《は》や盗賊の類が出没して旅人を襲うという。

（ふうむ……）

新九郎が思案する。旅慣れているし、危険を避ける術も心得てはいるが、自ら危険な場所に踏み込む愚かさも承知している。

にもかかわらず迷ったのは、

（そういう土地だからこそ、行く意味がある）

と思うからであった。

この時代の盗賊というのは、それを専門的に生業《なりわい》としている者はほとんどおらず、真っ当に働くだけでは食えない農民が苦し紛れに悪事に手を染めるという場合が多い。

達磨山近辺に盗賊が多いというのは、つまり、そのあたりの農民が窮乏しているということに違いなく、そういう土地ならば、ぜひ、自分の目で見たいと思った。

しかし、念のために門都普に相談した。山の暮らしに慣れており、新九郎と比べものにならないほど危険を察知する嗅覚《きゅうかく》が鋭いからである。

事情を説明すると、

「そんな峠道は通らない方がいいが、どうしても行きたいというのなら、おれに任せろ……」

自分が先行して安全を確認し、何か危険があるとわかれば、それを新九郎に知らせる、と門都普は言う。

「では、そうしよう」

門都普がそれで大丈夫だというのなら間違いはない……そう新九郎は信頼している。

とりあえず戸田《へだ》に向かうことにして、舟を雇うか、それとも、海岸沿いに徒歩で帰るかは、戸田に着いてから決めることにした。

新九郎が峠道を登り始めて間もなく、路傍の茂みが大きく揺れて門都普が転がるように飛び出してきた。

「駄目だ、新九郎」

「どうしたんだ?」

いつも冷静沈着な門都普が慌てているので、何かあったのだな、と新九郎は察した。

「盗賊がいる。この道は駄目だ。遠回りになるが他の道を探そう」

「何人くらいいるんだ?」

「五人だな」

「五人?」

何だ、それくらいか……そんな感情が新九郎の顔に表れる。それを見て、門都普が、

「あれは農民じゃない」

門都普が言うには、生活に窮した農民が旅人を襲っているのではなく、人殺しを生業とする本物の盗賊どもに違いない、あんな連中に関わると怪我をするだけだ、という。

「そうか……」

新九郎たちも頭数だけなら盗賊どもに負けてはいない。六人もいるのだ。

しかし、刀を手にして戦うことができるのは、新九郎と門都普を含めて四人、あとの二人は、ただの荷物運びである。

もし盗賊どもと戦うことになれば、五人対四人だから、それほど分が悪いわけではない。にもかかわらず、門都普が慌てているということは、よほど手強い相手だと判断したのであろう。

「仕方あるまい」

門都普の意見に逆らってまで危険を冒すつもりはない。峠道を避け、遠回りして平坦な道を選んで海に向かおうと考えた。

そのとき、あの運の悪い者たちはかわいそうだが、おかげで助かった……という門都普のつぶやきが聞こえた。

「今、何と言った？」

「……」

門都普が、しまったという顔になる。

「正直に言え。盗賊どもに捕まっている旅人がいるのか？」

新九郎が怖い顔で門都普を睨む。

「うむ……」

門都普がうつむきながら、自分が何を見てきたかを説明する。

それによると……。

新九郎たちよりも早く峠道を登った旅人の一行が襲われたらしい。若い女が二人、老女が一人、若い男と初老の男が一人ずつ、武士が三人、都合八人の一行である。

（どこかの姫君だな……）

恐らく、若い女一人と老女が姫君の世話役、若い男と初老の男は荷物持ち、三人の武士は護衛に違いなかった。

「武士たちは、どうした？」

「二人、殺された。待ち伏せされたんだろう。死体が転がっているのを見た。あとの一人は縛られていたな」

「すると、六人捕まっているわけか。盗賊どもは何をしている？」

「おれが見たときは戦利品を山分けしていた。今頃は酒盛りか、それとも……」

門都普は言葉を濁した。

もちろん、新九郎にも想像がつく。金品の山分けが終わったら、次は酒を飲みながら女たちを手込めにするに決まっている。それから若い男や女は奴隷として、どこかに売られるであろう。年寄りは、奴隷市でもあまり売れないから殺されるかもしれない。

「おまえは茂みから出てきた。つまり、峠道を通らなくても、盗賊どものところに行けるということだな？」

「やめておけ」

新九郎が何を考えているのかを察して、門都普が首を振る。

「あいつらは玄人《くろうと》だ。武器の扱いにも慣れている。この人数では、どうにもできない。どうしても助けたいというのなら修善寺まで戻って人手を集めろ」

「本気で言っているのか？」

新九郎が門都普を睨む。

「いや……」

もたもたしていれば、盗賊どもは獲物を連れて、どこかに消えてしまうであろう。修善寺まで戻っている余裕などない。それは門都普にもわかる。

「おい、どうなんだ？　峠道を通らなくても盗賊どもの背後に回ることができるのか」

「できる。険しい道だが……」

「ならば、こうしよう」

新九郎は、皆に集まるように命じ、自分の考えを説明する。

「合図は、これだ。聞き逃すなよ」

門都普が鳥のような鳴き声を発する。変わった鳴き声だから聞き間違えようはない。

「登るのは、ゆっくりでいい。最初は静かに行くのだ。よいか？」

新九郎が言うと、四人が黙ってうなずく。武士たちはそうでもないが、荷物運びの二人は真っ青な顔になっている。盗賊どもが待ち伏せている場所に自ら近付こうというのだから緊張するのも無理はない。

「こっちだ」

門都普が茂みに入っていく。新九郎がそれに続く。

それから半刻(一時間)ほど後……。

新九郎の狙い通り、盗賊どもよりも高い位置に出ることができた。

「あれだ」

門都普が顎をしゃくる。

「……」

茂みの中から前方を見遣ると、盗賊どもが下品な笑い声を上げながら酒盛りをしている。少し離れたところにふたつの死体が転がっている。その傍らに荒縄で縛られた六人が地面に坐らされている。

「どうやら山分けが終わったらしい。上機嫌で酒を食らっているな。となると、次は……」

「女だな」

新九郎がうなずく。

二人が盗賊どもの様子を窺っていると、髭面《ひげづら》の大男が立ち上がり、ふらふらと女たちの方に近付いていき、

「来い、かわいがってやろうぞ」

腕をつかんだ。

若い女と老女はしくしく泣いていたが、腕をつかまれた若い女が激しく泣き出す。

その横にいる姫君が、

「無礼者！　手を放さぬか」

と怒鳴る。

「ほう、生意気な女だ。ならば、おまえをかわいがってやろう」

盗賊が姫君に襲いかかろうとする。

それを見て、

「門都普」

「わかった」

門都普が鳥の鳴き声を発する。何度も発するが、盗賊どもはまったく反応しない。ただの鳥の鳴き声だと思っている証拠だ。

間もなく、峠の下の方から賑《にぎ》やかな声が聞こえてきた。荷物運びの二人である。合図の鳥の声が聞こえたら、できるだけ騒ぎながら峠道を登るように新九郎が命じたのだ。

姫君を襲おうとしていた盗賊が、声のする方に顔を向ける。酒盛りしている他の四人の盗賊たちも、

「今日はよい日ぞ。新しい獲物がやって来たわ」

笑いながら刀を手にして立ち上がる。

やがて、荷物運びの二人の姿が現れる。彼らは盗賊の姿を見て、ぎょっとしたように顔

色を変える。演技などではなく本当に驚いている。うわーっと叫びながら、盗賊たちに背中を向けて峠道を下り始める。それが誘い水になったかのように五人の盗賊たちが二人を追いかけ始める。彼らが峠道を下るのを見て、新九郎と門都普が茂みから姿を現す。縛られている六人に近付いて、素早く縄を切ると、

「今しばらく、ここで待っておられよ」

と言い残し、二人が猛然と峠道を下り始める。

新九郎の作戦では、二人の荷物持ちが囮《おとり》となって盗賊たちを誘い、途中で荷物を捨てる。盗賊たちがそれに釣られればよし、釣られなければ次の手を用意してある。

五人のうち三人は、峠道に捨てられた荷物のところで足を止めた。

しかし、あとの二人は執拗《しつよう》に荷物持ちを追いかける。口封じに殺そうというのであろう。

荷物持ちが足をもつれさせて転ぶ。

そこに抜刀した二人の盗賊が襲いかかる。

今まさに荷物持ちが斬られようとしたとき、茂みに身を潜めていた新九郎の家臣たちが飛び出した。二人は盗賊たちの背後から斬りかかる。不意を衝《つ》かれた上、剣の扱いに慣れた武士が相手である。二人の盗賊はひとたまりもなく斬られ、ぎゃあっ、という断末魔の叫びを発して倒れる。

それを聞いても、荷物を漁《あさ》っている三人の盗賊たちは顔色も変えない。まさか自分たち

の仲間が殺されたとは思っていない。荷物持ちの悲鳴だと思い込んでいるのだ。

「ん？」

盗賊が何気なく振り返る。何かの気配を感じたのであろう。次の瞬間、

びゅっ

新九郎の太刀が一閃《いっせん》して、盗賊の首が転がる。

他の二人が慌てて刀を手にする。

しかし、門都普の吹き矢が首に刺さって、刀を落とし、首を押さえる。そこを新九郎が容赦なく斬りつけ、たちまち二人は骸《むくろ》と成り果ててしまう。

「新九郎さま！」

峠の下方から武士と荷物持ちがやって来る。

「そちらの首尾は？」

「二人、斬りましてございます」

「こっちは三人だ。うまくいったな」

懐紙で刀に付いた血を拭いながら、新九郎がにこりと笑う。

新九郎たちが峠道を登っていくと、縄を解かれた六人が身を寄せ合っていた。護衛の武士が二人斬られてしまい、一人しか残っていないが、その武士も怪我をしていて刀を持つことができない。刀を手にしているのは姫君である。もし新九郎たちではなく、盗賊どもが戻ってきたら、自分が戦うつもりだったのであろう。

その勇ましい姿を見て新九郎も驚いた。

「ご心配には及びませぬ。盗賊どもは成敗いたしました」

「ああ、よかった……」

姫君がホッとした様子で刀を鞘に収める。

「名乗りが遅れましたが、わたしは駿河・興国寺城の主、伊勢新九郎と申します」

「え、伊勢さま?」

「どこかでお目にかかりましたか?」

「わが心　慰めかねつ　更級や……」

突然、姫君が和歌を詠じる。

咄嗟に新九郎も、

「姨捨山に　照る月を見て」

と和歌の続きを詠じる。

「あなたが女狐でしたか」

新九郎がまじまじと見つめると、姫君は恥ずかしそうに袖で顔を覆ってしまう。

九

延徳《えんとく》二年（一四九〇）一月七日、足利義政が亡くなった。それを知った新九郎は、

（都に行かねばならぬ……）

と改めて上洛を決意した。

前年の三月には義尚が亡くなっており、かつて仕えた主が二人も亡くなったとなれば、どれほど忙しい身であろうと香華《こうげ》を手向《たむ》けに行かないわけにはいかなかった。それに堀越御所の満子からも、

「早く都に行ってくれぬか」

と再三、催促されていた。

支度を調《ととの》えて新九郎が上洛の途に就いたのは四月下旬である。門都普、才四郎、又次郎らを連れて行くことにし、留守は弥次郎と弓太郎に任せた。松田信之介を伴ったのは、駿府にすら行ったことがないという信之介の見聞を広めてやりたいという心遣いだ。今や領地を治めていく上で信之介の力は欠かせないものになっている。有能で忠実な信之介を新九郎も大いに頼りにしているのだ。

都では小笠原家に逗留した。

亡くなった真砂の父であり、千代丸の祖父である小笠原政清とは気の合う仲で、父・盛定の屋敷にいるより、よほど気楽で落ち着くのだ。

盛定も六十六という高齢で、とうに隠居生活に入っている。

家督を継いだのは嫡男の孫一郎貞興《まごいちろうさだおき》だが、孫一郎は荏原郷の高越城《たかこし》に留まって領地を管理している。都にいるのは四男の虎寿丸《とらじゅまる》だ。今では二十七歳になり、平四郎盛次《へいしろうもりつぎ》と名乗って政所の下役として御所に出仕している。それ故、盛定の屋敷というより平四郎の屋敷と呼ぶ方がふさわしい感じだし、五十一歳の常磐もまだ元気だ。昔に比べれば、義母との関係も穏便になったとはいえ、それは滅多に顔を合わせることがないからに過ぎないと新九郎にはわかっている。盛定と常磐には型通りに挨拶だけして、すぐに小笠原の屋敷に向かった。真砂が亡くなってから政清と顔を合わせるのは初めてだったので、しばらくは真砂の思い出話に時間を費やした。

「これを……」

新九郎は、袱紗《ふくさ》包みを政清の前に置く。包みを取ると小さな壺が出てくる。

「……」

政清がじっと壺を見つめる。

「真砂です」

荼毘《だび》に付して、遺骨の一部を壺に入れて都に持ってきたのである。

「命が消えてしまうと、人間というのは、これほどちっぽけなものになってしまうのか……」

政清の目に涙が溢れる。その涙を袖で拭いながら、

「千代丸は、元気にしておるか？」

「はい。おじいさまに会いたいと申しておりましたが、まだ幼いので長旅には耐えられぬと考え、駿河に残してきました」

「それでよい。無理などさせてはかわいそうじゃ」

「もう少し大きくなったら都に連れてきます」

「それを楽しみに長生きしなければならぬな」

政清は溜息をつくと、ところで、何のために上洛してきたのか、まさか真砂の遺骨を届けるためではあるまい、と表情を引き締める。

「それも大切な用には違いありませんが……」

義尚と義政の墓前に香華を手向けることも大切な目的のひとつだし、足利政知の御台所・満子から将軍後継問題に関する情報を集めてほしいとも頼まれている、と正直に政清に説明した。

「次の将軍ならば、もう決まった」

「え。そうなのですか？」

新九郎が驚いて問い返すと、政清は、日野富子が推す義材に決まったのだ、とうなずく。

「なるほど……」

考えてみれば、それは当然の流れだった。

義材は、義政の弟・義視の子であり、富子の妹の子でもある。義尚の後継者になるための十分な資格を備えている。

にもかかわらず、これに横槍を入れたのが実の兄弟でありながら義視と仲の悪い義政であり、義視を嫌う細川政元であった。二人は手を結んで足利政知の子・清晃を推した。

両者の鍔迫《つばぜ》り合《あ》いが激しくなり、応仁の乱の二の舞になりそうなほど険悪な状態になったので、後継者問題を棚上げして義政が政務に復帰した。

その義政が亡くなったとなれば、一刻も早く将軍を決めなければ政が滞ってしまうし、細川政元一人では富子に対抗しようもない。それ故、義政が亡くなった直後に義材が将軍になることが決まったのである。正式な儀式が行われていないのは義政の喪中だからで、遅くとも七月の初めには義材が第十代の将軍に任じられるはずであった。

「そうでしたか」

自分でも意外だったが、何となく気持ちが沈んだ。心のどこかで清晃が将軍になることを望んでいたのだと悟った。清晃が将軍になれば、政知や満子の地位はぐっと高まる。その二人に気に入られている新九郎にとっても悪い話ではない、と思っていたということであった。

（どうやら、わしにも下心があったらしい）

自分が思っているほどには俗世間の垢が落ちていないとわかって新九郎は苦笑いした。

できれば富子や細川政元にも会いたいと考えていたが、後継者問題が決着したとなれば、その必要もない……そんなことを口にすると、

「はて、それほど簡単にいくかどうか」

と、政清が小首を傾げる。

「どういう意味ですか？」

「うむ……」

義材が後継者に決まってからというもの、義材の父・義視が目に見えて傲慢になり、それに富子がひどく腹を立てているというのである。富子の力添えがあってこそ義材も将軍になれるのだから、感謝の気持ちを伝えるのが当然なのに、義視は富子に挨拶にも来ないのだという。

しかも、すでに息子が将軍になったつもりで、そばに仕える者たちに自分を「大御所さま」と呼ばせ、政にも口出しするようになっており、富子だけでなく、細川政元をも激怒させているという。

「小川殿に会いに行くか」

富子は義政が亡くなった六日後に出家し、剃髪している。小川第《てい》で暮らしているので「小川《おがわ》殿」と呼ばれている。

つい最近、富子は小川第の一部を清晃に譲った。

口さがない者たちは、富子と細川政元が手を結び、義材を将軍にするという約束を反故《ほご》にし、清晃を将軍にするつもりなのではないかと噂した。その噂が義視の耳に入り、両者の間は更にぎくしゃくしたものになっていると政清は言う。

「まさか、この期に及んで清晃さまを将軍にするとも思えぬが、小川殿は思い切ったことをなさる御方だから、いったい、何が起こるのか、わしにもわからぬ……」

だからこそ、新九郎自身が富子に会うべきではないか、と政清は勧めてくれた。

「ならば、小川第を訪ねることにしましょう」

新九郎がうなずく。

十

新九郎は小笠原政清に伴われて小川第に日野富子を訪ねた。

「久し振りですね」

広間の上座に腰を下ろすと、富子が声をかける。顔を上げなされ、と促されて新九郎が富子に顔を向けると、富子の隣に小柄な少年が行儀よく坐っている。顎を引いて背筋をピンと伸ばし、両手を膝の上に置いている。口を引き結び、大きな目でじっと新九郎を見つめる。その目にどことなく見覚えがあるような気がした。

（堀越の御台さまに似ておられる）

堀越公方・足利政知の妻である満子に面差しが似通っており、特に目許がそっくりだ。よくよく見れば、口許や顎の線は父の政知似だ。

（これが清晃さまか……）

富子に紹介される前に、新九郎にはそれが清晃だとわかった。十一歳の少年である。小柄で青白い顔をしているが、賢そうな目をしている。

「駿河での活躍、いろいろ耳に入っていますよ」

「畏《おそ》れ入《い》りまする」

と頭を下げ、新九郎は義尚と義政の死について悔やみの言葉を述べた。義尚が亡くなったのは去年の三月である。挨拶が遅れたことも詫びた。

「慈照院さま（義政）は、若い頃から好き勝手ばかりして生きてきたのですから、もう思い残すこともなかったでしょう。しかし、あの子は……」

富子は、ふーっと溜息をつきながら人差し指で涙を拭う。

「死ぬには若すぎますよね。まだ二十五歳だったというのに……。わたしは四歳で父を亡くしましたが、それ以来、こんな悲しい目に遭ったことがありません。不慣れな戦などに出かけて、その揚げ句、武将でもないのに陣中で亡くなってしまうとは……。そばにいた者がよくなかったのでしょうね」

「……」

新九郎は何とも答えようがないので口を閉ざしていた。

近江 鈎《まがりのさと》里に出陣した義尚の放埒《ほうらつ》な暮らしぶりは新九郎も噂に聞いていた。一年半に及んだ滞陣中、戦をすることはほとんどなく、下鈎《しもまがり》にある真宝《しんぽう》の館《やかた》に腰を落ち着け、日々、犬追物や蹴鞠《けまり》、猿楽《さるがく》に興じ、酒と女に溺れたという。亡くなる前の数ヶ月は水と酒しか口にしなかった、と言われるほど荒んだ生活だった。

ながらへば　人の心も　見るべきに
　　露の命ぞ　はかなかりけり

富子が低い声で詠じる。義尚の辞世の歌である。

「阿諛追従《あゆついしょう》の輩ばかりがそばにいて、誰一人として諫言してくれる者がいなかった。あの子が鈎里でどんな暮らしをしていたかを知って、新九郎がそばにいてくれれば、こんなことにならなかったのではないか……そんなことも考えた。駿河に行ってしまったことを恨みましたぞ」

「申し訳ございませぬ」

新九郎は頭を垂れると、三年前、駿河に下る許しを義尚に求めたときの思い出を語った。その頃、新九郎は奉公衆を務めていたので、当然ながら職を辞して駿河に下向するつもりだった。

しかし、義尚は奉公衆を辞めなくてもよいと言ってくれた。駿河で窮地に陥ることがあれば、将軍の側近だということが何かの役に立つかもしれないからと気を遣ってくれたのである。

「わがままを快く許して下さっただけでなく、わたしの身を案じて下さったのです。優しい御方でございました……」

新九郎の目にも涙が滲む。

富子、新九郎、政清の三人でしばし義尚の思い出を語り合う。

やがて、思い出話が一段落すると、富子は傍らにおとなしく坐っている少年に顔を向け、

「すまなかったな。退屈であったろう」

「いいえ。よいお話を聞くことができて嬉しゅうございました」

「そうか、そうか。よい子じゃ」

富子が目を細める。それから新九郎に顔を向け、

「もう気付いておろうが、この子が清晃じゃ」

「は」

「ここにおるのは、駿河の興国寺城の主・伊勢新九郎と申す者。堀越にもたびたび伺候《しこう》しているらしいぞ」

富子が紹介すると、清晃は興味深げに新九郎に目を向ける。

「そうなのか？」

「堀越の公方さま、御台さまには大変親切にしていただいております。上洛するに当たって御台さまからは、若君がどのようなご様子であらせられるか、何か困っていることはないか、病気などしていないか、よくよく確かめてくるように言い付けられておりまする」

「母上が……母上が、そうおっしゃったのか？」

「はい」

実際には、将軍継嗣問題がどうなりそうなのか、しっかり見極めてくるようにと頼まれただけだが、新九郎なりに気を遣った言い方をした。

「わたしを案じて下さっているのか……」

清晃の目に涙が溢れ、その涙が頰を伝い落ちる。袖を目に当てて、ごしごしとこするが、それでも涙は止めどなく流れ続ける。それを見て、

（よい若君であることよ）

新九郎は清晃に好意を抱いた。

それから清晃は、母・満子のことだけでなく、父・政知のことや弟・潤童子についてもあれこれ質問した。新九郎は、いちいち丁寧に答えてやった。

「よかったですね。堀越の話を聞くことができて」

富子が言うと、はい、と清晃は大きくうなずき、

「礼を申すぞ。これからも堀越を訪ねて、父と母の無聊《ぶりょう》を慰めてもらいたい」

と大人びた物言いをする。

手習いの時間だというので清晃が席を外すと、

「よい子でしょう」

富子がにこやかに言う。その柔和な表情を見るだけで、いかに清晃を気に入っているかがわかる。

「幼い頃に親元を離れたというのに健気に真っ直ぐに育っておられますなあ」

政清が感心したようにうなずく。

「あんな子だと知っていれば、最初から将軍に推したのですが……。後悔先に立たず、ですね」

富子が溜息をつく。

「そんなことはございませぬぞ」

廊下から声が聞こえる。新九郎と政清が顔を向けると、管領・細川政元が敷居際に膝をついている。

「管領殿か、入るがよい」

富子がうなずくと、

「失礼いたします」

政元がつつつっと部屋に入ってきて、富子と新九郎の間に腰を下ろす。

(ほう、管領殿まで招いていたのか)

これが偶然だと信じるほど新九郎は初《うぶ》ではない。新九郎と政清が小川第を訪れることを知って、わざわざ政元は待っていたのに違いない。もっとも、それが富子の考えなのか、政元の考えなのか、そこまでは新九郎にもわからない。

「ここにいるのは駿河の興国寺城の……」

富子が新九郎を紹介しようとすると、

「伊勢新九郎殿ですな」

政元がうなずく。

「おや、知り合いだったのですか？」

「以前、お目にかかったことがございます。そうですな、伊勢殿？」

政元が新九郎に顔を向ける。まだ二十五歳の若さだが、父・勝元を凌ぐ切れ者と言われ、幕政を一手に牛耳っている男である。さすがに視線にも迫力がある。

「はい」

それにしても政元ほどの実力者が、なぜ、この場にいるのか、それが新九郎には不思議だった。政清に会いに来たはずがない。政清は都で暮らしているのだから、その気になれば、いつでも会える。当然、新九郎に会いに来たのであろう。

「伊勢殿は頼りになる御方だと耳にしております」

荏原郷にいた少年時代に盗賊退治をしたことや今川館を奇襲して小鹿範満を討ち取ったことなど、新九郎の武勇伝をわがことのように語ったかと思うと、御所の書庫に籠もって書物を読み耽っていたことなども話し、

「まことに伊勢殿は文武共に秀でた御方でありまするなあ。そのような御方だからこそ、今や城持ちにまで出世なさっているのでしょう」

と持ち上げる。

「……」

新九郎は畏《かしこ》まったまま口を閉ざしている。政元の狙いがわからないからだ。

「興国寺城の住み心地はいかがですかな？」

「は？」

質問の意図がよくわからず、新九郎が怪訝《けげん》な顔になる。

「新九郎の領地は十二郷あるそうですが、それで満足なのか……そう管領殿は訊きたいのでしょう」

富子が言う。

「はっきり言えば、いずれは一国の主になりたいという気持ちはないのか、ということでござるよ」

政元が新九郎の目を睨むように見つめる。視線に力がありすぎるのだ。

「一国の主?」

これが他の者の口から出た言葉であれば、何を馬鹿なことを、というひと言で笑い飛ばすところである。

しかし、その言葉を発したのは室町幕府随一の実力者である管領・細川政元であり、その傍らで微笑んでいるのは、政元ですら一目置かざるを得ないほどの権力と財力を握っている日野富子なのである。とても笑い話では済まない。

横にいる政清の顔をちらりと見るが、政清は別に驚いた様子もなく平然としている。

(なるほど、岳父殿は承知していたということか……)

新九郎が小川第を訪ねたのは政清に誘われたからである。もしかすると、あらかじめ新九郎を連れてくるように富子か政元に命じられていたのではないか、という気がした。

「慈照院さまがお隠れになり、次の将軍が決まった。それは、ご存じですな?」

政元が訊く。

「はい」

「決まったこと故、今更どうにもできぬが、わたしは納得しておらぬし、そう思っているのは、わたしだけではない……」

政元が視線を富子に向ける。富子も政元と同じ考えだと新九郎に伝えるためである。

「清晃さまが将軍になられるべきだと考えている」

「新九郎、力を貸してくれまするな？」

富子が身を乗り出して、じっと新九郎を見つめる。

「わたしに……」

わたしに何ができるのでしょうか、と新九郎が訊く。いくらか声がかすれている。自分が否応なしに大きな陰謀の渦に巻き込まれていくという予感に戦《おのの》いて喉《のど》が渇くせいだ。

「都で合戦が起こるやもしれぬ」

政元の表情が険しくなる。

つまり、こういうことであった。

もう決まったことだから、この期に及んで義材が将軍になるのを邪魔することはできないが、遠からず富子と政元が手を結んで義材を将軍位から引きずり下ろしてしまおうというのである。

義材が素直に従えばよし、拒否すれば力尽くで従わせることになる。そうなれば合戦が起こる。政元が期待しているのは、いざというときに今川家が大軍を上洛させることだ。当主の氏親に対して新九郎が強い影響力を持っていることを知っているので、今川家が義材に味方せず、清晃を支持するように氏親を説得してほしいと政元は考えているのだ。

新九郎に期待しているのは、それだけではない。

「清晃さまの弟御が次の公方さまになれるように後押ししてほしい」

と、政元は言うのだ。

驚くべきことに、新九郎が満子から強く信頼されていることを政元は知っていた。恐らく、堀越御所に仕えている者、しかも、政知や満子のそば近くに仕えている者を手懐《てなず》けて御所の様子を探っているのに違いなかった。

（油断ならぬ御方よ）

政元の抜け目なさに新九郎は舌を巻いた。

兄の清晃が将軍になったら、その流れで弟の潤童子を堀越公方にする……どちらかといえば、これは満子が企んだことで、その企みに政知が引きずられていた。当初、この企みには富子も政元も関与していなかった。

義材が将軍になることが決まった今、むしろ、政元が積極的に潤童子を政知の後継者に後押ししようとしている。

なぜかといえば、京都にいる将軍と関東にいる堀越公方は兄弟で務めるのがいいという習わしがあるからであった。現に政知が堀越公方になったときの将軍は異母弟の義政だった。その習わしを利用して、まずは潤童子を堀越公方にしてしまい、「都の将軍には堀越公方の兄である清晃さまがふさわしい」という理屈で清晃を将軍にしてしまおうという魂胆なのであった。

あまりにも無茶な理屈と言うしかないが、政元にしてみれば、無茶であろうと何であろうと構わないという気持ちなのだろうと新九郎は思った。義材を将軍位から引きずり下ろして、代わりに清晃を将軍にするための大義名分が必要だからである。

そこまで計画を練り上げているのなら、義材が将軍になるのを指をくわえて眺めるのではなく、さっさと義材を追い払って清晃を将軍にすればよさそうなものだ。それを新九郎が口にすると、

「控えよ」

と、政元が苦い顔になる。

（あ）

富子も中庭に視線を遊ばせて何も聞こえなかったような顔をしている。それで新九郎も気が付いた。義材が将軍となるに当たって、最も尽力したのは富子である。だからこそ、義政の死後、一気に将軍後継問題が決着したのだ。

ところが、その直後から義材の父・義視が富子を無視して勝手な振る舞いを始めた。それに腹を立てて、富子は政元と手を結び、清晃を手許に呼び寄せたのである。

細川政元と日野富子という当代随一の実力者同士が手を結べば、約束を反故にして義材を追い払うのは簡単だが、そんなことをすれば富子の信用に傷がつき、世人の非難を浴びることになる。それを避けるために一度は約束通りに義材を将軍にする必要があるということなのであろう。

（ややこしいことをするものだ……）

と思わないではないが、それが都の流儀というものなのだろうと新九郎は納得した。

「なるほど……」

富子と政元が何を企み、新九郎に何を望んでいるのかはわかった。ここまで秘密を洩らされた上は、新九郎としても腹を括らざるを得ない。そんなことに関わるのは嫌だなどと言おうものなら、生きて都を出ることはできないであろう。

しかし、自分は堀越公方の後継問題に口出しできるほどの大物ではない、どう考えても荷が重すぎる、というのが率直な気持ちだった。

「その心配はない」

政元が口許に余裕の笑みを浮かべる。

これからは、富子と政元の代理人という立場で政知や満子に接することになるから、新九郎の言葉は今までよりも格段に重みを増す。政知や満子も真摯《しんし》に耳を傾けざるを得ない、というのだ。

「しかし……」

新九郎が困惑したのは、今川家に仕える身でありながら、同時に、富子や政元の代理人を務めることはできないと思うからであった。

「これは、おかしなことを言う」

おほほほっ、と富子が笑う。

「新九郎はこれまでも奉公衆を務めてきたではないか。辞めることを許した覚えはない。同じ気持ちでわたしに仕えればよいだけのことじゃ」

「……」

なるほど、新九郎は駿河に下っている間も、その身分は義尚の奉公衆のままだった。

普通に考えれば、義尚の死と共に奉公衆という身分も失われたはずだが、富子はそうではないと言う。それでも釈然としないので尚も新九郎が口を開こうとすると、隣にいる政清が小さな咳払《せきばら》いをして新九郎を横目で見る。何も言うな、黙って従え、と言いたいらしい。

（そういうものか……）

長いものには巻かれろ、権力者の言葉にはおとなしく従っていればよい、それもまた都の流儀なのかもしれなかった。

十一

駿河に帰国した新九郎は真っ直ぐ興国寺城には帰らず、駿府の今川館に立ち寄った。都で日野富子と細川政元から持ちかけられたことを氏親と保子に説明するためだ。

「ふうむ……」

新九郎の話を聞いた氏親は難しい顔で首を捻る。

しばらく思案してから、

「将軍にしたくないのならば最初から将軍にしなければいいのに、なぜ、一度、将軍にしてから引きずり下ろそうとするのでしょうか。それが都人のやり方なのですか、叔父上?」

氏親は新九郎が小川第で抱いたのと同じ疑問を口にする。そういう面倒なやり方をしなければ富子の立場が悪くなるのだ、と説明すると、

「そういうものですか」

まだ要領を得ないという顔だ。

「戦になるのですか?」

保子が心配しているのは、誰が将軍になるのかということではなく、将軍位を巡る争いに今川家が巻き込まれるかもしれないということである。母親として氏親の身を、姉とし

て新九郎の身を案じているのだ。

その気持ちがわかるだけに、新九郎としても、戦にはなりませぬと言って保子を安心させてやりたかったが、それでは嘘をつくことになってしまう。

だから、正直に、

「恐らく、戦になるでしょう。それ故、管領殿は御屋形《おやかた》さまを味方にしたいのです」

「大きな戦になるのですか？」

都を焼け野原にした応仁の乱は、そう遠い昔の話ではない。乱が終結したのは、ほんの十数年前のことなのだ。荒廃した都の姿は保子の脳裏にも生々しく残っている。

「それはないでしょう」

新九郎が首を振る。

応仁の乱は、将軍位を巡る争いに、有力な大名たちの家督を巡る内紛が絡んだために空前の大乱に発展したが、今回はそうではない。

しかも、細川政元と日野富子という当代随一の実力者が手を組んでいるから、義視・義材父子に勝ち目はないだろうというのが新九郎の見通しである。

とはいえ、簡単に将軍位を手放すとも思えないから、縁の深い大名たちの力を借りて抵抗するであろう。そうなれば戦である。但し、大規模な戦になるとは思えない、と新九郎は言う。

「叔父上は、どうするのがよいと思われますか？」

氏親が新九郎を見つめる。まだ二十歳の若者である。今川家の将来を左右しかねないほどの大事を一人で決めるだけの自信も経験もないのだ。

（これが御屋形さまのよいところだ……）

新九郎は、血を分けた甥《おい》に愛情の籠もった目を向ける。わからぬことはわからぬと言い、他人の意見に耳を傾ける素直さと謙虚さこそが氏親の美点だと思うのである。もちろん、それは保子の教育の賜《たまもの》であろうと承知している。

氏親の率直な問いかけに、新九郎も率直に答えることにした。すなわち、細川政元と日野富子に与《くみ》するのが最善の選択だと勧めたのである。

「しかしながら……」

先のことはわからぬ故、何も慌てることはありませぬ、もし戦が起こるとしても今すぐというわけではないし、とりあえず、管領殿と小川殿に進物でも贈って誼《よしみ》を通じておけばいいでしょう、と新九郎は付け加える。

「それでよいのですか？」

という氏親の問いには、

「人間など、いつ死んでしまうかわからぬものですから」

と答えた。

義尚が亡くなった後、すぐに将軍が決まらなかったのは富子の推す義材に、義政と政元が難色を示したからである。

ところが、義政が死んだ途端、あっさり義材に決まった。両者の力関係が崩れたからだ。応仁の乱にしても、細川勝元と山名持豊《やまなもちとよ》という東西両軍で中心的な役割を担っていた二人が相次いで亡くなるや、争いも下火になった。

今現在、将軍位を巡って角を突き合わせているのは、義視・義材父子と富子・政元だが、この四人のうち誰かが死ねば、たちまち力関係が崩れてしまい、どう情勢が動くかわからない……そう新九郎は言うのである。

「そうかもしれませぬな」

叔父上のおっしゃるように管領殿と小川殿に進物を届けることにいたしましょう、と氏親がうなずく。

「堀越の公方さまは、どうなさるのでしょう。承知なさるのでしょうか?」

保子が訊く。清晃を将軍に擁立するために政元が掲げる大義名分は、清晃の弟・潤童子が堀越公方になることである。そのためには茶々丸を廃嫡しなければならない。

「さあ……」

新九郎が小首を傾げる。

満子は喜んで飛びつくに違いないが、政知がどう考えるか、新九郎には想像がつかない。

以前、満子が潤童子を堀越公方の後継ぎにしてほしいと懇願したとき、政知はのらりくらりと返事を先延ばしにして動こうとしなかった。家宰の上杉政憲が強硬に反対したせいだろうと新九郎は推測しているが、政知自身、あまり乗り気ではなかったのも確かである。政知が乗り気であれば、いかに家宰が反対しようとも止めようがなかったはずだからだ。

（公方さまは、どうなさるであろうか）

新九郎にも予想がつかない。

興国寺城に帰った翌日、新九郎は堀越御所に出かけた。広間に通されて待っていると、秋山蔵人が入ってきた。

（ん？）

新九郎が怪訝な顔をしたのは、家宰である上杉政憲が現れると思っていたからだ。政知が客に会うのならば、当然、家宰である上杉政憲が同席することになるからである。咄嗟に思ったのは、

（上杉殿だけでなく、秋山殿も同席するのか）

ということだ。

今日の新九郎の訪問はただのご機嫌伺いなどではなく、都で日野富子や細川政元と会って、将軍後継問題について話をしてきた報告である。そういう重要な場に同席を許される

というのは、新九郎が知らぬ間に秋山蔵人がかなり出世したということに違いなかった。以前に会ったときは、修善寺に湯治に向かう新九郎の道案内を命じられる程度の軽い身分に過ぎなかったのだ。

秋山蔵人が家宰の席に腰を下ろしたので、新九郎の驚きは更に大きくなった。その驚きを察したのか、秋山蔵人は口許に静かな笑みを湛えつつ、

「どうかなさいましたかな、伊勢殿？」

「いいえ」

新九郎が首を振る。本当は、上杉殿はどうなされたのか、と訊きたいところだったが、廊下から足音が聞こえたので口を閉ざさざるを得なかった。慌てて平伏する。上座に人が坐る気配がしたかと思うと、

「興国寺城の主・伊勢新九郎殿でございまする」

秋山蔵人が新九郎を紹介する。これは、家宰がするべき仕事である。新九郎が都に出かけている間に秋山蔵人が家宰になったのか、それとも、何らかの事情で上杉政憲が家宰としての役目を果たすことができないので、その代理を務めているだけなのか……新九郎は気になった。

「面《おもて》を上げるがよい」

「は」

新九郎が顔を上げると、正面に政知と満子が並んで坐っている。二人だけである。茶々丸も潤童子もいない。

初めて政知と会ったのは二年前で、そのとき政知は五十四歳だったが、六十過ぎの年寄りのように老け込んで見えた。その印象は変わらないどころか、更に年寄り臭く、しかも、不健康そうに見える。

妻の満子は三十二歳だが、ふくよかで肌に張りがあって、見るからに生き生きしている。あたかも満子が政知の生気を奪い取っているかのようだ。新九郎に好意的な眼差しを向けて、にこにこしている。義材が将軍に決まったことを知れば、満子の機嫌のよさもたちどころに消えてしまうだろうと考えると、さすがに新九郎も気が重い。

「都から戻ったばかりだというのに、すぐに訪ねてくれて嬉しく思いますぞ」

「とんでもございませぬ」

「都では誰に会った？」

政知を差し置いて、満子が質問する。

日野富子や細川政元、それに清晃に会ったことを新九郎が話すと、

「おお、あの子はどんな様子だったか？」

満子が腰を浮かせて身を乗り出す。

「とてもお元気そうでございました……」

父上さまと母上さまのことを案じておられ、いろいろ話しているうちに清晃さまの目に涙が溢れてきた……そんなことを新九郎が口にすると、

「あの子が涙をのう……」

満子が声を詰まらせ、袖で目許を押さえる。

政知も目を潤ませている。

「小川殿のような御方に目をかけていただき、あの子は果報者《かほうもの》じゃ」

指先で涙を拭うと、満子は赤くなった目を新九郎に向け、たとえ将軍になれなくてもものう、と言う。

(どうして、それを……？)

新九郎がハッとする。

「昨日、都から使者がやって来ました。管領殿からの使者です」

新九郎の驚きを察したかのように満子が言う。

「さようでございましたか。使者は何と？」

「誰が将軍になるか決まったが、それは清晃ではない。しかし、案ずるには及ばぬ……そんな内容でした。そうでございましたねえ、御所さま？」

満子が政知に顔を向ける。

「使者の口上からは何もわからぬ。詳しいことは伊勢殿からお聞き願いたい、と使者は申

したぞ。どういうことなのだ？」

政知が新九郎を睨む。

（やられた……）

日野富子と細川政元の陰謀に巻き込まれてしまったとはいえ、氏親にも言ったように、先のことなど何がどうなるかわかったものではないから、できるだけ陰謀の中心からは離れておかなければ、と己を戒めていた。政知と満子に対しても、

「小川殿と管領殿がこのようにおっしゃっておられました……」

と、単に二人の言葉を伝える使者の役割を演じるつもりでいた。新九郎自身も陰謀に関与しているなどという印象を与えたくなかったのだ。

しかし、そんな新九郎のためらいを察知したのかどうか、政元は先回りして堀越御所に使者を送っていた。

「詳しいことは伊勢殿からお聞き願いたい」

などと言われれば、政知と満子の目には、政元と新九郎が都でよほど念入りに打ち合わせをしたように見えるであろうし、もはや、新九郎が当事者でないなどという言い訳も通用しないであろう。政元を甘く見ていた、と臍《ほぞ》を噬《か》んだが後の祭りである。

満子と政知は、じっと新九郎を見つめている。

「実は……」

小川第で富子や政元からどんな相談を持ちかけられたのか、新九郎は腹を括って話し始める。その話を聞き終わると、

「つまり、清晃を将軍にするために茶々丸を廃嫡せよと申すか」

政知が眉間に小皺を寄せる。

「それが管領殿のお考えでございまする」

「兄弟で東と西を治めればうまくいく、という理屈はわからぬではないが、清晃と茶々丸とて兄弟なのだぞ」

「……」

新九郎は顔を伏せて口を閉ざす。

政知の言うように、腹違いとはいえ、清晃と茶々丸は兄弟なのである。現に政知自身、八代将軍・義政とは腹違いの兄弟だ。父も母も同じ兄弟でなければうまくいかないという理屈に反発を覚えるのは当然であろう。

（理屈など、どうでもいいのだ）

新九郎には政元の考えがわかるが、それを口にすれば、政知の不興を買うことになりそうだから黙っていることにした。政知に詰め寄られたら、

「管領殿がおっしゃったことを、ありのままにお伝えしているだけでございます」

と逃げるつもりだった。幸い、

「方便というものではございますまいか」

秋山蔵人が口を挟んだので、新九郎は助かった。

「どういう意味だ？」

「清晃さまを将軍に推すための理由が何かしら必要だということでございます。茶々丸さまは何年も前からご嫡男の立場にあられるわけですから、今になって茶々丸さまの弟御だから将軍になるべきだと言っても誰も納得するまい、ということです」

「そうでございますよ、御所さま……」

満子が政知に体を向けて、管領殿のおっしゃることはもっともでございます、ぜひ、そうするべきでございます、清晃の後押しをしてやりましょう、と熱心に説得を始める。頬が火照《ほて》っているのは、清晃を将軍に、潤童子を堀越公方にするという夢に手が届きそうだと感じている証《あかし》であった。政知にとっては茶々丸も清晃も潤童子も自分の子だが、満子にとって茶々丸は血の繋がりのない義理の息子に過ぎないから何の愛情もない。潤童子を堀越公方にしたいと願うのは当然であった。

「それに……」

満子が顔を顰めながら口にしたのは、茶々丸の悪行の数々であった。相変わらず御所には滅多に寄りつかず、悪い仲間たちを引き連れて悪さばかりしているというのである。

「道理のわからぬ子供でもあるまいし、もう十九歳になるというのに、これでは先が思いやられます。御所さまは、茶々丸殿と清晃も兄弟ではないかとおっしゃいましたが、兄の茶々丸殿の振る舞いが都に聞こえれば、そのような者の弟を将軍にはできぬと言う者とておるやもしれませぬ」

「これ、口が過ぎようぞ」

政知が満子をたしなめるが、その声には力がない。満子に言われるまでもなく、政知も茶々丸の振る舞いに頭を悩ませていたからである。

「御所さま、ご決断なさいませ」

「そうなさるべきでございます」

満子と秋山蔵人が口を揃えて政知に決断を促す。

秋山蔵人がちらりと横目で新九郎を見たのは、

(伊勢殿も黙っていないで何か言われよ)

という意味であろうが、新九郎は知らん顔をしていた。

「考えておく」

政知は苛立《いらだ》った様子で席を立つと、床を踏み鳴らして広間から出て行く。

「煮え切らぬ御方よのう」

満子が溜息をつく。

しかし、機嫌は悪くない。

にこやかな表情を新九郎に向けると、

「よく働いてくれましたな。感謝しておりますぞ」

「いいえ、わたしなど何もしておりませぬ。すべては管領殿と小川殿が話し合って決められたことでございます」

「控え目な物言いをせずともよい。これからも頼りにしておりますぞ。今日は、ゆっくりしていくがよい。修善寺の湯に浸かりに行ってはどうです？　旅の疲れも取れましょう」

「ありがたいお言葉ではございますが、城に帰るつもりでおります」

「無理には引き留めますまい。これからは今まで以上に顔を合わせることになるでしょうから。秋山、新九郎殿を見送ってあげなさい」

満子が広間から出て行くと、あとには新九郎と秋山蔵人の二人が残った。

「ひとつ伺ってよろしいですか？」

新九郎が秋山蔵人に顔を向ける。

「何でしょう」

「秋山殿は家宰になられたのですか？」

「まだ正式に任じられてはおりませぬ」

「ということは、いずれ家宰になられるわけですか？」

「御台さまは、そうおっしゃっておられます」

「上杉殿は、どうなされたのですか？」

「あの御方は謹慎を命じられております」

「謹慎？」

「身の程をわきまえぬことを申し上げ、御所さまのお怒りを買ったのです」

「それは……茶々丸さまのことで、ということですか？」

「さあ、わたしも詳しいことは存じませぬな」

秋山蔵人がにやりと笑う。

「……」

満子が何とか潤童子を堀越公方の後継者にしようと画策したとき、政知が優柔不断な態度を取り続けて茶々丸の廃嫡に積極的でなかった理由のひとつは、家宰の上杉政憲が強硬に反対していたからだ。

つまり、上杉政憲は堀越御所における数少ない茶々丸の味方だったわけである。その上杉政憲が謹慎させられているとなれば、茶々丸は孤立無援という立場であろう。

政知が謹慎を命ずるほど激しく怒ったということは、それだけ強く上杉政憲が反抗したということであろうし、何に反抗したのかと考えれば、それは茶々丸の廃嫡問題以外には考えられない。

（さっきは「考えておく」と言い捨てて席を立ってしまわれたが、実は、心の中では、すでに茶々丸さまの廃嫡を決めておられるのではなかろうか……)

そうだとすれば、ついに満子に押し切られたということになるが、若い後妻の言いなりになることを情けないと思う気持ちもあって、あのように苛立ったのではないか、と新九郎は思った。


秋山蔵人に見送られて、新九郎が堀越御所を後にする。供は少ない。門都普と、あとは護衛の武士が三人いるだけだ。五人とも騎馬である。

「何だか疲れた顔をしているな」

馬首を並べながら、門都普が話しかける。

「うむ。疲れたな」

正直な気持ちだった。都から駿河に戻り、駿府に立ち寄って氏親と保子に会い、興国寺城に帰り着いて、今度は休む間もなく堀越御所を訪ねた。これでは疲れるのも当然だ。

しかし、新九郎が疲れを感じているのは肉体的な疲労だけが原因ではない。堀越公方の後継問題に関わったことで何とも言えず気が重くなっており、それが精神的な疲れとなって現れているのだ。

新九郎は茶々丸の立場も、政知の立場も、どちらも理解できるのである。

新九郎自身、荏原郷にいるとき、義母の常磐と折り合いが悪く、城にいるのも嫌で、領地を走り回っては悪さばかりしていた。城には自分の居場所がなく、その苛立ちや怒りや淋しさを城の外で発散していたのだ。茶々丸の悪評を耳にしたときも、義母の満子に嫌われて、堀越公方の嫡男という地位まで奪われそうになって自暴自棄になったことが原因なのではないか、と茶々丸に同情したほどだ。

だが、今は政知の気持ちもわかる。

広間で政知が口にしたように、茶々丸も清晃も潤童子も政知にとっては、わが子なのだ。誰が可愛くて、誰が可愛くないという話ではなく、分け隔てなく可愛い……そう新九郎は思う。自分が政知の立場にいれば、後妻に迎えた満子と茶々丸の不仲が辛くてたまらないだろうと思う。

(他人事ではない……)

真砂が亡くなって、もうすぐ二年になる。周りからは、

「後添《のちぞ》いをもらわれては」

「せめて、側室を置かれては」

と勧められている。

新九郎自身、それを考えぬではない。身近に女手がないのでは何かと不自由を感じることも多いし、独り寝に淋しさを感じることもある。自分のことだけでなく、千代丸と次郎丸のことも考えてやらなければならない。身の回りの世話をする女房がついているとはい

え、やはり、それは母親とは違う。

(だが、うまくいくのだろうか……)

千代丸と次郎丸が義母と諍《いさか》いを起こすようになったらどうするのか、腹違いの兄弟が生まれて、堀越御所で起こっているような内紛が興国寺城でも生じたらどうするのか……そんな想像をするだけで憂鬱《ゆううつ》になるのである。

「新九郎、あれを見ろ」

門都普が鋭い声を発して注意を促す。

「ん?」

前方から十人ほどの集団がやって来る。先頭の数人は騎馬だが、それ以外は徒歩だ。

(何だ、あれは……?)

門都普のように遠くのものがよく見えるわけではないが、次第に近付いてくるその集団の異様さは、新九郎にも察せられる。皆、顔が真っ赤なのだ。

いや、顔だけではない。手足も真っ赤である。

「鬼ではありますまいか」

護衛の一人が口にする。その声音には微かに怯えと恐怖が混じっている。

「何かを塗っているようだ。紅《べに》か、そうでなければ、朱《しゅ》か……」

門都普の口調は普段と変わらない。それほど驚いてはいないようだ。

「盗賊か？」

新九郎が訊くと、

「そうかもしれない。もっとも、こんなに明るいうちに村の近くを盗賊が堂々と馬に乗って進んでくるというのもおかしな話だが……」

「止まれ」

新九郎が皆を停止させる。ふと、

（逃げるか……）

という考えが頭をよぎる。五人とも騎馬である。馬首を返して堀越御所まで駆ければ、何とか逃げ切れるだろうと思う。

だが、迷ったのは一瞬で、

（どんな奴らか見てやろう）

と決めた。危険を察知する嗅覚に優れている門都普が逃げろと忠告しないし、なぜ、あんなおかしな格好をしているのか興味もあったからだ。

もっとも、危険な相手だとわかったときには、すぐに逃げ出すことができるよう皆に心構えだけはさせた。

新九郎たち五騎が馬を停めている。そこに十人ほどの集団がやって来る。道は狭い。どちらかが道を譲らなければならない。

（なるほど、紅のようだ……）

女が化粧するとき唇に塗る紅を顔や手足に塗りたくっているのだな、と新九郎にもわかった。近くで見ると、塗り方が雑で、かなりムラがある。新九郎が相手の真っ赤な顔をぼんやり眺めていると、

「伊勢新九郎か」

馬に乗っている先頭の男が口を開く。

「やはり、茶々丸さまでしたか」

「なぜ、道を譲らぬ？」

「そういうわけではありません。最初は茶々丸さまだと気が付かず、顔も手足も真っ赤な恐ろしげな者たちが来るので、あれは鬼ではあるまいか、いや、盗賊なのではないか……あれこれ話しておりました。正体を確かめたいと思って、ここで待っていたのです」

「呑気なことだ。本当に鬼だったら、今頃、新九郎は食われているではないか」

「言われてみれば、その通りでございますな」

「おかしな奴だ」

「わたしの目には……」

「おれの方がおかしいと言いたいのか？」

茶々丸がじろりと新九郎を睨む。

「なぜ、そんな姿をなさっているのですか？」

「ふんっ、新九郎も承知しているだろうが、おれの評判は悪い。皆が悪く言う。うつけだとか、人でなしだとか……。その揚げ句、あんな阿呆は廃嫡してしまえという話になっている。もちろん、知っているだろう？」

「い、いいえ、それは……」

さすがに新九郎も素直にうなずくことができなかった。

「百姓たちからは鬼と呼ばれている。おれたちが村に近付くと娘や食い物や酒を大慌てで隠す。奪い取られると怖れているわけだ。このあたりの者たちは、寄ってたかって、おれを馬鹿にしているってことさ。それならば、本当に鬼になってやろうと決めた。地獄の鬼は死人の血肉を食らって顔も体も真っ赤だというから、それを真似たわけだよ。どうだ、似合っているだろう？」

「……」

「わかったら、そこを退《ど》け。邪魔をするな」

「失礼いたしました」

新九郎が下馬して道を譲る。他の四人も倣う。新九郎たち五人が泥の中に佇《たたず》んでいる前を紅を全身に塗りたくった十人ほどが通り過ぎていく。異様な姿をしているせいか、茶々丸に従っている者たちは誰もが凶悪な顔つきに見える。

（何か悪いことが起こるのではなかろうか……）

以前に会ったときよりも更に茶々丸の心は荒んでいるような気がする。満子や秋山蔵人が政知を焚きつけて廃嫡を企んでいることを、茶々丸が知らないはずがない。鬼になる、などと公言する暴れ者がおとなしく言いなりになるとは思えなかったのである。

興国寺城に帰ると、

「おう、兄者、どうだった？」

弥次郎が出迎えた。

「うむ、皆を集めてくれ……」

主立った家臣たちを広間に集めると、堀越御所でどんな話し合いが持たれたのかを説明した。

新九郎の本意ではなかったが、思わぬ成り行きで堀越公方の後継問題に深く関わることになってしまった。後継問題がこじれて堀越御所で騒ぎが起これば新九郎としても見過ごしにはできないし、その場合の対応は、都にいる細川政元や日野富子の指示を仰ぐことになる。場合によっては戦になるかもしれない。もはや新九郎の胸だけに納めておくことのできる問題ではないので、家臣たちにも事情を話すことにしたのだ。

「堀越で戦が起こるかもしれないということですか？」

弓太郎が訊く。

「そうなってもおかしくないだろうな」

「そのときは公方さまや御台さまに味方するということですね？」

「うむ」

この期に及んで茶々丸に味方するという選択肢はない。かといって、積極的に争いに関わりたいわけでもないから、新九郎とすれば、親子が争う流血の事態が起こらないことを祈るばかりだ。

新九郎が話し合いを終えようとすると、

「実は兄者が堀越に出かけている間に葛山《くずやま》から使いが来たんだ」

弥次郎が言う。

「葛山？」

新九郎が怪訝な顔をしたのも無理はない。葛山一族は古くから駿東《すんとう》に大きな勢力を持つ由緒ある一族だが、よそ者、成り上がり者という冷たい視線を新九郎に向け、これまでは没交渉だったのだ。

「使いの話は？」

「それが何とも変な話なんだが、兄者と碁《ご》を打ちたいそうなんだ」

「わしと碁を……。相手は誰だ？」

「決まっているさ。葛山烈道《れつどう》だよ」

「ふうむ、烈道殿からの誘いか」

烈道は葛山一族の当主である。まだ四十代の男盛りだが、妻を亡くしたときに出家して法号を名乗っている。

「どうする?」

「断るのもおかしいだろう」

「これまで何の付き合いもないのに、いきなり碁に誘うなんて、何か裏があるんじゃないのかな」

「裏とは?」

「兄者を誘《おび》き寄せて命を奪おうとしているとか……」

「なぜ、烈道殿がそんなことをするんだ?」

「差し出がましいことを申しますが……」

それまで黙っていた松田信之介が口を開く。

「申すがよい」

新九郎が促すと、

「葛山一族は長く小鹿殿を後押ししておりました」

「何だと、小鹿範満を?」

「はい」

「やっぱり、そういうことなんだよ。田舎者は執念深い。自分たちが後押ししていた小鹿範満を兄者が殺した恨みを今になって晴らそうとしているに違いない」

弥次郎が言うと、他の者たちも、その通りだ、これは危ない、やめた方がいい、と口を揃える。

「そもそも、いきなり使いなど寄越して、こっちに訪ねて来いというのが無礼ではないか。新九郎さまは今川の御屋形さまの叔父なのだから、向こうが辞を低くして訪ねてくるのが当たり前だ」

いつもは冷静な才四郎までが憤《いきどお》る。

権平衛や又次郎、正之助たちも同調する。

「兄者、みんなもこう言っている。こんな誘いは断った方がいい。断って角が立つというのなら、才四郎が言うように、そちらから挨拶に来いと申し送ればいい。何なら、おれが使いに行こう」

弥次郎が言う。

「ふうむ……」

新九郎が腕組みして思案する。

なるほど、皆の意見はもっともだと思う。これまで新九郎を無視していた葛山烈道が、突然、碁を打とうなどと誘ってくるのは奇妙な話だ。信之介の言うように、葛山一族が小鹿範満を支援していたとすれば、ますます怪しい。新九郎を亡き者にしようと企んだとしても不思議はない。

が……。

あっさり断ることにためらいも感じる。

駿東地方は今川領とはいえ、他の土地に比べると今川家に対する忠誠心は薄い。かつては上杉領だったからだ。若い氏親が駿河を平穏に治めていくには、まずは駿東地方を安定させることが必要だ。それがわかっているからこそ、敢えて新九郎も興国寺城にやって来たのだ。もし葛山一族と誼《よしみ》を結ぶことができれば、駿東地方の安定に大いに役に立つ。

(行かねばならぬ……)

たとえ危険があろうとも、危険を冒すだけの価値のある誘いだと新九郎は判断する。もし何らかの罠が仕掛けられていて命を落とすことになろうとも、

(まあ、そのときは諦めるしかあるまい)

と腹を括った。

「葛山烈道に会いに行く。使者を走らせて、そう伝えさせるのだ」

新九郎がきっぱりとした口調で言い渡す。

「しかし……」

弥次郎が尚も反対しようとするが、新九郎の顔を見て口を閉ざす。すでに決断を下し、何を言っても無駄だと悟ったのだ。

十二

駿東地方で大きな勢力を持つ葛山一族の当主・烈道に招かれ、新九郎は門都普を連れて出かけた。他には荷物運びの小者が二人いるだけだ。烈道に会うのは初めてなので手土産を持参した。京都から持ち帰った酒や陶器、絹、胡麻油などである。馬の背に荷をくくりつけ、小者がそれぞれ馬を引いた。

それにしても、わずか四人である。護衛の武士すら連れていない。曲がりなりにも新九郎は十二郷の領地を支配する興国寺城の主である。領地を見回るだけなら、それでも構わないが、これまで疎遠だった葛山の支配地に足を踏み入れるのだから、もっと重々しく威《い》儀《ぎ》を正して訪問するべきではないか、と弥次郎は主張した。

この主張には山中才四郎や大道寺弓太郎らも賛成した。葛山が由緒ある一族だとしても、新九郎とて今川氏親の叔父であり、傍流《ぼうりゅう》とはいえ伊勢氏一門である。長く幕府に仕え、日野富子や細川政元など幕政に関わる要人からの信頼も厚い。田舎豪族などに侮られる立場ではない、という意識がある。

松田信之介も賛成したが、それは才四郎たちとは違う理由からだ。

「危ないのではないか」

というのである。

なぜなら、葛山一族は小鹿範満を後押ししていた。その範満を討ち取って氏親に今川家の家督を継がせたのが新九郎なのだ。その恨みを晴らすために新九郎を誘い出し、どこかで討ち取ろうと企んでいるのではないか、と信之介は危惧した。どうしても行くのなら、いざというときのために、できるだけ多くの護衛を引き連れて行くべきではないか、というのだ。

「それは違うぞ、信之介」

新九郎は首を振り、危険を承知で葛山の領地に踏み込むと決めた上は、むしろ、護衛など連れて行かない方がいいのだ、と言った。

なぜなら、信之介たちが心配していることなど、当然、葛山の方でも承知しているはずで、そこに物々しい行列を組んで乗り込んだりすれば、

（やはり、われらを疑っているのだな。伊勢新九郎は案外、臆病な男だ）

と嘲笑されることになるからだ。

それに葛山一族が本気で新九郎の命を奪おうとしているのなら、たとえ護衛を三十人、四十人連れて行ったところで無駄であろう。それが恐ろしいのなら行かなければいい、と新九郎は割り切り、いっそ、できるだけ少ない人数で出かけようと決めた。

だから、わずか四人で興国寺城を出発したのだ。

　葛山の領地に入ってしばらくすると、

「新九郎」

　門都普が目配せする。何かしら異変を察知したらしい。

（人が隠れているな。一人や二人ではない……）

　新九郎にもわかった。横目で門都普を見るが、黙って首を振るだけだ。逃げる必要はないという意味なのか、それとも、今から逃げようとしても間に合わないという意味なのか、判断できない。

　突然、左右の茂みから男たちが現れる。肩越しに振り返ると、背後にもいる。四方を囲まれた。全部で二十人くらいいるだろう。農民ではない。武士である。一瞬、

（盗賊か？）

と警戒したものの、それにしては、まったく殺気が感じられない。

「失礼ながら……」

　男たちの中から若い男が現れる。

「興国寺城の主・伊勢新九郎殿ではありませぬか？」

「いかにも伊勢新九郎です」

「やはり、そうでしたか。ご挨拶が遅れました。それがしは葛山烈道の嫡男・紀之介《きのすけ》と申

します」

紀之介が丁寧に頭を下げる。

(なるほど、これが葛山紀之介か……)

新九郎も名前を知っている。烈道もなかなかの器量という噂だが、紀之介は父親以上の切れ者だと言う者もいる。まだ二十歳である。目許に賢さを感じさせる、生真面目《きまじめ》な表情の若者だ。

「近頃は昼間から盗人・追い剝ぎの類が出ることもあるので、伊勢殿を館まで道案内するように父から命じられました。しかし、伊勢殿がいつ頃、館に来られるのかわからないので、このあたりでお待ちしていたのですが、まさか……」

「まさか、たった四人で来るとは思っていなかった、とおっしゃりたいのですかな?」

「申し訳ありませぬ」

紀之介が顔を赤くする。

(どうも想像していた姿とは違うな)

十五歳で初陣《ういじん》してから、これまでに何度となく戦に出陣し、その都度《つど》、誰もが驚くような手柄を立てたというから、どんな荒々しい大男なのかと思っていたが、実際の紀之介はまるで違った感じの若者だった。大男どころか、華奢《きゃしゃ》と言っていいほど線が細い。上背《うわぜい》はそこそこあるものの、見るからに非力な印象である。

しかし、二十人もの人数をぎりぎりまで門都普が気付かないように茂みに埋伏《まいふく》させていたのだから、やはり、用兵術に長《た》けているのであろう。

「どうかなさいましたか?」

紀之介が怪訝な顔で新九郎を見る。

「いいえ。お心遣い、痛み入ります」

新九郎たち四人は、紀之介の連れてきた葛山の郎党に護衛されて館に向かった。紀之介が先触れを走らせていたらしく、新九郎たちが着いたときには、館の門前に何人もの男たちの姿があった。真ん中に立っている肩幅の広い坊主頭の男が烈道に違いないと新九郎は思った。わざわざ館の外で出迎える姿を見て、

(葛山烈道は、本気でわしと誼を結びたいらしい)

と、新九郎は確信した。

騙し討ちにするつもりなら、さっき紀之介がやったはずである。嫡男に道案内をさせ、自分自身が門前で出迎えるというのは破格の厚意といっていい。

十三

広間で葛山一族の主立った者たちを紹介すると、烈道は、

「今日は格式張った話で伊勢殿に来ていただいたわけではない。碁の相手をお願いしたい

のだ。堅苦しいことは、このあたりでやめておこう」

「さ、伊勢殿、ご案内いたしまする、どうぞこちらへ、と自らが先導して新九郎を奥の間に案内する。

中庭に面した静かな部屋である。

真新しい畳の匂いがする。恐らく、普段は板敷きで使っているのであろう。新九郎のためにわざわざ畳を敷き詰めたのに違いない。

部屋の真ん中に碁盤が置かれ、円座《わろうだ》が敷かれている。新九郎は下座に坐ろうとしたが、

「いえいえ、どうぞ、そちらにお坐り下さいませ」

烈道は新九郎に上座を勧める。

碁を打ち始めてすぐに、

(打ち慣れていないようだ)

と、新九郎は気が付いた。

何しろ、烈道は恐ろしく碁が下手なのである。

あまりにも下手なので、かえって打ちにくい。本気で石を置いていくと、あっという間に新九郎が勝ってしまいそうだからだ。

「実は……」

烈道が真剣な表情で新九郎の顔を見る。

「わたしは碁など打ったことがありませぬ」

「そうでしたか」

「お気付きでしたでしょうな？」

「あまりお得意ではなさそうだと思いました」

「伊勢殿とは初めてお目にかかりますが、できれば儀礼にこだわらずにお会いしたかったのです。懇意にしている和尚に相談したら、茶の湯か連歌《れんが》、囲碁にお誘いすればよかろう、それならば、互いの身分や格式にこだわらずに腹を割って話ができると教えてもらいました。しかし、連歌は二人だけでするものではないし、茶の湯の心得もありませぬ。心得がないのは囲碁も同じですが、まあ、碁石を並べるくらいのことであれば、誰かに教わればよかろうと考えて、このひと月ほど和尚に囲碁を習いました」

「わたしと囲碁を打つために、そこまでなさったのですか？」

「はい」

「なぜ、そのようなことを……？」

「もちろん、伊勢殿をこの館にお招きするためです。何かしら理由がなければお招きすることもできませせぬ故」

「……」

新九郎が小首を傾げる。烈道の意図がつかめないのである。

「なぜ、突然、招こうとするのか、何か悪巧《わるだく》みがあるのではないか、と疑ったことでしょう。無理もありません。本当であれば、こちらから興国寺城に出向かなければならないのに、図々しく、伊勢殿に足を運んでいただいたのですから。無礼をお詫びいたします。よく来て下さいました」

烈道は円座を下りると、碁盤から離れ、畳に両手をついて深々と頭を下げる。

これには新九郎の方が面食らった。

「葛山殿、これは、いったい、どういうことなのですか？　わたしには何が何だかさっぱり……」

「いえいえ、伊勢殿には何度でも頭を下げねばならぬのです」

烈道は顔を上げると、ピンと背筋を伸ばし、

「喉が渇きましたな。茶でも運ばせましょう」

両手をぱんぱんと強く打ち鳴らすと、誰ぞ茶を持ってまいれ、と大きな声を出す。

しばらくすると、廊下から、

「失礼いたします」

という女の声が聞こえた。

新九郎は何気なく顔を向けて、

（あ）

と声を上げそうになった。

「……」

その女は懐かしげな目で、じっと新九郎を見つめている。新九郎も言葉を失ったまま石のように固まっている。沈黙を破ったのは烈道である。

「わが娘、田鶴《たづる》でござる。娘から事情を聞きながら、盗賊どもから救って下さったお礼を申し上げるのが遅くなってしまい、実に申し訳ないことでございました。言い訳がましい言葉に聞こえましょうが、決して恩を忘れていたわけではなく、どのようにお礼するべきかと皆で相談しているうちに伊勢殿が上洛してしまわれたのでご挨拶が遅れてしまったのです。どうかお許し下され」

またもや烈道は深々と頭を下げる。

烈道だけでなく、田鶴も廊下で平伏している。

「どうか顔を上げて下さいませ。これでは話もできませせぬ」

新九郎が慌てる。心の中では、

（まさか葛山の姫君だったとは……）

と驚いている。

修善寺温泉からの帰り、達磨山の峠道で、新九郎は盗賊どもに捕らわれていた旅人たちを助けた。その一人が田鶴だったのである。

田鶴とは、それ以前にも因縁がある。深夜の露天風呂で和歌を詠み合った仲なのである。もっとも、そのときは互いに顔を合わせることもなく、田鶴は「狐でございます」と言った。田鶴を盗賊どもから救ったときに初めて田鶴が「女狐」だとわかったのである。

そのときに田鶴もきちんと名乗るべきだったが、新九郎が止めた。田鶴たちの一行は、世話役の女が二人、荷物運びの男が二人、護衛の武士が三人、それに田鶴を含めた八人だったが、護衛のうち二人は殺された。田鶴たちがどんな目に遭わされたのか、新九郎にはわからなかった。新九郎たちのおかげで命は助かったとはいえ、助け出される前にひどい目に遭わされたかもしれなかった。本当のところはわからなかったが、妙な噂が流れては、この姫君のためにならぬと気遣い、

「このことは忘れてしまうのがよい。わたしの名前も忘れることです。だから、あなたの名前も訊きませぬ」

と、新九郎は言い、田鶴たちを安全な場所まで送ると、その場で別れた。

新九郎に同行していたのは、護衛の武士が二人、荷物運びが二人、それに門都普の五人だったが、その五人にも、

「今日のことは決して口外してはならぬ」

と戒めた。

だから、新九郎は田鶴が葛山烈道の娘だということを知らなかったのである。

ようやく烈道は顔を上げると、

「田鶴、茶が冷めるぞ」

「あ」

田鶴が顔を上げ、いそいそと新九郎の前に茶碗を置く。

「もう冷めているのではないか」

「急いで熱い茶を淹《い》れ直してまいります」

田鶴が茶碗に手を伸ばそうとしたとき、

「この場にふさわしいのは茶よりも酒ではありませぬか?」

瓢箪《ひょうたん》を手にして紀之介が現れる。

「馬鹿者。誰も来てはならぬと命じたはずだぞ」

烈道が叱る。

「お邪魔ならば退散しますが、それは伊勢殿に決めていただきましょう。どうですか、熱い茶を所望されますか、それとも、酒の方がよろしいですか?」

「う、うむ、そうですな……」

酒をいただきましょうか、と新九郎が答える。

「では」

にこりと微笑みながら、紀之介が新九郎の横に腰を下ろす。懐から茶碗を三つ取り出して畳の上に並べる。

「姉上、注いで差し上げてはいかがですか？　命の恩人へのお礼なのですから、父上も叱ることはありますまい」

紀之介は新九郎に顔を向けると、

「父は姉をとても大切にしていて、姉を人前に出すのを嫌がるのです。どんな客が来ても姉に酌《しゃく》をさせるようなことは許しません。しかし、伊勢殿だけは別です。だって、伊勢殿がおられなければ、今頃、姉は盗賊どもに拐《かどわ》かされていたに違いありませんからね。そんなことになっていたら、きっと父は気が狂っていたことでしょう」

「こいつめ、余計なことをべらべらとしゃべりおって……。伊勢殿、どうか気を悪くなさらないでいただきたい」

「とんでもない。わたしの方こそ、つい茶よりも酒の方がよいなどと口走ってしまい恥ずかしく思っています」

「何を言われるのか。まだ明るいというのに酒など勧めては失礼かと思っただけで、わしのような者と酒を酌み交わしていただけるのなら、こんな嬉しいことはないのです。さあ、田鶴、伊勢殿に酒を注いで差し上げなさい」

「はい」

田鶴が耳朶《みみたぶ》まで赤くなりながら瓢箪を手に取り、三人の茶碗に酒を注いでいく。

「ははは、姉上が赤くなっておりますぞ。父上も姉上もいったい、どうしたのですか。そろそろ余所《よそ》行きの顔を取り繕うのはやめましょう。伊勢殿がどのような御方か、もうわかったではありませぬか。少しも偉ぶったところのない、とても気持ちのよい御方だ。ぶくぶく醜く太って、酒と女に溺れていた小鹿殿とは大違いだ」

「これ、口を慎まぬか！」

　烈道が腹を立てる。

「いいではありませぬか。最初にきちんと話しておく方がよいと思います。われら葛山一族が小鹿殿に力添えしていたことは伊勢殿とて承知しておられるはずです。違いますか？」

　紀之介が新九郎に訊く。

「承知しております」

「その小鹿殿を討ち取ったのが伊勢殿です。葛山から招かれて、さぞ薄気味悪かったでしょうね？」

「正直に言えば、その通りです」

「われらも別に好きで小鹿殿に力添えしていたわけではありません。今川の御屋形さまだと思えばこそ、求められれば力添えしたまでのことです。われらの土地は伊豆と境を接しており、ぼんやりしていると山内上杉勢が攻め込んでくるやもしれませぬ。いつ御屋形さまの力を借りることになるかわからないので、いざというときのために御屋形さまに忠義を尽くしたまでのこと。言うなれば、持ちつ持たれつ……」

「なるほど」

　新九郎がうなずく。

「ひょっとして、わたしのことを変な奴だと思っていませんか？　出迎えのときは、おとなしく礼儀正しく振る舞っていたのに、人が変わったように饒舌《じょうぜつ》になってしまったから」

「確かに」

「これが本当のわたしです。伊勢殿がどのような御方かわからなかったので、迂闊に気を許してはならぬと思って、余所行きの顔をしていたのです」

　紀之介がにこりと笑う。

「男のくせにおしゃべりな奴でして」

　烈道が溜息をつく。

「まずは一献《いっこん》」

　紀之介が茶碗を手に取る。

「未来の義兄上《あにうえ》と初めて酒を酌み交わすことができる。実に嬉しい」

「紀之介！」

　田鶴が驚いたように叫ぶ。

「伊豆から戻ってから、姉は伊勢殿のことが忘れられぬようです。月を眺めながら、和歌を詠じたり、涙を流したりしております。思うに、伊勢殿に嫁ぐことができねば、尼にでもなるつもりなのではないでしょうか」

「馬鹿な弟！」

田鶴は袖で顔を隠しながら部屋から出て行く。その背中に向かって、

「ついでに酒の肴《さかな》を支度して下さい！」

と、紀之介が大きな声で言う。

「母が亡くなったせいもあるのでしょうが、父は姉を嫁にやりたがらないし、姉もまったく嫁ぐつもりがないらしく、本当に尼にでもなるのかと思っていましたが、いやあ、伊勢殿のような御方に巡り会えるとは姉は果報者ですね」

「いい加減に口を慎めというのに」

烈道は新九郎に向き直ると、

「倅の無礼をお詫びいたします。躾《しつけ》が悪いせいで、親の言うことなどまるで聞きませぬ。しかしながら、田鶴を修善寺に行かせたのは失敗でした。いや、行かせたのはいいとしても、もっと道中を警戒させるべきでした」

「仕方ありませんよ、父上。公方さまが支配している土地に湯治に行くのに、そんなに多くの武士を連れて行くこともできないでしょうからね。普通に街道を旅するには護衛が三

人もいれば十分だったはずです。盗賊どもが待ち構えている峠道を選んだのがよくなかったんです。それだけの話ですよ。ねえ、伊勢殿、そう思いませんか？」

「おっしゃる通り、あれは危ない峠道でした」

「伊勢殿は危ないと承知の上で通るつもりだったんですか？」

「峠の麓まで行きましたが、怪しげな者たちが屯《たむろ》しているとわかったので引き返すつもりでした」

「ほう、そうだったのですか？」

烈道が訊く。

「山歩きに慣れた者を召し使っておりますので、念のために先に行かせて調べさせたのです」

「さすがだ！」

紀之介がぽんと膝を叩く。

「そういう気の利いた者を姉上にも同行させるべきでしたね、父上」

「まったくだ」

「わたしも偉そうなことは言えないのです。紀之介殿が茂みに人を隠しておいたことにまったく気が付かなかったのですから」

「え？　そうだったんですか。では、あのとき、わたしがその気になれば伊勢殿を討ち取ることもできたわけか」

「こいつ、また失礼なことを言いおって！」

「酒の席での戯言《ざれごと》です。そんなことをするはずがないでしょう。わたしが姉上に殺されてしまう」

「また悪口を言っているのね、紀之介」

酒の肴を運ぶ女房たちを連れて田鶴が戻ってきた。

「とんでもない、姉上を誉めていたんです。伊勢殿が姉上を娶《めと》りたくなるように」

「いい加減になさい」

田鶴が出て行こうとする。

「よろしければ……」

新九郎が田鶴に呼びかける。

「ここで一緒に物語りなどしませぬか？」

「え」

一瞬、戸惑いの表情を浮かべるが、はい、と小さくうなずいて烈道の横に腰を下ろす。

頬がほんのりと赤く染まっている。

十四

その日を初めとして、ほぼ十日に一度くらいの割合で新九郎は葛山の館を訪ねるようになった。烈道と碁を打つという建前で訪ねたが、相変わらず烈道は下手くそなので、一局か二局で碁盤をしまい、あとは紀之介や田鶴を交えて宴になる。

四度目に訪ねた帰り、

「そこらまでお送りしましょう」

紀之介がついてきた。

(何か話があるらしい)

新九郎はピンときた。

馬首を並べてゆっくり進んでいくと、

「伊勢殿は姉をどうなさるおつもりですか？」

と、紀之介が訊いた。

「どう、とは？」

「とぼけなくてもいいでしょう。姉を娶るつもりがあるのかどうか、という意味です。念のために言いますが、これは父に頼まれたわけでも姉に頼まれたわけでもなく、わたし一人の考えで伺っているのです。どうにも焦《じ》れったくて仕方がないからです。気を悪くなさったのなら謝ります。思ったことを何でも口に出してしまう性質《たち》でして」

「確かに、そのようですね」

「姉を娶りたいと伊勢殿が言い出すのを父は今か今かと待っていますし、姉も同じ気持ちですよ。自分から言い出せないので、じりじりしながら待つしかないのです」

「わたし次第ということですか？」

「そうです」

紀之介がうなずく。

「こちらから、どうか娶ってほしいと言い出せない理由はふたつあります。まず、ひとつ。姉ももう二十二ですから、本当ならば、とうにどこかに縁づいていてもよさそうなものです。器量が劣っているわけではないし、いかに父が姉を手放したくないと思っても、年頃になって嫁にも行けないのでは本当に尼にでもなるしかない。しかし、嫁に行かせることができない理由があったのです」

「何ですか？」

「四年前、小鹿殿から姉を駿府の館に出仕させぬかという話があったのです」

「小鹿殿から？」

新九郎が驚いたように紀之介を見る。今川館に出仕させよというのは、要するに側室になれという意味である。小鹿範満には、すでに正室がおり、側室も何人か置いていたから、何番目かの側室として望まれたということだ。

「父は即座に断りました。大切な姉を側室などに差し出すつもりはなかったからです。当然、小鹿殿は立腹しました。実は、小鹿殿と葛山一族は、それ以来、あまりうまくいかなくなっていたんですよ。隙間風が吹くようになったというか……」

「そうだったのですか」

「当時、小鹿殿は駿河の御屋形さまでしたから、小鹿殿の側室になることを拒んだ姉を嫁に迎えようという家はありませんでした。小鹿殿に睨まれるのを怖れたからです。父も頑固ですから、可愛い娘をこちらから頭を下げて縁づけるつもりはないなどと意地になってしまったんです。そんな因縁があるので、父としても自分から伊勢殿に姉をもらってくれとは言い出しにくいんですよ。何しろ、伊勢殿は小鹿殿を討ち取った人ですからね」

「なるほど、そういう事情があったのですか。して、もうひとつの理由とは？」

「姉の気持ちです」

「田鶴殿の？」

「伊勢殿とて気付いておられるでしょう。姉は伊勢殿を慕っております。わたしの目には恋い焦《こ》がれているように見えますが、そう言うと、姉に叱られてしまうので、慕っているという穏やかな言い方をしておきます。もし父が伊勢殿に縁談話を持ち出して、それが断られるようなことになれば、たぶん、姉は生きていないでしょう」

「え」

「ふざけているわけではありませんよ。世をはかなんで出家されるのも困りますが、死なれるのはもっと困る。そんなことにならぬように、お節介を承知で、敢えて伊勢殿に父と姉の気持ちを伝えておきます。あとは伊勢殿次第ということですね」

では、これにて、と一礼すると、紀之介は馬首を返して館に戻っていく。その背中を見送りながら、

（そうか。そんな事情があったのか……）

確かに烈道の態度はおかしいと感じていた。

最初に新九郎を館に招いたのは、田鶴を盗賊の手から助け出してくれた礼を述べるためだったとしても、その後、新九郎が館を訪ねても、田鶴を娶ってほしいと匂わせたことすらない。

ある意味、不自然であった。

田鶴が新九郎をどう思っているか、ということとは別の次元の話、すなわち、政治的な理由を考えれば、おかしいのである。

葛山一族が小鹿範満を支持していたのは隣国から脅威を受けていたためで、領地を守っていくには、そうするしかなかったのだ。

しかし、今や駿河の支配者は小鹿範満から今川氏親に代わった。葛山一族が氏親との結

びつきを深めたいと考えるのは当然であった。弱肉強食の世で生き残っていくには力のある者の庇護を受けるしかないのだ。

　手っ取り早いのは田鶴を差し出すことだろうが、氏親はまだ正室すら迎えておらず、しかも、二十二歳の田鶴よりふたつ年下だ。家格を考えれば、氏親が田鶴を正室にすることはあり得ないし、かといって、小鹿範満からの申し出すら蹴った烈道が、田鶴を氏親の側室に差し出すとも思えない。

　客観的に考えれば、葛山一族にとって、新九郎は実にありがたい存在のはずだった。

　ひとつには、新九郎が氏親の叔父という立場で、しかも、氏親から絶大な信頼を寄せられているということだ。新九郎と縁戚になれば、葛山一族も氏親と強固な関係を築くことができる。

　ひとつには、新九郎が独り身だということだ。

　烈道が小鹿範満の申し出を断ったのは、

「大切な娘を側室などに差し出せるか」

　と腹を立てたからである。

　新九郎が田鶴を正室として迎えたいと言えば、烈道としても断る理由はない。

　つまり、田鶴を新九郎に嫁がせることは、葛山一族にとって大いにありがたみのある話なのだ。

それは新九郎も承知している。

にもかかわらず、烈道が何も言わないので、かえって訝《いぶか》しく感じていたのである。

そうかといって、もし烈道からそんな話を持ちかけられたとして、新九郎の気持ちは固まっているのかと問われれば、新九郎自身、何とも答えようがなかったであろう。

田鶴に惹かれていないわけではない。心惹かれるからこそ足繁く館を訪ねるのだ。田鶴に会うと、その帰り道、頬が熱を帯びたように上気し、心も昂《たか》ぶる。おれにもまだこんな情熱が残っていたのか……そんな驚きすら感じる。

ならば、すぐにでも田鶴を嫁に迎えればよさそうなものだが、そう単純にはいかない。葛山一族の娘を妻に迎えるのが自分の立場をよくするのか悪くするのかという政治的な問題で迷っているわけではない。

新九郎の気持ちの問題である。

これまでに伽耶と真砂という二人の妻を病で亡くしている。

まだ三十五歳の男盛りだから、周りからは妻を娶るように勧められているが、心にためらいがあって、どうにも踏み切ることができなかった。少なくとも政略結婚などをするつもりは毛頭ない。

だが、今回は違っている。

一人の女としての田鶴に惹かれているのだ。紀之介の話を聞けば、田鶴も同じ気持ちなのだという。

（どうやら、心を決めねばならぬようだ……）

曖昧な状態のまま、いつまでも碁を打つという建前で烈道を訪ね、田鶴に会うわけにはいかないと思った。興国寺城に帰ってから、どうすればいいか一人で思案を続け、三日後、自分なりに考えがまとまったので烈道を訪ねることにした。事前に手紙を送っておいたので、烈道はいつものように座敷に碁盤を用意して待っていた。

新九郎は碁盤を挟んで烈道と向かい合うと、

「今日はお願いがあって参りました」

と姿勢を正した。

「ほう、伊勢殿がわしに何を願うのですか？」

「無礼を承知で申し上げますが、田鶴殿と二人だけで話をさせていただけませんか？ この座敷でも庭でも結構です」

「田鶴と二人で……」

烈道が驚いたように新九郎を見つめる。

「何とぞ」

新九郎は烈道の視線を受け止めながら軽く頭を下げる。

「ふうむ……」

烈道は、どうしたものかと迷ったが、すぐに心を決め、

「わかりました。ここでお待ち下され。田鶴を呼んで参ります」

「畏れ入りまする」

座敷に一人で残され、新九郎はふーっと大きく息を吐きながら中庭に目を向ける。目は開いているが何かを見ているというわけではない。新九郎の心には、伽耶、真砂、鶴千代丸、千代丸、次郎丸の顔が次々に浮かんでくる。この三日ほど、新九郎は彼らとずっと心の中で語り合ってきた。特に伽耶と真砂である。

廊下が微かに軋む音がして、新九郎はハッとした。

「失礼いたします」

田鶴の声だ。

「お呼び立てするような真似をして申し訳ありませんでした」

「何か、わたしに話があるのだとか……」

「中に入っていただけませんか。廊下にいたのでは話もできません」

「はい」

顔をうつむけたまま田鶴が座敷に入ってきて、新九郎からだいぶ離れたところに腰を下ろす。

「わたしの話を聞いていただきたいのです。聞いていただけますか？」

田鶴は怪訝な顔でちらりと新九郎を見るが、はい、と小さくうなずく。

「……」

「最初の妻は伽耶といいます……」

新九郎は伽耶とのなれそめから話し始めた。鶴千代丸という子宝に恵まれたものの、二人が赤斑瘡《あかもがさ》に罹《かか》って亡くなったこと。

二人の死を受け止めきれず、生きた屍のようになって都をさまよい歩いたこと。

大徳寺の宗哲に救われたこと。

飢えた者たちを救うことで二人の供養にしようと考えたこと。

悪人にならねば人を救うことができぬと思い知らされ、悪人として生きることを決意したこと。

権力者たちに逆らったために命が危なくなり、家督争いで揉めている駿河に派遣されたこと。

都に戻ってから、伽耶の従姉《いとこ》・真砂と結ばれたこと。

千代丸という子に恵まれ、幸せに暮らしていたが、またもや駿河に不穏な空気が流れたため、死を覚悟して駿河に下向して小鹿範満を討ったこと。

思いがけず興国寺城の主となり、真砂と千代丸を呼び寄せたが、次郎丸を出産した後に真砂が亡くなってしまったこと。

城主が独り身でいるのはよくないからと、周りの者たちが妻帯を勧めるし、自分としても二人の息子たちのために母親が必要ではないかと思うが、どうしても踏ん切りがつかなかったこと。

それらのことを静かな口調で、新九郎は淡々と語り、最後に、

「突然、こんな話を聞かされて、さぞ驚かれていることでしょう。それについては、お詫びします。しかし、わたしも戸惑っており、迷っているのです」

「何を……何を迷っておられるのですか?」

袖で目許を拭いながら、田鶴はかすれるような声で訊いた。新九郎が身の上を語っているときから田鶴は涙を流し続けていたのだ。

「妻や子を亡くしたことがあまりにも辛かったので、二度と同じ思いをしたくないのです。一度ならず二度までも妻に先立たれるというのは、わたしが悪運を背負っているせいではないか、そうだとすれば、また妻を迎えることになっても、その人を不幸にしてしまうのではないか……そんなことを考えると、とても妻を迎えようという気持ちになれません。しかし……」

新九郎がふーっと重苦しい溜息をつく。

「しかし、今は気持ちが揺れています。妻に迎えたい人がいるからです。妻には迎えたいが、その人を不幸にはしたくない。だから、迷っています」

「わたしは……わたしは伽耶さまや真砂さまが不幸だったとは思いません。お亡くなりになるときは、さぞ辛かったであろうと思いますし、もっと生きていたかったはずですが、だからといって、新九郎さまと夫婦《めおと》になったことを悔やんだりはしなかったはずです。きっと新九郎さまの妻になることができて女として幸せだったと思います」

「そうでしょうか」

「お二人に先立たれてしまったのは悲しいことだと存じますが、それが新九郎さまのせいのはずがありません。人は、いつか必ず死ぬと決まっていますが、いつ死ぬのかは誰にもわかりません。自分でもわからないことです。そうであれば、いつかやって来るであろう死に怯えるのではなく、その日その日を精一杯生きるようにするべきではないでしょうか。伽耶さまも真砂さまも、新九郎さまと暮らした日々を愛おしんでいたはずです。きっと、そうだと思います……」

田鶴は涙に濡れた目で、じっと新九郎を見つめる。

その熱い眼差しを新九郎も真正面からきちんと受け止めた。


そのひと月後、田鶴は興国寺城に輿入《こしい》れした。

普通ではあり得ないほどの早さで婚儀が成立したのは、新九郎と田鶴は愛し合っていたし、新九郎と烈道の間にも強い信頼関係が結ばれていたので、ややこしい駆け引きや儀礼的な手続きなどに時間をかける必要がなかったからである。

婚礼には駿府から氏親もやって来た。

いかに実の叔父の婚礼とはいえ、わざわざ国主が足を運んでくれたのだから、これは尋常の厚意ではない。氏親と新九郎の絆の強さの賜である。

もっとも、それだけでなく、氏親にとっては政治的な意味も大きい。この婚礼をきっかけに、駿東の有力豪族である葛山一族を取り込むことになるからだ。いまだ国主としての立場が盤石とは言えない氏親にとって、これは大きな意義がある。昔から駿河という国は伊豆や相模と国境を接する東部地域が不安定なのである。そこで新九郎と葛山一族が力を合わせて他の諸豪族に睨みを利かせてくれれば、氏親にとって実にありがたいのだ。

十五

烈道に招かれて碁を打ちに行くようになってから、新九郎は堀越御所から足が遠のいている。

田鶴を妻に迎えることについては使者に手紙を持たせて知らせた。本当であれば、新九郎自身が足を運ぶべきだったが、慌ただしく婚儀が決まったので、その準備に追われて、堀越に出向く余裕がなかった。

折り返し、政知と満子から祝いの品が届けられた。婚礼が終わって落ち着いたら、きちんと挨拶に行かねばなるまいと新九郎は考えた。

その頃、都から、足利義材が正式に将軍になったという噂も聞こえてきた。

(公方さまも御台さまも、さぞや気を揉んでおられることであろう……)

細川政元や日野富子は、義材を将軍の座から引きずり下ろし、清晃を次の将軍にするという計画を練っている。義材が将軍になったからには、二人の密謀が加速するはずであった。そのためには、まず、清晃の弟・潤童子を政知の後継ぎに据える必要がある。

「関東と関西を平穏に治めていくには、堀越公方と都の将軍が兄弟であることが望ましい」

という理屈を、細川政元は清晃を将軍にするための大義名分にするつもりだからだ。

だが、最後に新九郎が政知に会ったとき、茶々丸を廃嫡することをまだ迷っているように見えた。

(公方さまのお考えは変わったのであろうか)

新九郎も気になっている。

そんなとき、思いがけない噂が堀越から聞こえてきた。

家宰・上杉政憲が死に、茶々丸が土牢《つちろう》に放り込まれたというのだ。

(どういうことだ? 堀越で何があった? まさか茶々丸さまが家宰殿を手にかけたとでもいうのか……?)

さすがに新九郎も驚き慌て、更に詳しい情報を手に入れて噂の真偽を確かめようとした。

しかし、よくわからない。上杉政憲が死んだのは間違いないらしいが、なぜ死んだのか、その理由がわからないし、茶々丸の消息もわからない。そもそも堀越公方の嫡男が土牢などに放り込まれるというのが、にわかには信じられない話であった。

自分が出かけていって直に確かめるしかない、と思い定めて新九郎は出発の支度を始めた。田鶴と婚礼を挙げたときに品をもらっているので、その御礼言上《おんれいごんじょう》に出向くという立派な理由があるのが幸いだった。

わずかな供を従えただけで新九郎は堀越御所に向かった。

御所に着くと、門都普をそばに呼び、

「ここに土牢があるかどうか調べられるか？」

「やってみよう」

「もし土牢があるようなら……」

「わかっている。あのおかしな男がいるかどうか確かめればいいんだろう？」

門都普の言う「おかしな男」というのは、もちろん、茶々丸を指している。

新九郎は広間に案内された。

すぐに秋山蔵人が現れる。家宰の坐るべき場所に腰を下ろし、新九郎に軽く会釈する。口を利かず、姿勢を正したまま視線を前に向ける。政知や満子がすぐにやって来るから無駄口を叩こうとしないのであろう。

「御台さまでございまする」

先導する女房が声を発しながら広間に入ってくる。

新九郎が平伏する。

「面《おもて》を上げなされ」

満子の声だ。

何気なく顔を上げた新九郎は、

(あ)

と声を上げそうになる。

生気に満ち溢れ、肌の色艶もよく、健康そうに肥えていた満子がまるで人が変わったような姿になっている。頬がげっそりと痩《こ》け、目の下に濃い隈《くま》がある。ひどく疲れた表情に見える。

新九郎には意外だった。

どんな事情で上杉政憲が死んだにしろ、堀越御所で唯一、茶々丸に味方していた政憲が死ねば、潤童子を政知の後継者に据える大きな障害が消えたことになるはずだ。満子の夢が実現に近付くのだから、恐らく、満子は大いに喜んでいるのではないか、と予想していたのである。

その予想が裏切られた。

なぜ、これほど意気消沈して見えるのか、それが新九郎には不思議だった。

「妻を娶ったそうですね。立派な男が独り身でいるのはよくないと思っていました。相手は葛山の娘だそうですが、よい相手だと思います……」

満子は祝いの言葉を述べ、それに新九郎が答礼する。いつもの満子であれば、自分から積極的に様々な話題を持ち出し、新九郎に相談事を持ちかけて意見を聞きたがるのだが、今日は物憂《ものう》そうな顔のまま、

「御所さまも新九郎殿に会いたいとおっしゃっていたのですが、生憎《あいにく》、お加減がよくないのです。わたしも気分が優れぬので、これで失礼します」

と、あっさり席を立とうとする。

潤童子を堀越公方の後継者にするというのは、清晃を将軍にするために細川政元が要求した条件だから、当然、その件に関して何らかの話し合いが為されると新九郎は思っていたが、その予想もまた裏切られた。

しかし、満子は広間から廊下に出て行く間際に肩越しに振り返り、

「話は秋山から聞いて下され」

と思わせぶりな言い方をした。

広間に二人きりになると、秋山蔵人は大きく息を吐いて肩の力を抜いた。口許に笑みを

浮かべて新九郎を見て、

「さぞ驚かれたことでしょうな」

「いったい何があったのですか?」

「家宰殿が自害なされました」

「自害?　ご自分で命を絶ったのですか」

「ええ、そうです。まさか何者かに闇討ちされたとでも考えておられましたかな?」

ふふふっ、と秋山蔵人が笑う。

まるで重い病にでも罹ってしまったかのような満子の変貌振りにも驚かされたが、上杉政憲の自害を笑いながら語る秋山蔵人の無神経さも新九郎には異様に感じられた。

「しかし、なぜ、自害など……?」

「何を他人事のような顔をしておられるのですか。この件については伊勢殿とて深く関わっているではありませんか」

「わたしが、なぜ、家宰殿の自害に?」

「元はと言えば、潤童子さまを後継ぎに据えなければ、清晃さまが将軍になることもできぬ、と伊勢殿が御所さまや御台さまに話したことがきっかけとなったからです……」

秋山蔵人が語ったのは、次のようなことである。

茶々丸の廃嫡を渋っていた政知だが、細川政元や日野富子といった都の実力者たちから、

「清晃を将軍にしてやろう。そのためにも、まず潤童子を堀越公方の後継者にせよ」

という条件を突きつけられ、妻の満子からも、

「ご決断なさいませ」

と昼夜を問わず、顔を合わせるたびに責め立てられ、ついに政知も、

「やむを得ぬ」

と、茶々丸の廃嫡を決意した。

この決定に異を唱えたのが上杉政憲である。何かと満子と衝突することが多いため、家宰の地位を秋山蔵人に奪われた格好で、謹慎を命じられていた上杉政憲が御所に現れて政知に謁見を申し出た。何を言われるか察しがついていたので政知は気が進まなかったが、正式に家宰の任を解いたわけではないから会わないわけにいかなかった。

「道理に背くことをなさるのは、お家が乱れるもとでございます……」

上杉政憲は、ずばりと諫言し、満子や、その取り巻き、すなわち、秋山蔵人らを口を極めて攻撃した。それは、ほとんど罵詈雑言《ばりぞうごん》に近かったという。後ろめたさを感じていたので、政知も初めのうちはおとなしく聞いていたが、そのうち、上杉政憲が、

「御所さまもよろしくございませぬ」

と、満子の尻に敷かれて言いなりになっている政知のことも責め始めると、ついに腹を立てた。

「いいえ、下がりませぬ。茶々丸さまを廃嫡せぬと約束していただけるまで、ここを動きませぬ」

「もうよい。下がれ」

「くどいぞ。もう決めたことじゃ。わしの言うことが聞けぬか」

「どうか考え直して下さいませ。この命を賭《と》してお願いいたします」

「ならば、死ぬがよい」

売り言葉に買い言葉というしかないが、上杉政憲は真っ青な顔で屋敷に戻ると、その夜、腹を切って果てたのだという。

「何と無残な……」

新九郎が顔を顰める。事情を聞いてみれば、確かに自害には違いないが、主の政知が死を命じたといっていい。

「そういう事情で、今は、わたしが家宰を務めておるのです」

「茶々丸さまは、どうなったのですか？　牢に入れられているという妙な噂を耳にしましたが……」

「さすがに耳の早いことですな」

秋山蔵人は、それは本当のことです、とうなずく。

それによれば、上杉政憲は切腹する前に茶々丸に宛てて手紙を書いたのだという。その手紙を読んで茶々丸が駆けつけたときには、もう上杉政憲は死んだ後だった。

激怒した茶々丸は、いつも連れ歩いている手下どもを引き連れて御所に押しかけた。案内も請わずに満子の部屋に押しかけ、

「よくも、じいを殺したな！　おまえが殺したのと同じだ。おまえのような女は必ずや地獄に墜《お》ちるぞ！　地獄で悪鬼《あっき》どもに責められるのだ。覚悟しておくがいい。おまえを呪ってやる」

茶々丸だけでなく、その手下たちも全身が真っ赤だった。顔や手足に紅を塗りたくっていたからだ。その姿は、まさに地獄の悪鬼そのものだった。

満子だけでなく、そばに仕える女房たちも怖れ戦《おのの》き、大変な騒ぎが起こった。騒ぎを知った政知が怒り、秋山蔵人に命じて茶々丸たちを捕らえさせたのである。

「それで茶々丸さまは牢に？」

「さよう。御所さまのお情けでございまするよ。他の者たちは首を刎《は》ねましたからな」

「……」

茶々丸を土牢に放り込み、その手下たちを処刑したことを秋山蔵人は自慢気に話した。

堀越御所を後にすると、どこからともなく門都普が現れた。

「土牢は、あった」

御所の裏手に土牢があり、何人もの武士が厳重に見張っているという。さすがに門都普もそばに近付くことができなかったが、あれほど警戒が厳しいのは、よほどの大物が入牢しているからに違いない、と門都普が言う。

「そうか」

茶々丸が土牢にいることは秋山蔵人に聞かされたから、もう知っている。新九郎としては、茶々丸がどんな状態なのかを知りたかった。

(まさか御所さまも茶々丸さまを処刑するようなことはないだろうが……)

では、茶々丸の始末をどうつけるつもりなのか、新九郎には見当がつかない。何か悪いことが起こりそうな予感がする。

第三部　茶々丸

一

延徳《えんとく》三年（一四九一）五月、新九郎《しんくろう》は京都にいた。

管領《かんれい》・細川政元《ほそかわまさもと》の招きに応じて上洛したのだ。

政元は日野富子《ひのとみこ》と共謀して、堀越公方《ほりごえくぼう》・足利政知《あしかがまさとも》の次男・清晃《せいこう》を将軍にしようと画策している。

その前提として清晃の弟・潤童子《じゅんどうじ》を政知の後継者に据えるように要求した。政知と妻の満子《みつこ》は、茶々丸《ちゃちゃまる》を廃嫡し、土牢《つちろう》に放り込むという荒療治《あらりょうじ》をして政元の要求に応えた。

去年の秋のことである。

年が明けて、一月七日、将軍の父・足利義視《よしみ》が亡くなった。「大御所」と呼ばれて権勢《けんせい》を振るい、政元や富子と鋭く対立していた義視が亡くなったことで将軍は強い後ろ盾《うしろだて》を失った。機が熟したと判断した政元と富子は、いよいよ計画を実行しようと考えた。

ところが、その矢先、四月三日に政知が病死した。享年五十七。

政元が新九郎を駿河《するが》から都に呼んだのは、

「すぐに潤童子さまが公方になっても大丈夫なのか？」

ということを確認したかったからだ。

潤童子は八歳の子供である。堀越公方になったとしてもお飾りに過ぎず、実際の政務は母の満子と側近たちが行うことになる。それで大丈夫なのか、何の問題もなくやっていけるのか……そういうことを新九郎に細々と質問した。

政元自身、堀越御所に息のかかった者を密かに送り込んでおり、御所の動きは把握しているが、そういう者たちの報告だけでは心許なかった。新九郎ならば、頻繁《ひんぱん》に堀越御所に出入りし、政知や満子の信頼も厚かったから誰よりも内情に詳しい。政元も富子も新九郎の判断力に一目置いているから、新九郎が、何も心配はないと言ってくれれば安心することができた。

が……。

新九郎は政元や富子を安心させるような楽観的な見通しを口にすることができなかった。

「何がそれほど心配なのだ？」

「茶々丸さまのことでございまする」

「捕らえられて、土牢に入っているというではないか。何もできまい」

「まだ二十歳の若さでございます。この先、ずっと土牢に入れておくことができるのでしょうか」

「それは……」

政元が声を潜める。

「さっさと殺してしまう方がいいということか？」

「そうは申しませぬが……」

新九郎が口籠《くちご》もる。まさか茶々丸を殺せなどと口にできるはずがない。

政元や富子と違って新九郎は茶々丸を直に知っている。堀越公方の嫡男として育てられたとはいえ、ひ弱なお坊ちゃんなどではない。気性が荒々しく、何をしでかすかわからない乱暴者だ。近隣の若者たちを引き連れて暴れ回る姿は、まるで野武士の頭目のようだ。今でも忘れられないのは全身を真っ赤に塗りたくった異様な姿である。茶々丸の目には常に狂気が宿っている。茶々丸の姿が脳裏に甦《よみがえ》るたびに、新九郎は尻のあたりがむず痒《がゆ》くなり、何とも落ち着かない気持ちになる。

「気の回しすぎではないのか」

「しかし、新九郎がそれほどまで心配するというのは気になることよのう」

富子は浮かない顔だ。

連日のように新九郎は小川第《てい》に伺候《しこう》し、政元と富子が発する同じような質問に同じように答えてばかりいる。堂々巡りである。

それは政元と富子の迷いの表れでもある。

義視が急死したことを政元も富子も悲しみはしなかったものの、かといって、大喜びしたわけでもない。二人が優しかったわけではない。一月七日に死んだことが引っ掛かった。ちょうど一年前の同じ日、一月七日に義政《よしまさ》も死んだ。不仲だった兄弟が二年続けて同じ日に死んだことに何か不吉な意味があるのではないか、と怖れた。どんな意味があるのかは政元にも富子にもわからなかったが、わからないが故にいっそう恐ろしかった。そんな不安を感じているときに、今度は足利政知が死んだ。政知は義政の腹違いの兄である。わずか一年そこそこで三人の兄弟が続けざまに死んだのだから、

(何かに祟《たた》られているのではないか)

と、政元と富子が戦《おのの》いたのも無理はない。

そういう迷信深い時代なのである。

新九郎が、

「御所さまが亡くなったからといって何も心配することなどございませぬ」

と自信を持って請け合ってくれれば二人も安心しただろうが、誰よりも堀越御所の内情に詳しい新九郎の歯切れが悪いので、更に不安を搔《か》き立てられたのである。

そんなある日、富子から急いで来てほしいという手紙を受け取って、新九郎は小川第に出かけた。

富子だけでなく政元も待っていた。

二人とも不機嫌そうに苦い顔をしている。

それを見ただけで、

(何かよくないことがあったらしい)

と察せられる。

新九郎が下座に腰を下ろすと、

「堀越から知らせが届いた」

政元が新九郎に顔を向ける。ひどく青白い顔をしている。

「御台《みだい》さまと潤童子さまが亡くなられたらしい」

「え」

思わず新九郎が声を上げる。それほど驚いた。

「亡くなられたとは……。どういうことなのですか？」

「殺されたのだ、茶々丸殿に」

「しかし、茶々丸さまは土牢に……」

「何者かの手引きによって土牢から逃げ、手下どもと御所を襲って、お二人を手にかけたらしい」

「まさか……」

信じられませぬ、と新九郎が首を振る。

「それだけでなく、お二人に仕えていた者たちもことごとく首を刎《は》ねられたというのだ」

「何と恐ろしい！」

富子が両手で耳を覆い隠す。血なまぐさいことが苦手なので殺伐とした話など聞きたくないのであろう。

「堀越では、あたかも合戦でも起こったような大騒ぎになっているらしい。のう伊勢殿、そのようなことが本当に起こるものであろうか？」

「何と申し上げてよいものか……」

血を分けた弟と、義理とはいえ母を手にかけるなどということがあるだろうか。しかも、そばに仕えていた者たちまで容赦なく殺したなどとは容易に信じられることではない。

（しかし、地獄の悪鬼《あっき》ならば、それくらいのことはするかもしれぬ……）

全身に紅を塗りたくり、己が悪鬼になったつもりで人の心を失ってしまえば、どんな無慈悲で残虐な振る舞いでもするかもしれないし、普通の人間にはできないことでも、

（茶々丸さまならば、あるいは……）

という気がする。

「こんな恐ろしい話を、そう簡単には信じられぬ。しかし、堀越と都は遠く離れているから、それが本当のことなのかどうかを確かめるのも難しい。何か起こったのは間違いないだろうが、たぶん、噂に尾鰭《おひれ》がついて大袈裟に伝わってきたのではないかと思う。何人もの人間が同じ話を伝えてくれば信じるしかないが、今のところ、一人の使者がやって来たに過ぎぬのでな」

「このこと、清晃さまには、もう……？」

「言えるものか」

政元が顔を顰《しか》める。

「まだ本当かどうかもわからないのに母上と弟君が死んだなどと……。しかも、手にかけたのが茶々丸殿かもしれないなどと……言えるはずがなかろう」

「確かに」

「新九郎、頼みがあるのじゃ。急ぎ駿河に帰り、堀越で何が起こったのかを調べてくれぬか。もし噂が間違っていて、御台殿と潤童子殿が生きているのなら、新九郎が守ってやってほしい」

富子が言うと、

「大きな騒ぎが起こっていて、新九郎殿の手に余るようであれば今川《いまがわ》殿に兵を出してもらう。手紙を書くから持参するがよい」

「は」

新九郎が平伏する。

二

都から駿河に戻ると、まず駿府《すんぷ》の今川館を訪ね、新九郎は氏親《うじちか》に会った。当然ながら、堀越御所の騒ぎは、すでに氏親の耳にも入っていた。国境を接する隣国の出来事であるだけに、氏親は詳しい事情を耳にしており、何が起こったのかを新九郎に話してくれた。

「御台さまと潤童子さまが亡くなったのは間違いないようです……」

それによると、茶々丸が手下の手引きで土牢を脱したのは七月一日の夜で、その日は朝からかなり強い雨が降っていたのだという。夜の闇と雨に紛れて手下どもが土牢に近付き、番人たちを殺して、茶々丸を土牢から出した。わずか二十人ほどに過ぎなかったが、何の警戒もせず寝静まっている御所を急襲し、宿直《とのい》の武士たちを血祭りに上げると奥に踏み込み、満子と潤童子、そばにいた女房たちを次々に手にかけたのだという。

異変を知った秋山蔵人《あきやまくろうど》を始めとする重臣たちが兵を率いて御所に駆けつけると、数で劣る茶々丸はさっさと逃亡した。

しかし、翌日には、

「今日から、わしが堀越公方である。指図に従え」

と近隣の豪族たちに檄《げき》を飛ばし、それに応じて集まってきた者たちを率いて御所に攻め寄せた。秋山蔵人ら重臣方と茶々丸方の豪族どもが戦い、大がかりな合戦騒ぎになった。

「今も合戦は続いているのですか？」

「いや、もう騒ぎは収まったようです」

「どちらが勝ったのですか？　やはり……」

「ええ、茶々丸さまが勝利したようです。経緯はどうであれ、長く嫡男の立場にいた御方ですから従う者も少なくなかったようです」

氏親がうなずく。

「御台さまと潤童子さまが亡くなったのは確かなのでしょうか？　もしや生き延びているということは……」

「それは、ないと思います。なぜなら……」

氏親が言い澱《よど》む。大きく息を吐きながら、

「なぜなら、お二人の首が御所の前に晒《さら》されているそうですから」

「……」

新九郎は言葉を失った。

「合戦が長引き、騒ぎが駿東《すんとう》に飛び火することになれば一大事なので、管領殿の指図を受けるまでもなく、わたし自身が兵を率いて国境付近に向かうつもりでした。御台さまや潤童子さまを救い出すことができればとも考えました。しかし、もう手遅れとわかり、合戦沙汰《ざた》も収まったので出陣を取り止めたのです。それでよかったでしょうか？　叔父上がいれば相談したかったのですが……」

「賢明なやり方だったと存じます」

「これから、どうします？　また都に戻るのですか」

「管領殿と小川殿が気を揉んでおられますから、できるだけ早く都に行かねばなりませんが、まずは堀越で何が起こったのか、自分の目で確かめてくるつもりです」

「それは、やめた方がいいのではありませんか」

氏親が止めたのは、大がかりな合戦沙汰がなくなったとはいえ、騒動そのものが完全に収まったわけではなく、まだ堀越周辺は危険だと承知していたからだ。

「しかし、管領殿と小川殿には、わたしが自分の目で確かめたことをお伝えしなければなりません。危ない真似をするつもりはありませんが、とにかく、堀越の近くまで行って様子を見てきます」

「ならば、止めますまい。何か、お手伝いできることはありませんか。兵が必要ならば……」

「兵は必要ありませんが、お願いがあります」

「何なりと」

「では……」

新九郎が頼んだのは、都から連れてきた供の武士たちと馬、荷物を今川館で預かってほしいということ、舟を貸してほしいということのふたつである。

門都普《もんとふ》一人を連れ、修験者《しゅげんじゃ》姿に変装して伊豆《いず》に潜入しようというのである。陸路ではなく海路を取るのは少しでも時間を短縮するためだ。うまく三津《みと》あたりに上陸できれば、堀越御所は指呼《しこ》の間だ。

舟を使うことには氏親も賛成したが、何が起こっているのかわからない土地に門都普と二人だけで乗り込もうという大胆さには驚いた。

「むしろ、少ない方がいいのです」

「確かに修験者が大人数で歩き回っているのもおかしな話ではありますが……」

氏親は、まじまじと新九郎を見つめながら、叔父上はすごい人ですね、わたしには真似できませせぬ、と溜息をついた。

三

翌朝、修験者に変装した新九郎と門都普は、氏親の用意してくれた舟に乗り込んだ。

「新九郎」

「ん？」

左手の富士山を眺めていた新九郎が門都普に顔を向ける。

「死ぬかもしれないぞ。わかっているのか？」

「おいおい、今になって何を言い出すんだ」

新九郎が笑う。忠告するのならば、もっと前に言うべきだろうと思った。舟を漕《こ》ぎ出してから忠告したのでは遅すぎるからだ。

「こうと決めれば、他人の言葉に耳を貸す男ではないとわかっているから今までは黙っていた」

「まさか引き返せと言うのではないだろうな？」

「ここでは言わない。だが、舟を下りたら何が起こるかわからない。危ないことが起こるかもしれない。おれが危ないと感じたら、変な意地など張らずにおれの言葉に従ってくれ。おまえの命だけは何としても守らねばならぬ」

「門都普……」

「修験者に変装していれば安心だと油断するなよ。茶々丸が相手なんだろう？　何をするかわからない奴だ。あいつも、あいつの手下も人殺しなんか屁とも思っていない。ちょっとでも怪しいと疑えば、たとえ修験者だろうと平気で殺すだろう。まして、その正体が伊勢新九郎だとばれたら、どうなる？　ただで済むと思うか？」

「ううむ……」

潤童子を政知の後継者に据えるという一件に新九郎は深く関わっている。満子や秋山蔵人と共謀して政知を説得して、茶々丸の廃嫡を画策したと見られても仕方がない。それに怒った茶々丸が満子と潤童子を殺害したとすれば、当然、その怒りは新九郎にも向けられるはずであった。もし正体がばれて捕らえられれば、門都普の言うように、生きて伊豆を出ることはできないだろうと新九郎も思う。

「伊豆に入ったら、おれの指図に従うと約束しろ」

「わかった。約束しよう」

新九郎がうなずく。


船頭は舟を三津の近くに着けた。

といっても、かなり西の大瀬崎《おせざき》寄りである。それより奥に舟を進めると、漁民に見付かる怖れがあるからだ。明日の朝、同じ場所に迎えに来るように頼んで新九郎と門都普は舟を下りる。

舟を見送ると、

「こっちだ」

門都普が先になって歩き出す。

いきなり道を外れて茂みに踏み込み、自分の背丈よりも高い雑草を掻き分けて進む。新九郎は何も質問せずに門都普の後ろからついていく。手や顔に茨《いばら》が刺さって血が出ても文句など言わない。道なき道を進むのには門都普なりの理由があるのだろうと納得しているのだ。門都普は危険を察知する能力が並外れている。その能力を信頼している。

半刻（一時間）歩くと休み、また半刻歩いて休むということを繰り返す。

ようやく森の外れまで来ると、

「ここで日暮れを待つ。少し眠れ」

門都普が背中から荷物を下ろして草むらに坐り込む。

日暮れまで、まだ一刻半（三時間）はあるから、さすがに新九郎も何か言いたそうな顔をするが、そんなことにはお構いなしに門都普はごろりと横になって目を瞑《つむ》る。今のうちに何か食べておこうかとも思うが、舟で握り飯を食ったせいか、あまり空腹を感じない。竹筒に入れた水を飲むと、新九郎も体を横たえて目を瞑る。こんなときに眠れるはずがないと思ったが、自分でも不思議なことにすぐに頭がぼーっとしてきて何もわからなくなってしまう。

「おい、新九郎」

門都普に肩を揺さぶられて、ハッとして目を開ける。すっかり熟睡していたらしい。

「そろそろ行こう」

「……」

周囲を見回すと、あたりには夕闇が迫っている。西の空を見遣《みや》ると、太陽が沈みかけている。森を出て、堀越御所への道を歩き始める。田畑にも、もう人の姿はない。農民たちも野良仕事を終えて引き揚げてしまったのであろう。

道々、日が暮れる。人目を引かないように明かりを持っていない。夜目の利く門都普が一緒だから困らないが、微《かす》かな星明かりを頼りにしているだけなので、新九郎一人だったら、まともに歩くこともできないはずだ。せめて月が出ていればいいが、夜空に月は見えない。しばらく歩き続けると、遠くの方にいくつもの篝火《かがりび》が見える。

「御所だ」

門都普が言う。

「敵が襲ってくるのを警戒しているのか……」

すでに合戦騒ぎは収まったと氏親は話していたが、実際には、まだ騒動が続いているのではないか。だから、夜になっても篝火を焚いて警戒しているのではないか……そう新九郎は考えた。遠くからでは何をしているのかよくわからないので、もっと御所に近付こうと考えて前に進もうとすると、

「待て」

門都普が新九郎の肩を押さえ、目を細めて御所を見遣る。夜目が利くだけでなく、はるか遠くのものを見ることができる。並の視力ではないのだ。

「おい、どうなっている？」

いつまでも門都普が黙っているので痺《しび》れを切らして新九郎が訊《き》く。

やがて、門都普が新九郎に顔を向け、

「ここから帰った方がよさそうだ」

「なぜだ？　合戦でも始まるというのか」

「そうではないが……」

門都普が言葉を濁す。

「はっきり言わぬか」

「あの篝火は敵を警戒しているのではなく、門前に晒してあるものを見せつけるためだと思う」

「見せつける？　何を晒しているというのだ」

「……」

「まさか」

新九郎の顔色が変わる。

「あれは……あれは、たぶん、生首だと思う。長い棒に突き刺して門前に並べてある。十くらいはあるだろうな」

「誰の生首だ？」

「さすがに、こんな遠くからでは、おれにも誰の生首なのかわからない」

門都普が首を振る。

「確かめに行く」

「よせ。生首の近くには見張りが何人もいる。全身を真っ赤に塗りたくった奴らだぞ。見付かれば、おまえも……」

門都普がハッとしたように慌てて言葉を飲み込む。

「おれも首を切られて、門前に晒されると言いたいんだな？」

「すまぬ」

「謝ることはない。本当のことだからな。しかし、ここで引き返すわけにはいかぬぞ。自分の目で確かめなければならぬ」

「おれの指図に従うと約束したはずだぞ」

門都普が睨《にら》む。

「悪いが、これだけは聞けぬな。許せ」

新九郎が御所に向かって歩き出す。

「くそっ！」

門都普が舌打ちしてついていく。

それから四半刻（三十分）……。

新九郎と門都普は地面に這《は》い蹲《つくば》るような格好で少しずつ御所に近付いた。

「このあたりにしておけ。見付かってしまうぞ。いくら何でも無茶だ」

「わかっているが……」

できれば、もっと近付きたいところだが、門都普の言うように、これ以上、近付こうとすれば、きっと見張りの者たちに見付かってしまう。何しろ、今いる場所から御所の門前まで、身を隠すことができそうな遮蔽物《しゃへいぶつ》が何もないのである。

この位置からでも門前に晒されているのが生首だということはわかる。九つある。問題は誰の生首なのかということだが、それがよくわからない。

ひとつには、篝火があるにしても、やはり、昼間とは違うから明るさも足りないし、あちこちに影もできるせいで、生首の顔が見えにくいということがある。

もうひとつは生首そのものの問題である。生身の人間の顔と違って、生首の顔には血の気がなく、どす黒い土気色《つちけいろ》をしている。

しかも、弛緩《しかん》してだらりと歪《ゆが》んだ表情なので、生前の顔を想像しにくい。腐乱している生首など、そもそも顔面が崩れているから表情などわかりようもない。眼窩《がんか》から目玉が飛び出していたり、中には、カラスにでも食われてしまったのか眼球そのものがなくなっている生首もある。

「誰の生首かわかるか？」

新九郎が訊く。

「左から三番目は秋山殿だろう」

「そうだな」

新九郎がうなずく。秋山蔵人の生首は、まだ新しいのか、生前の面影をいくらか留めている。たぶん、そうではないか、と新九郎も思っていた。

（合戦に敗れて殺されてしまったか……）

上杉政憲《うえすぎまさのり》を追い落として堀越公方の家宰《かさい》に収まったときは、こんな目に遭うことになろうとは夢にも想像していなかったであろうに、まことに一寸先は闇よ、と他人事ながら暗い気持ちになる。

「その隣の小さな首は子供だな」

「潤童子さまか。その横の生首は……女だな？」

「うむ。恐らく、御台さまの首だろうな」

「何ということだ」

満子と潤童子、それに秋山蔵人を始めとする側近たちまで茶々丸はむごたらしく殺し、その生首を門前に晒している。われこそが新しい堀越公方だと世に知らしめるために違いなかった。

（成仏なさいませ……）

新九郎は心の中で経文を唱え、満子と潤童子の冥福を祈った。そのとき、

「誰かおるのか？」

生首のそばで警戒している見張りの男が大きな声を発する。その声に反応して、他の者たちも集まってくる。

「何だと、人がいるのか？」

「誰もおらぬではないか」

「いや、あそこに人がいるのが見えた」

「隠れているというのか」

男たちが武器を手にして近付いてくるのを見て、

「新九郎、逃げるぞ。おれについてこい。決して振り返るな。あいつらと戦おうなどと考えるな」

「わかった」

「来い！」

門都普は素早く立ち上がると、御所に背を向けて走り出す。新九郎も後を追う。

たちまち背後から、

「怪しい奴らだ！」

「追え、追え！」

「逃がすな」

という叫び声が聞こえてくる。

新九郎は振り返りたい衝動に駆られたが、ぐっと我慢した。あたりは暗い。少し先を走っている門都普を見失ってしまえば、とても走ることなどできないからだ。門都普は直線的に走っているわけではなく、急に進路を右に変えたり左に変えたりする。意味もなくやっているのではなく、大きな石や倒木を避けたり、地面にできている穴を避けたりしているのだ。門都普でなければ、とてもできない芸当だ。

実際、背後からは、時折、ぎゃっ、うげっ、という悲鳴が聞こえる。障害物に足を取られて転んだ者たちの悲鳴である。

わずかな星明かりを頼りに、門都普は新九郎のために必死に安全な道を辿《たど》っている。その気持ちに応えるためにも、新九郎は門都普の背中を見失うことはできなかった。暗い道を二人は走り続ける。

四

翌朝、新九郎と門都普は迎えの舟に乗って駿府に帰った。

堀越御所の門前で何を見たか氏親に報告すると、すぐに都に向けて旅立った。興国寺《こうこくじ》城にすら立ち寄らず、駿河と都を往復したのである。それだけ新九郎の気が急《せ》いていたということだ。堀越の異変をできるだけ早く細川政元と日野富子に知らせる必要があったのだ。

「何と……」

満子と潤童子だけでなく、秋山蔵人を始めとする側近たちも皆殺しにされた上、その生首が御所の門前に晒されていたことを話すと、細川政元は絶句した。

「……」

日野富子は真っ青な顔でぶるぶる震えている。

新九郎も気まずい思いで口を閉ざす。

そのとき、廊下から、うおーっという獣じみた叫び声が聞こえた。

新九郎が驚いて顔を上げると、廊下から清晃《せいこう》が転がるように走り込んでくる。

清晃は新九郎の前にぺたりと坐り込むと、

「まことか……母上が死んだというのは、弟が死んだというのは……殺したのは兄上で、しかも……しかも、二人の首を刎ねて、門前に晒しているというのは……まことなのか?」

「……」

鬼気迫る清晃の形相を見て、新九郎も言葉を失う。

「頼む、新九郎。どうか嘘だと言ってくれ! この通りじゃ、嘘だと言ってくれ」

「申し訳ございませぬ」

新九郎が平伏する。

その途端、清晃の口から、またもや、うおーっという叫び声が発せられ、それと同時にふたつの目から涙が滂沱《ぼうだ》と溢れる。両手で頭を抱え、床にひっくり返る。母上ーっ、母上ーっ、と叫びながら、清晃はいつまでも狂おしく泣き続ける。その姿を政元も富子も新九郎も黙って見つめるしかなかった。


細川政元の計画は頓挫《とんざ》した。

潤童子の死によって計画の前提が狂ったことだけが理由ではない。

堀越御所で起きた惨劇を知って、清晃が寝込んでしまったからだ。

ショックを受けたのは清晃だけではない。

血なまぐさいことが苦手な日野富子も意気消沈してしまった。それは政元も同じで、頭が混乱して何も考えられなかった。

政治家としての政元の優れている点は、先行きを見通すことができないときは慌てないことで、

（まあ、しばらくは様子を見るしかあるまい）

と、どっしり構え、堀越御所の動きを睨みつつ、清晃が立ち直るのを待つことにした。

政元が動いたのは二年後の明応《めいおう》二年（一四九三）四月である。

この頃、将軍・義材《よしき》は河内《かわち》にいた。

将軍になった後、義材は自分の力を誇示するため、前将軍・義尚《よしひさ》がしくじった近江《おうみ》の六角《ろっかく》征伐に乗り出し、ほぼ一年半で成功した。近江を平定したことで義材の声望は高まり、これに気をよくした義材は畠山《はたけやま》氏の内紛に介入することを決め、河内に出陣したのである。これが明応二年二月である。

義材が都を出て河内に向かうと、政元は根回ししておいた諸大名に使者を送り、軍兵《ぐんぴょう》を率いて上洛するように命じた。

その上で、四月二十三日、清晃擁立を上奏した。

政元は有力な公卿《くぎょう》たちを抱き込んで朝廷工作も進めていたから、これはあっさり受け入れられた。

ここに義材は将軍の地位を失い、還俗《げんぞく》した清晃が新たな将軍となることが決まった。後の十一代将軍・義澄《よしずみ》である。正式に将軍に就任したのは翌年の十二月である。

これを「明応の政変」という。

京都と河内など、それほど離れているわけではないから、自分の留守中に何が起こったか、当然、義材の耳にも入っている。

「許さぬ！」

河内の正覚寺《しょうがくじ》城にいた義材は激怒し、都に取って返して政元と決戦する覚悟を決めた。

が……。

政元の方が上手だった。

義材の反応を予測し、先手を打って諸大名の軍勢を河内に向かわせたのである。正覚寺城を囲んだ軍勢は四万、義材の手勢はわずか二千に過ぎない。義材は降伏するしかなかった。都に連れ戻され竜安寺《りょうあんじ》に幽閉された義材は、将軍であることの象徴といっていい足利家伝来の鎧《よろい》と刀を政元に差し出した。

後に義材は都から越中《えっちゅう》に逃れ、越中で六年、周防《すおう》で八年を過ごし、「流浪の将軍」と呼ばれることになる。

五

五月下旬、細川政元から新九郎に手紙が届いた。

円満院《えんまんいん》さまの仏事を営むので参列してほしいという内容だ。仏事を主宰するのは清晃だという。円満院というのは亡くなった満子の法名である。

四月に都で起こった政変については、もちろん、新九郎の耳にも聞こえていたが、詳しい事情がわからなかった。仏事を営むくらいの余裕があるのだから、どうやら政元の企ては成功したらしいと察せられたものの、河内で戦が起こったという噂も流れていたし、義材の安否や所在もわからないので、新九郎自身、できるだけ早く上洛したいと考えていた。そこに政元からの手紙が届いたのだから、すぐに旅支度を始めた。今回は門都普だけでなく、弟の弥次郎《やじろう》と従弟《いとこ》の大道寺弓太郎《だいどうじゆみたろう》も同行させることにした。清晃が将軍になることが決まったのであれば、早いうちに目通りさせておくべきだと考えたからだ。都の有力者にコネがあると、いざというときに役に立つ……それは新九郎が身に沁《し》みていることである。

仏事が営まれたのは七月一日である。二年前のこの日、満子と潤童子は殺害されたのだ。まだ正式に就任していないとはいえ、清晃が将軍であることは周知の事実だから、都の有力者たちが多数出席した。

新九郎は弥次郎と弓太郎を従えて出席したが、身分が低いので末席に控えなければならなかった。

僧侶たちの読経が始まってしばらくすると、出席者たちがざわめき始めた。

「あの声は……？」

弥次郎も怪訝《けげん》な顔になる。

「泣き声じゃないか？」

弓太郎が言うと、

「清晃さまが泣いておられるのだ」

新九郎がうなずく。

事件から丸二年が過ぎた今でも、母と弟を亡くした清晃の悲しみは少しも癒《い》えていないことを思い知らされる気がして新九郎は胸が痛んだ。仏事が営まれている間、清晃はずっと泣き続けていた。

仏事が終わると、新九郎たち三人は政元の家臣に案内されて小川第に移動した。日野富子の住居だ。

「兄者《あんじゃ》、管領さまに会うのか？」

「うむ。小川殿も同席なさるであろうな」

「どうしよう……」

弥次郎と弓太郎がそわそわし始める。富子や政元のような高位の人間に会う機会など滅多にないので落ち着かないのだ。

「どっしり構えていればいい」

「何を言えばいいのかわからない」

弓太郎が心細そうな顔になる。

「難しく考えることはない。何か訊かれたら答えればいい。何も訊かれなければ黙っていればいい。それだけのことだ」

「はあ、そういうものか……」

「兄者は大したものだな」

弥次郎が感心したようにうなずいたとき、政元が部屋に入ってきた。

三人が平伏する。

政元は新九郎の正面ではなく、やや上座の右手に腰を下ろす。それを見て、新九郎は政元よりも身分の高い者も同席するのだと察する。

思った通り、すぐに別の人間が部屋に入ってきて上座に坐る。富子が現れるのは予想していたが、富子の後に清晃も続いたので、ちょっと驚かされた。仏事を主宰したばかりの清晃が、この場に現れるのは意外だった。

政元は富子に対してだけでなく、清晃に対しても恭《うやうや》しく平伏する。すでに清晃を将軍として遇しているのだ。管領である自分がそういう対応をすれば、他の者たちもそれに倣って清晃を敬うようになるという考えなのであろう。

「面《おもて》を上げよ」

清晃が声を発する。

まず政元が顔を上げ、

「その方ら、面を上げて構わぬぞ」

と声をかける。

それでようやく新九郎たちも顔を上げる。

もっとも、目は伏せている。貴人の顔を直視するのは非礼にあたるからだ。

「新九郎、わしを見よ」

清晃が言う。

「は」

新九郎がそろりそろりと顔を上げて清晃に視線を向ける。

清晃は泣き腫らした真っ赤な目を新九郎に向けている。まだ十四歳の少年なのである。

仏事の間、ずっと声を上げて泣き続けていた姿を思い出して、新九郎は胸が痛んだ。

「そこにいる二人は信じることができるのか?」

「弟の弥次郎と従弟の弓太郎でございます。信じていただいて結構です」

「新九郎の言葉に間違いはないでしょう」

富子が言う。

「ならば、よい」

清晃はうなずくと、

「わしはな、新九郎。将軍などになりたくないのだ。そんなことは露程も望んでおらぬ」

「……」

何と答えていいかわからなかったので新九郎は黙ったままでいる。

「なぜか、わかるか?」

「いいえ」

「母と弟が亡くなってから、わしはゆっくり眠ったことがない。二人の恨み声が耳に聞こえる。無残な姿をした二人が夢に現れる。門前に晒された二人の生首が目に見える……」

うっ、うっ、うっ、と清晃は嗚咽《おえつ》を洩らしながら袖で目許を押さえる。

「忘れることなどできぬ。わしにできることは二人が成仏できるように菩提《ぼだい》を弔うことだけだ。管領殿と小川殿の言葉に従って還俗したものの、やはり、夜毎に二人の夢を見る。恨めしい、恨めしいと言う二人の声が聞こえる。こんなことでは将軍になったところで政《まつりごと》などできるはずもない。皆に迷惑をかけるだけだとわかるから、わしは将軍になどなりたくない。いや、将軍になってはならぬと思うのだ。わかってくれるであろうな、新九郎?」

「……」

ちらりと富子を見遣ると能面のように無表情であり、横目で政元を見遣ると、苦虫を噛《か》み潰《つぶ》したような渋い顔をしている。

「この子の気持ちはようわかる。母と弟が酷い目に遭ったというのに知らん顔をしていられるはずがない。それ故、言った。仏門に戻るというのなら、それでも構わぬ。だが、心を決めるのは新九郎に会ってからにしてほしい、とな」

富子が意味ありげな視線を向けるが、その意味が新九郎にはわからない。

「今のお言葉、ようわかったであろうな。お母上と弟君が酷い死に方をなされて、何事もなかったような顔をして将軍になどなれぬ……その通りではないか。流行病《はやりやまい》で亡くなったのとはわけが違う。暴虐な者どもの手にかかって命を奪われたのだぞ。しかも、その者たちは何事もなかったような顔をしてぬくぬくと生きている……」

政元が言うと、また清晃の嗚咽が激しくなる。

「新九郎殿、お手前を見込んで頼みがある。聞いてくれるか?」

「何なりと」

「悪人になってはくれぬか」

「は?」

「できることなら、わしが軍勢を率いて東国に下り、悪しき者どもを討伐したい。だが、それはできぬ。なぜなら、わしは管領という職に就いている。管領が堀越公方を討つわけにはいかぬ。そんなことをすれば幕府が足許から崩れてしまう」

「……」

政元の言いたいことがわかった。

これは茶々丸討伐の謀議《ぼうぎ》なのだ。

確かに足利茶々丸はひどいやり方で満子と潤童子を殺し、その側近たちまで血祭りに上げた。

しかし、やり方は非道であっても、今の茶々丸は堀越公方である。

そもそも、堀越公方というのは、幕府に敵対する古河《こが》公方に対抗させるために幕府が送り込んだものである。その堀越公方を幕府が討てば、言うなれば共食いのようなものであり、古河公方から嘲笑《ちょうしょう》されるのは目に見えている。東国における幕府の権威は失墜するであろう。それ故、政元が本気かどうかは別にして、管領である政元が茶々丸を討伐するなどあってはならないことである。

（わしに討てというのか……）

新九郎は目眩《めまい》がする。

なるほど、茶々丸は悪逆無道の人でなしであろう。

だが、それでも堀越公方なのである。

名ばかりとはいえ、室町将軍から東国支配を委ねられた存在なのだ。その堀越公方に刃《やいば》を向けるというのは、室町幕府に刃向《はむ》かうということであり、突き詰めていけば、この時代の支配層すべてに刃向かうことを意味する。

日本中の大名が争い、社会秩序が根底から崩れ去ったかのように見えた応仁の乱のときですら、幕府そのものに刃を向けた者はいない。それは支配階級全体に対する敵対であり、そんなことをすれば、よってたかって袋叩きにされて滅びることになると誰もが理解していたからに他ならない。

茶々丸を討てというのは、裏返せば、

「茶々丸と共に滅んでくれ」

というのと同じ意味である。

新九郎は、ごくりと生唾を飲み込むと、

「わたしに何をせよ、とおっしゃるのですか？」

と訊いた。恐らく、政元は茶々丸討伐を自分にさせたいのであろうと推測はできるものの、これほどの大事を推測で為すわけにはいかない。明確な言質《げんち》を取ることが必要であった。いや、言質を取ったからといって、それで承知できるということでもない。できることなら自分の思い過ごしであってくれ、と願いながら新九郎は訊いたのである。微かに声が震えている。

その問いに答えたのは政元ではなかった。

「あの人でなしを地獄に送ってくれ！」

清晃が真っ赤な目を新九郎に向け、そうでなければ、母と弟に顔向けできぬ、と唇を噛む。

「わたしからもお願いします。この子の恨みを晴らしてやってくれませぬか。人の道から外れたことをした者が堀越公方の座に居座っているのは許されぬことです」

富子が言うと、すかさず政元が片膝を立てて、

「まさか嫌とは言うまいな？　われら三人が頭《こうべ》を垂れて頼んでいる。断ることなど許されぬぞ」

「しかしながら……」

「まあ、待つがよい」

新九郎の言葉を政元が制する。

「誰からも憎まれることをやれと命じられても、そう簡単に承知できぬのはわかる。悪人になるのはたやすいことではなかろう。それ故、見返りも与えるぞ」

政元が富子と清晃をちらりと見遣る。二人が大きくうなずく。

「茶々丸が死んだ後、幕府としては、もはや、堀越公方を立てるつもりはない」

「堀越公方さまを廃されるということですか？」

「それにふさわしい御方もおらぬしのう。だからといって、幕府に逆らってばかりいる山内《やまのうち》上杉に伊豆を返すつもりもない。それは今川にとっても嬉しいことではあるまい」

「確かに」

山内上杉氏と今川氏は、昔から不仲である。

伊豆に堀越公方がいるおかげで両家の摩擦がいくらか緩和されているのが現状だから、堀越公方がいなくなってしまえば、両家が鋭く対立することになるのは明らかだ。

その摩擦の影響を最も強く受けるのは国境地帯の駿東地方であり、そこに興国寺城を構えている新九郎にとっても他人事ではない。

「それ故、伊勢殿を伊豆の守護にしてやろう」

「は？」

新九郎が首を捻る。何かの聞き間違いかと思ったのだ。

「今、何とおっしゃいましたか？」

「茶々丸を討ち取れば、汝は大名になれる……そう申したのだ」

「……」

驚きのあまり咄嗟《とっさ》には言葉が口から出てこない。

「いつか大名にしてやろうと約束したことを覚えているか？　その約束を果たすときが来たのだ。迷うことなどあるまいよ」

「わしも約束する。将軍になれば必ずや、新九郎に伊豆を与えよう」

清晃が言うと、その横で富子が大きくうなずく。

「……」

新九郎は表情を歪めたまま口を閉ざしている。

屋敷を出ると、

「なぜ、迷っていたんだ？」

弥次郎が不満げな顔を新九郎に向ける。

茶々丸を討てば伊豆の守護にしてやろうという細川政元の申し出について、新九郎は即答せず、考えさせていただきたいと返事を保留したのである。

「おれも、そう思う。大名になれるなんてすごいことだ。どうして迷うんです?」

弓太郎も同調する。

(そう簡単な話ではない)

新九郎が苦い顔をする。

茶々丸を討ち滅ぼせば大名にしてやると政元も清晃も富子も約束してくれたが、その約束が実現する可能性は限りなく小さい。

いや、ほとんどないといっていい。

せいぜい二百人程度の兵力しか持たない新九郎が茶々丸を討つことができるかどうか、まず、それが疑問だが、たとえ成功したとしても、新九郎の立場は危うい。堀越公方を討った極悪人という汚名を被ることになるからだ。堀越公方が室町幕府内の職制である以上、幕府の支配下にある守護大名たちは新九郎の敵ということになる。

もちろん、次期将軍である清晃や管領・細川政元が、

「伊勢新九郎はわれらの命令に従ったまでである」

と公言してくれれば新九郎の立場は安泰だが、そうはならない。そんなことができるく

らいならば、政元自身が兵を率いて駿河に下るか、そうでなければ、大軍を動かす力を持つ今川家あたりに正式に茶々丸追討令を下すであろう。それができないから、こっそり新九郎を呼び寄せて、茶々丸を討つように命じたのだ。

諸大名の中でも特に新九郎にとって危険なのは伊豆の守護である山内上杉氏である。幕府の顔を立てて堀越公方に伊豆の支配を委ねてはいるものの、それが名ばかりのものに過ぎないことは誰でも知っている。つまり、新九郎が伊豆の支配者となるには茶々丸を討つだけでは駄目で、真の支配者である山内上杉氏から伊豆を奪うことが必要なのだ。

（そんなことができるはずがない……）

と、新九郎にはわかる。

山内上杉氏には、五千くらいの兵であれば、いつでも動かすほどの力がある。わずか二百の兵で勝てる相手ではないのだ。

うまくいけば大名になれるかもしれない……そんな甘い夢を抱くこともできないほどに分の悪い賭けであろう。

（わしらは捨て石なのだ）

新九郎が大名になれぬことくらい、切れ者の政元にわからぬはずがない。

しかし、将軍になることに前向きでない清晃を説得するには、成功するかどうかを別にしても、茶々丸討伐を新九郎に命じたという事実が必要なのであろう。新九郎が承知すれば、政元の思惑通りだし、新九郎が拒めば、新九郎のせいで仇討《かたき う》ちができないのだと清晃に言い訳することができる。どっちに転んでも政元に損はない。

逆に貧乏籤《びんぼうくじ》を引かされたのが新九郎である。

茶々丸討伐を承知するのは自滅への一本道だし、かといって断れば清晃に憎まれる。

(断るしかない)

それ以外にないのである。

たとえ清晃に憎まれたとしても、命までなくすわけではない。出世の道が閉ざされるだけのことだ。

(それで構わぬ。わしは興国寺城をしっかり守っていけばいい)

そう自分を納得させた。

六

新九郎は夢を見た。

伽耶《かや》がいる。

鶴千代丸《つるちよまる》がいる。

真砂《まさご》もいる。

(おおっ……)

喜びで胸が震え、涙が溢れてくる。

新九郎は彼らに腕を差し伸べ、そばに近付こうとする。

しかし、足が動かない。

何とか歩こうとするが身動きが取れない。

なぜ、歩くことができないのだろう……何気なく自分の足許を見下ろすと、骸骨のように痩《や》せ衰えた者たちが地面を埋め尽くしており、新九郎の足をつかんでいる。

不思議なことに、彼らを怖れる気持ちは起こらなかった。むしろ、哀れな者たちよ、と胸が痛んだ。

「すまぬが手を放してくれぬか……」

わしは向こうに行きたいのだ、亡くなった妻や子がいる。あの者たちのそばに行きたいのだ。それ故、すまぬが、その手を放してもらえぬか……新九郎は優しく語りかける。

骸骨のような者たちは生気を失った目で新九郎を悲しげに見上げながら、

「どうか、お慈悲を」

「お助け下さいませ」

と泣いて訴える。

「その方らを見捨てることはせぬ。わしにできることは何でもするつもりでおる。だが、今は勘弁してくれ。もう少しだけ待ってくれ。伽耶と真砂に会いたいのだ。鶴千代丸をこの腕で抱きたいのだ」

新九郎は何とかわかってもらおうとするが、骸骨のような者たちは新九郎に群がってきて、足首をつかみ、膝をつかみ、ついには腰のあたりにまで手を伸ばしてくる。

「頼むから待てというのに。その方らを見捨てるのではない。伽耶、真砂、すぐにそっちに行くから待っていろ」

「……」

伽耶と真砂は、何も言わずにじっと新九郎を見つめている。伽耶に抱かれた鶴千代丸は大きな目で新九郎を見ている。

新九郎が焦り始める。

せっかく懐かしい妻や子に会えたというのに見ず知らずの貧民どもにすがりつかれているせいで自分は身動きが取れず、いつまで経っても妻子のそばに行くことができない。ついに腹を立て、

「わしから離れよ！　今は他にしなければならぬことがある」

と声を荒らげ、貧民たちの手を邪険に振りほどく。

すると、

「おまえさまもわしらを見捨てるのか」

「最後の望みも消えてしまった」

貧民たちは潮が引くようにさーっと新九郎のそばから離れていく。

「すまぬ。許せ」

彼らに詫びて、新九郎は伽耶や真砂や鶴千代丸のところに行こうとする。

ところが、いつの間にか三人ははるか遠く離れた場所にいる。

「待ってくれ。なぜ、わしを置いていくのだ。せっかく会えたのではないか」

新九郎が駆けていこうとする。

しかし、新九郎が追えば追うほど三人は離れていく。

「伽耶！　真砂！　待ってくれ。鶴千代丸を抱かせてくれ」

伽耶と真砂が悲しげな目で新九郎を見つめながら、静かに首を振る。

「待ってくれ！」

手を伸ばして叫んだとき、新九郎は目を覚ました。


「夢か……」

新九郎は体を起こす。

随分と生々しい夢だったな、と思いながら水差しを手に取り、ごくごくと喉を鳴らして水を飲む。ひどく喉が渇いている。

汗もかいている。額の汗を手の甲で拭ったとき、頰が濡れていることに気が付いた。涙である。

この時代の人間は夢を重んじる。

新九郎とて例外ではない。

何か意味があるに違いないと思った。

立ち上がって板戸を開け、縁側に出る。

まだ真っ暗で、空には星が出ている。

縁側に腰を下ろし、呼吸を調えてから座禅を組む。

雑念を消し、心の中を真っ白にするためだ。

座禅を組んでいる間は何も考えない。

四半刻（三十分）ほどして、新九郎は体の力を抜いた。足を崩して、あぐらをかく。

（都は今も昔も何も変わっておらぬ……）

荏原郷《えばらごう》から都にやって来たのは文明《ぶんめい》二年（一四七〇）の春だから、かれこれ二十三年も前のことになる。新九郎は十五歳だった。

そのときの衝撃を忘れることはできない。

三条大路には行き倒れた者の無数の死体が遺棄されており、その傍《かたわ》らには痩せ衰えて死にかけた者たちがうごめいていた。

鴨川《かもがわ》の河原が白く見えるのは人骨のせいだと知ったときには腰が抜けるほど驚いた。

都中の人々が飢えているかのようだった。

しかし、実際は、そうではない。

飢えて死んでいく者がいる一方、贅沢三昧の暮らしを謳歌《おうか》する者もいた。地獄と極楽が同居しているのが都なのだと思い知らされた。

伽耶と鶴千代丸を病で亡くした後、二人の供養になればという思いから新九郎は貧民たちへの炊き出しを始めた。

だが、取るに足らぬ身分に過ぎず、財力もなかったので炊き出しを続けることができなくなった。

笊《ざる》で水をすくうような無駄なことをしているだけではないかと悩み苦しんで、

「一人でも多くの人を救いたいと考えましたが、自分にできることには限りがあると思い知らされました……。炊き出しを当てにして、一椀の粥《かゆ》を食らうことでかろうじて生き長らえている者たちがいるのです。たった一椀の粥ですが、それを食うことができないために明日には死んでしまう者がいるかもしれません。その次の日には、もっと多くの者が死ぬかもしれません。それなのに何もできない」

そう宗哲《そうてつ》に訴えた。

「確かに己の力が足りないと思い知らされることは多い。たとえ一人を救ったとしても、周囲を見回せば、数え切れないほどの死体があり、今にも死にかけている人々がいる。空しくないのかと問われれば、空しいと答えるしかない。しかし、わたしは自分にできることをするしかない。わたしが何かをすることで一人でも二人でも救うことができるのなら、それを続けるしかない。何もしなければ、誰も救うことができないからです。思うに……新九郎殿の心から迷いが消えないのは、まだ自分にはやれることがある、もっと多くの人々を救う力があるのに、その力を使っていないという苛立ちを感じるからではないでしょうか。自分がどういう人間なのか、自分にはどんな力があって何ができるのか、それがわかれば、そして、その力を十分に使うことができれば、迷いも生じないのではないでしょうか」

宗哲は、己の心に問え、と諭《さと》してくれた。

その教えに従って新九郎は何日も座禅を組んだ。

ある日、新九郎は悟った。

われ、悪人となるべし……

自分に財力がなく、貧民たちに炊き出しができないのであれば、金持ちの倉に積み上げられている米俵を奪えばいいのだ。

だが、人の財産を奪うという罪を犯すことになる。罪を犯すには悪人にならねばならない。それ故、自分は悪人になり、罪を犯すことで貧民を救おうと決意したのだ。そう悟ったのは二十一歳のときである。それ以来、新九郎は自分の進む道を迷ったことはない。真っ直ぐに一筋の道を進んできた。

思いがけず興国寺城の主となり、領地を持ち、領民を支配する立場となった。幕府の下級役人から城持ちに立場が変わっても信念は揺らぐことがなく、都で実践してきたことを興国寺城でも行った。

自分の領地で暮らす農民たちは不幸ではない、という自負が新九郎にはある。少なくとも食うものがなくて餓死するような農民はいない。他国から、特に伊豆方面から逃げ込んでくる農民は多いが、興国寺城の領地から他国に逃げ出す農民はいない。

今の自分は都にいたときよりも多くの者を救っている……そう新九郎は確信している。だからといって、この世に不幸な者がいないわけではない。自分の領地で数百の農民を救ったとしても、世の中にはいくらでも不幸な者がいるのだ。

(伊豆に暮らす者たちがそうではないか)

堀越御所に伺候するたびに、重い年貢に苦しみ、食うや食わずの暮らしを強いられている農民たちを目にしてきた。

何とか助けてやりたいと思ったものの、他国のやり方に口出しできる立場ではないから黙って胸を痛めるしかなかった。

（わしが伊豆を支配するようになれば、より多くの者を救うことができる……）

その機会が与えられているのに何を尻込みすることがあるのか、伽耶と鶴千代丸を喪《うしな》ったとき一度は捨てた命ではないか、私欲のためではなく誰かを救うために命をなくすのならば本望ではないか……そう気持ちが固まった。

「わしは伊豆を奪う」

もう迷いはない。

自分が領地を広げることで更に多くの者を救うことができるのならば、そうしなければならない、と覚悟を決めたのである。

顔を上げると、ちょうど夜が明け初《そ》めたところだ。

東の空が仄《ほの》かに明るくなっている。

七

茶々丸討伐の決意を伝えると、

「おお、そうか。きっと、そうしてくれると信じていた。頼もしく思うぞ」

と、細川政元は大いに喜んでくれた。

「ついては、いくつかお願いがございまする」

「何なりと申すがよい。わしにできることならば何でもしよう」

と口では言いながら、自分が表に出ることはできぬぞ、と釘を刺すことを忘れなかった。幕府で管領職を務める政元が、堀越公方討伐に力を貸したということが表沙汰になってはまずいのである。

「承知しておりまする」

新九郎は自分が何を望んでいるか述べた。

それを聞いて、

「なるほど、それくらいのことであれば喜んで力添えしよう」

政元はうなずいた。

そうと決まれば、すぐにでも駿河に戻って戦支度を始めたいと新九郎は思い、小川第の日野富子と清晃に暇乞《いとまご》いの挨拶に出向いた。

「頼むぞ、新九郎。母と弟の仇を取ってくれ」

清晃は腰を上げて上座から歩み寄り、新九郎の前に膝をつき、新九郎の手を取って自分の額に押し当てる。その姿で、何度も、

「頼む、頼む」

と繰り返す。

やがて、顔を上げた清晃の目には涙が溜まり、

「わしは恩知らずではない。仇を取ってくれたら、きっと恩に報いるぞ」

「新九郎」

富子が呼びかける。

「いつも面倒なことばかり頼んで悪いと思っていますが、これは大事なことですから、わたしからもよくよくお願いします。わたしにできることがあれば何でも言って下さい」

「ありがたきお言葉でございまする」

新九郎が平伏する。

政元にはいくつか頼み事をしたが、清晃と富子には特に頼まなければならないこともなかった。少なくとも今はない。茶々丸討伐と、その後に起こるであろう山内上杉氏との対決に備えるためには政元の政治的支援が欠かせないが、それは清晃と富子にはできないことである。

むしろ、茶々丸討伐に成功した後に二人の支援が必要になるはずだ。清晃が正式に将軍に就任すれば、新九郎の強力な後ろ盾となってくれるであろう。

八

すぐさま新九郎は駿河に向かった。

政元からは、できるだけ早く伊豆に討ち入ってほしいと頼まれている。清晃が将軍になることを渋っているからだ。茶々丸討伐が成功するしないにかかわらず新九郎が伊豆に討

ち入れば、

「われらにできることはしたのです。新九郎も命懸けで伊豆に攻め込んでくれたではありませんか」

と、政元は清晃を説得することができる。

一族郎党の運命を左右するほど重要なことだから何もかも政元の言いなりになるつもりはなかったが、新九郎も、

（討ち入りは早い方がいい）

と考えている。

秘密というのは、いくら隠そうとしても洩れるものである。時間が経てば、いずれ堀越御所の茶々丸の耳に、

「伊勢新九郎が伊豆に攻め込む支度をしている」

という噂が聞こえるであろう。

そうなれば茶々丸も防備を固めるであろうし、山内上杉氏も警戒するであろう。そんなところに攻め込んだら飛んで火に入る夏の虫だ。

できるだけ早く攻め込むためには一刻の時間も惜しまなければならないから、新九郎は駿河への帰国を急いだのである。

駿府に着くと、新九郎は氏親に謁見《えっけん》を願い出た。

「おまえたちは先に帰れ」

弥次郎と弓太郎は、駿府で足を止めず、真っ直ぐ興国寺城に帰らせることにした。

「武器を用意しろ」

できるだけ多くの刀を買い集め、弓矢を拵《こしら》えるように命じた。留守をしていた者たちに、なぜ、そんなことをするのかと問われたら、今川の戦に加勢するためだと答えておけ、と言った。

「おまえは伊豆に行ってくれ」

門都普には堀越御所とその周辺の村々の様子を探るように命じた。

最初、門都普は、

「新九郎のそばを離れるわけにはいかない」

と渋った。警護役を自認しているからだ。

新九郎にしても、扶持米《ふちまい》を与えていない門都普は家臣ではなく、あくまでも友達という立場だから頭ごなしに命令するわけにはいかない。

「他に頼める者がいないし、今は一刻を争うときなのだ……」

と諄々《じゅんじゅん》と説き、最後には、

「頼む」

と頭まで下げた。そうまでされては門都普も断ることなどできない。

「わかった」

と承知した。

弥次郎、弓太郎、門都普を見送ると、新九郎は今川館に入った。氏親と二人だけで会うのではなく、保子にも同席してもらった。

「都は、どんな様子なのですか？」

氏親が訊いたのは、細川政元が将軍・義材を追放した、いわゆる明応の政変に関する詳しい事情や、事実上、次の将軍といっていい清晃をお披露目《ひろめ》する舞台となった円満院と潤童子の仏事について知りたかったからである。

新九郎は、まず氏親の質問に丁寧に答えた。

それから、政元、富子、清晃の三人に何を頼まれたかを切り出した。

「堀越の公方さまを討つ……？」

保子が両目を大きく見開いて息を呑む。茶々丸の暴虐振りを耳にしていないわけではないが、それでも堀越公方には違いない。「公方」という存在に対する素朴な畏敬の念がある。保子の反応は新九郎には意外ではない。それが当たり前だと思っている。新九郎自身、最初は尻込みしてしまい、申し出を断るつもりだったのだ。

問題は氏親であった。

すぐに賛成してくれるとは期待していないが、できれば冷静に話を聞いてもらいたかった。伊豆への討ち入りは新九郎が単独でできることではない。どうしても氏親の力添えが必要なのだ。

「どういうことか、もっと詳しく伺いましょう」

氏親が落ち着いた口調で言う。

新九郎は政元から頼まれた内容を念入りに説明し、清晃も母と弟の復讐を果たさなければ将軍になるつもりはないと頑《かたく》なな態度を崩そうとしないのだと話した。

「清晃さまが将軍になれば茶々丸さまを罰することなど簡単にできるではありませんか。それを待てないというのであれば管領殿が成敗なさればよい。なぜ、新九郎がそんな大それたことをしなければならないのですか？」

保子が疑問を呈する。

「それはできぬのです」

「なぜ、できぬのですか？」

「それは……」

そんなことをすれば幕府が潰れるからだ、と新九郎が言う。

「幕府を守るために自分が犠牲になるというのですか？」

「違います。苦しんでいる人たちを救うためです」

「おまえの言うことはよくわからない」

保子が首を捻る。

「堀越の公方さまに苦しめられている人たちを救うという意味ですか?」

氏親が訊く。

「それだけでは駄目なのです。なぜなら、茶々丸さまがいなくなったとしても、きっと山内上杉が同じことをするに違いないからです……」

わたしでなければ駄目なのです、わたしが治めれば伊豆の民は幸せになれるのです、と新九郎は言う。その自信に満ちた物言いに氏親も驚いた。

「それほど大名になりたいのですか?」

保子が呆れたように言う。

「今まで、そんな大それたことを願ったことはありませんでしたが、今は違います。姉上のおっしゃるように、わたしは大名になりたいのです。大名になって権勢を振るいたいとか、贅沢をしたいとか、そんなことは露程も願っておりませぬ。しかし、わたしが大名になって広い土地と多くの者たちを支配するようになれば、その土地に暮らす者たちは、今よりもずっと幸せになれるはずです。そう信じているからこそ大名になりたいと思います」

「随分と簡単そうに聞こえますが、おまえは大名になれるのですか?」

「十中八九、無理だろうと思います。茶々丸さまを討ち取れるかどうか、せいぜい、五分五分というところでしょうし、たとえ、それがうまくいったとしても、次は山内上杉と事を構えることになります。山内上杉を相手に戦をしても勝てるはずがありません」

「では、大名になれぬではありませんか」

「確かに」

新九郎がうなずく。

「しかし、大名にならねば伊豆の民を救うことができぬのです。それ故、わたしは山内上杉に勝たねばなりませぬ」

「おまえの言うことは無茶苦茶ですよ。昔から周りを驚かせるようなことばかりする子だったけれど、その年齢になっても何も変わっていないのですね」

保子が溜息をつく。

「叔父上の言いたいことはわかりました。わたしは何をすればいいのですか？」

「まあ、おまえまで何を言うのですか。新九郎に力を貸すというの？」

「わたしが今川の家督を継ぐことができたのは叔父上のおかげです。見て見ぬ振りをすることもできたのに都から駆けつけて下さいました。わずかな手勢を率いて小鹿範満《おしかのりみつ》を攻めたとき、叔父上は我が身の安泰など考えなかったはずです。わたしたちを守るために命懸けで戦ってくれたのです。興国寺城に腰を据えて下さったおかげで駿東での騒ぎはなくなり、東を心配する必要もなくなりました。それも叔父上のおかげです。考えてみれば、叔父上にはいろいろしてもらっているのに、何ひとつ恩返しをしていません。ようやく恩返しできるときが来たのですから何を迷うことがありましょう」

保子を諭すように氏親は落ち着いた物言いをする。

「でも、堀越の公方さまを攻めるのですよ。その後には山内上杉と戦になるやもしれませぬぞ」

「そのときは叔父上と共に戦えばいいだけのことではありませんか。隙あらば今川の領地を横取りしようと企んでいる者たちなのですから、いつかは戦うことになるのです」

「まあ……」

保子は言葉を失って、じっとわが子を見つめる。

やがて、その目に涙が溢れてくる。

「ああ、申し訳ありません。勝手なことばかり言いました。決して母上を軽《かろ》んじているわけでは……」

氏親が慌てたように保子に謝る。

「いいえ、いいのです。詫びることなどありませぬ。母は嬉しいのです。まだまだ子供だと思っていたけれど、いつの間にか立派な男になっていたのですね。この姿を亡くなった父上に見せたかった……。さぞや、お喜びになるでしょうに」

袖で涙を拭うと、保子が腰を上げる。

「あとのことは二人で話せばよいでしょう。もう戦や政には口を出しませぬ。そんな必要もないでしょうからね」

保子が座敷から出て行くと、

「叔父上、遠慮はいりませぬ。何をすればよいでしょうか？」

「兵を貸していただきたいのです」

「承知しました。いくらでも今川の兵をお貸ししましょう」

「……」

「どうなさいましたか？」

不意に新九郎が黙り込んだので、氏親が怪訝な顔で新九郎を見る。

「いいえ……」

わが甥ながら、何と懐の広い男なのだろうと感心し、何の疑いも迷いもなく自分を信じてくれたことに胸が熱くなって喉元に熱い塊が込み上げてきたのである。口を開くと涙が溢れそうだった。

九

興国寺城に戻ると、弥次郎と弓太郎を呼び、

「どうだ？」

と、新九郎が訊く。二人を先に帰らせ、武器を集めておくように命じてあったからだ。

「武器は集まっているけど……」

やはり、突然の命令に皆が戸惑っているようだ、と弥次郎が答える。

「才四郎《さいしろう》たちを呼べ。あいつらには本当のことを話しておこう」

荏原郷以来の仲間たち、それに厚く信頼している松田信之介《まつだしんのすけ》には伊豆討ち入りについて正直に話そうと思った。

すぐさま山中《やまなか》才四郎、在竹正之助《ありたけしょうのすけ》、多目権平衛《ためごんべえ》、荒川又次郎《あらかわまたじろう》、松田信之介の五人が呼ばれた。それに新九郎、弥次郎、弓太郎が加わって八人が車座になった。本来であれば、城主の新九郎が一段高い上座に坐り、あとの七人は下座に控えるべきだが、堅苦しい格式に頓着《とんちゃく》しない仲間たちなのである。

「まずは、わしの話を最後まで聞いてくれ……」

細川政元、日野富子、清晃の三人から茶々丸討伐を頼まれ、最初は断るつもりだったが考えを変えて引き受けたこと、駿府で氏親に会い、援軍の要請をしてきたことなどを説明した。ざっと説明を終えると、皆の顔を見回して、

「さぞや驚いたことであろうな」

新九郎が言う。

「いや……」

才四郎が小首を傾《かし》げる。

「こう言っては何ですが、それほど驚いてはおりませんな。何せ、わしらは子供の頃から新九郎さまには驚かされてばかりおりますから」

「違いない」

弥次郎が吹き出すと、他の者たちもどっと笑い声を上げる。

「驚くようなことじゃない。新九郎さまが大名になるんだから喜ぶべきことだ。今だって立派な城持ちだが、やはり、城持ちと国持ちは違う。伊豆が新九郎さまの国になるかもしれないんだぞ」

弓太郎が興奮気味に言う。

「もちろん、そう簡単じゃないぞ。堀越公方を討ち取ることができたとしても、それで終わりじゃないからな。次は山内上杉と戦うことになる」

弥次郎が言う。

「新九郎さまの支配に服さない伊豆の豪族たちをひとつずつ潰していかなければならないしな」

弓太郎がうなずく。

「国持ちになる道程は平坦じゃないということだよな。しかし、都にいる将軍や管領殿が後押ししてくれるのだから、うまくいけば国持ち大名になれるということだ」

「うまくいけばか……確かに、そうだな」

弥次郎の言葉に新九郎がうなずきつつ、

「弥次郎が言うように、これは簡単なことではない。簡単どころか、十のうち七つか八つはうまくいかないだろうというのがわしの見通しだ。しくじれば、命がないと覚悟してもらわねばならぬ」

「……」

皆、緊張感で真剣な面持ちになる。

伊豆討ち入りと言えば聞こえはいいが、茶々丸を討ち取ることに失敗すれば、逆に山内上杉の軍勢が駿東に雪崩《なだ》れ込んできて、興国寺城などあっという間に攻め潰されてしまうに違いないということなのである。

「信之介、何か言いたいことがありそうだな。反対か？　遠慮はいらぬぞ。思ったことを口にせよ」

新九郎が発言を促す。

「では、申し上げます。最初は断るつもりだったのに考え直した……そうおっしゃいました。なぜ、考え直したのですか？」

信之介が訊く。

「わしは一度死んだ男なのだ、信之介」

「存じております」

伽耶と鶴千代丸が病で亡くなった後、新九郎が行方をくらまし、危うく死ぬところだったという話は弥次郎や弓太郎から聞かされている。

「二度目の人生を生きる覚悟を決めたとき、わしは心に誓ったことがある」

「貧しい者たちを救おうとなさったのですよね。毎朝、炊き出しをしたと聞きました」

「都には右を見ても左を見ても、どこにでも貧しい者がいる。生まれた土地で食えなくなって都に逃げてきたものの、都でも食うことができずに野垂《のた》れ死んでしまうのだ。大した力もなかったから多くの者を救うことはできなかったが、それでも一人か二人ならば食わせてやることができた」

「同じことを、この土地でもなさっておいでです。殿が治めて下さるようになってから、この土地では食えずに死ぬ者や、土地を捨てて逃げ出す者がいなくなりました。その代わり、他の土地からは、たくさん逃げてくるようになりましたが……。それこそ、殿の人徳の賜と思っております」

「誉められるようなことをしているわけではない」

新九郎が首を振る。

「しかし、大海の水を掌《てのひら》ですくっているくらいのことに過ぎないとしても、それでも水をすくうことは無駄ではない。信之介が言ってくれたように、わしが領主となったことで、この土地の者たちの暮らしが少しでもよくなったとすれば、わしが興国寺城の主でいるのは、そう悪いことではない」

「もちろんです」

「伊豆討ち入りにしくじれば、わしは死ぬだろう。恐らく、興国寺城は山内上杉に奪われる。そうなれば、この土地にいる者たちは、またもや塗炭《とたん》の苦しみを味わうことになろう。わしは、それを怖れた。だから、一度は断ろうと思った。しかし……」

新九郎が溜息をつく。

「伊豆について何も知らなければ考え直すことはなかっただろう。だが、わしは伊豆を知っているのだ。何度となく堀越に足を運んだから、伊豆の農民たちがどれほどみじめな暮らしを強いられているか、よく知っている。何とかしてやりたいと思わぬではなかったが、わしが口出しできることではないから黙っていた。今は違う。やろうと思えば、あのみじめな者たちの暮らしを、今よりもよくしてやることができる。決して驕《おご》っているつもりはないが、わしが伊豆の領主になれば多くの者たちを救うことができるはずだ。子供や年寄りが食えずに死んでいったり、食い物を手に入れるために女たちが身売りしたりするようなことをなくすことができる。山内上杉に従う豪族どもや堀越公方が農民たちから奪い取った作物を皆に分けてやれば、それくらいのことは容易にできるだろうと思う」

「不思議な御方でございまするなあ……」

信之介が溜息をつく。

「殿はまったく贅沢をなさいません。独り身になられても側女《そばめ》を置こうとなさいませんでした。興国寺城の領地が少なく、それほど豊かでもないからなのかと思い込んでいましたが、たとえ伊豆の支配者となられても、殿は贅沢などなさるつもりはないのですね。それがわかりました」

「わしは十分に贅沢な暮らしをしている。一日にきちんと三度の飯を食っているではないか。この世には、一日に一度の飯すら食えずに死んでいく者が大勢いる。それを思えば、わしなど恵まれている。その上、あれも食いたい、これも食いたいなどとわがままを口にしたら罰が当たる。側女も必要あるまい。ほしいと思ったこともないし、子宝に恵まれて息子たちがいるし、働き者で優しい妻もいる」

新九郎は皆の顔をゆっくりと眺め、

「伊豆討ち入りですべてを失うことになるかもしれぬ。土地も財産も命すらもな。僥倖《ぎょうこう》に恵まれて伊豆を支配することになったとしても、おまえたちが今以上によい暮らしができるかどうかわからぬ。伊豆の者たちがどれほど苦しんでいるかわからぬ故、おまえたちの扶持を減らして農民たちに分け与えてやることになるかもしれぬからな。それを承知で、わしに命を預けてくれるか？」

「立身出世して贅沢がしたい……そんなことを願って荏原郷を出てきたわけではありませ

ん。新九郎さまについていけば、さぞや面白いことがあるだろうと思っていたのです。それだけのことです」

才四郎が言う。

「そうですよ。安穏《あんのん》で楽な暮らしを望んでいれば、新九郎さまが駿河に下って小鹿範満を討つと決意なさったとき、それに従わずに都に残るという手もあったわけですから。今度も同じです」

又次郎がうなずく。

そうだ、そうだ、と正之助や権平衛も同意する。

「水臭いことを言うなよ、みんなの心はひとつだ」

弥次郎が口にしたとき、廊下を踏む音が聞こえた。

誰も来てはならぬと命じておいたのに誰かが来たということは、よほど火急《かきゅう》の用件なのであろうと皆が廊下に顔を向ける。

「戻ったか」

新九郎が声を発する。現れたのは門都普である。

「ここにいると聞いたのでな」

門都普が車座に加わって腰を下ろす。その途端、白い埃が舞い上がった。着衣だけでなく、手足も泥で汚れているし、ひどい臭いが漂っている。

「まずは汗と埃を流してきてはどうだ？」

弥次郎が勧める。

「それでも構わないが、少しでも早く堀越の様子を聞きたいのではないかと思ってな」

門都普が新九郎を見る。

「うむ、聞こう」

「向こうは、ひどいことになっているぞ」

「何がそんなにひどい？」

「熱病が流行っていて、人がばたばた死んでいる。寝込んでいる者も多い。村には人の姿がない」

「御所は？」

「あそこは変わりない。相変わらず馬鹿騒ぎをしているようだな。門前に晒されていた首もなくなっていた」

「熱病か……」

新九郎の表情が険しくなる。

「ふふふっ……」

「何がおかしい？」

ムッとしたように新九郎が門都普を睨む。

「新九郎が何を考えているのかわかる。それがおかしい」

「わしが何を考えているというのだ?」

「伊豆の民は熱病に苦しんでいる。そんなときに戦をすれば、もっと民を苦しめることになる。討ち入りを先延ばしすべきではないか……そう考えたんじゃないのか」

「そうだと言ったら?」

「無駄な気遣いだな。茶々丸は熱病に苦しむ者のことなど何も考えていない。戦に関わりなく、どんどん人が死んでいくだろう。新九郎が伊豆の民のことを心配するのなら、さっさと討ち入って、死にかけている者たちに薬や食い物を施してやる方がいい。そうすれば、助かる者もいるだろう。何しろ、寝込んでいる者たちも、そうでない者たちも、とにかく、みんな痩せ細っている。熱病で死ななくても、いずれ飢えて死にそうな者ばかりだ。早く何とかしてやってくれ」

門都普が怒りの滲《にじ》んだ口調で言う。

もちろん、新九郎に腹を立てているのではない。その怒りは伊豆の為政者に向けられている。茶々丸だけではない。先代の政知も民政にはまるで無関心だったし、それ以前から伊豆を実質的に支配している山内上杉氏も農民に対しては牛馬以下の扱いしかしていない。

「そうか、わかった。どうやら武器だけでなく、薬や食い物も用意しなければならぬようだな。その手配は信之介に任せる。やってくれるな?」

「承知しました」

信之介がうなずく。

「あとは兵の数だな……。御屋形《おやかた》さまは、どれくらいの兵を貸して下さるんだい？」

弥次郎が新九郎に訊く。

「三百とお願いしてある」

「三百？」

信じられないという顔で弥次郎が首を振る。

「念のために訊くけど、三千の間違いじゃないよな、兄者？」

「三百だ」

「それだけで伊豆に討ち入るのか？　敵は堀越公方だけじゃない。その後ろには山内上杉がいるんだぞ。同族の扇谷《おうぎがやつ》上杉と戦ばかりしているが、いつだって数千の軍勢を動かしているというじゃないか。そんな相手に、たった三百で立ち向かうのか？」

「最初、御屋形さまは二千の兵を貸すとおっしゃった。御屋形さまご自身が出陣して下さるとな」

「まさか断ったとは言わないだろうな？」

「断った」

「なぜ？」

「理由は、ふたつある。伊豆討ち入りに今川は公に関わってはならぬのだ。それは管領殿や清晃さまが関わることができぬのと同じ理由だ。幕府を支える者が堀越公方に刃を向けるなどあってはならぬこと。その汚名を背負うのは、わし一人でよい。二千もの兵を動かしたのでは、伊豆討ち入りに今川が関わったと天下に喧伝《けんでん》するようなものだ。三百くらいならば何とかごまかしようもあろう」

「し、しかし……」

「もうひとつ理由がある。大軍を動かせば、茶々丸さまに逃げられてしまう。二千以上もの軍勢が誰にも気付かれずに、こっそり堀越御所に忍び寄ることなどできぬからな。茶々丸さまを討ち取ることができねば、わしらの負けなのだ。それ故、伊豆討ち入りを決意したときから、堀越御所を攻めるには夜襲するしかないと考えている。不意を衝《つ》いて御所を囲み、茶々丸さまの御首級《みしるし》をいただく。夜襲するには迅速に動かねばならぬ。平地での決戦ならば、兵の数は多いに越したことはない。しかし、夜の戦では、そうではない。数が多すぎると、かえって足手まといになりかねぬ」

「ここは新九郎さまに任せよう」

弓太郎が弥次郎の肩をぽんぽんと軽く叩く。

「興国寺城の兵は、どれくらいいる？」

新九郎が信之介に訊く。

「城の守りに残す人数を別にして、出陣できるのは百人ほどかと存じます」

「城を空《から》にして出陣するとすれば？」

「百三十……せいぜい百四十というところでしょうか。病や怪我で動けぬ者もおります。年寄りや下働きさせている子供を加えれば、もう少し増えましょうが……」

「それは加えなくてよい。ふうむ、できれば五百ほどで堀越を攻めたいのだが……」

やはり、葛山《くずやま》の力も借りねばならぬな、新九郎がつぶやく。

「葛山か……。秘密が洩れることはないかな？」

弥次郎が懸念を口にする。

「妻の一族も信じられぬようでは何もできぬ」

わしは葛山に行く支度をする、おまえたちは戦支度を進めよ、と命じて新九郎が腰を上げる。

十

「お帰りなさいませ」

千代丸《ちよまる》、次郎丸《じろうまる》、三郎丸《さぶろうまる》という三人の子供たちが新九郎に向かって恭しく挨拶をする。

その傍らで田鶴《たづる》がにこにこして坐っている。

「おう、よい子供たちじゃ」

新九郎も上機嫌だ。

「千代丸は手習いに励んでおります。随分、進んだのですよ」

「そうか。偉いぞ。よく頑張っているのだな」

「はい！」

七歳の千代丸は頬を上気させて返事をする。

「母の言いつけに従って、これからも励みなさい」

新九郎が言うと、一瞬、千代丸は表情を曇らせたが、すぐに明るい笑顔になって、

「はい、励みます！」

と大きな声で返事をした。

子供たちが乳母に連れられて退出すると、新九郎と田鶴が二人きりになる。

「話しておかねばならぬことがある」

「はい」

田鶴の表情が引き締まる。

新九郎は伊豆討ち入りについて説明する。

「何と恐ろしい……」

公方という神聖な権威に刃向かうことに空恐ろしさを感じるのであろう。

しかし、表沙汰にはできないとはいえ、細川政元や清晃らが強く望んでいることだし、

決して私欲のために伊豆討ち入りを決断したわけではないと話すと、ようやく田鶴も納得した。

「ついては、ひとつ頼みがある」

「わたしに何ができましょう？」

「これから義父上《ちちうえ》に会いに行く。興国寺城の手勢だけでは兵が足りぬので葛山の力を借りたいのだ」

「その口添えをせよということでしょうか？」

「そうではない」

新九郎は首を振ると、討ち入りの日時がはっきりしたら、子供たちを連れて実家に帰ってほしい、おまえたちの世話も頼んでくるつもりでいる、と言う。

「どういうことなのでしょうか？」

田鶴が怪訝な顔になる。

「うむ……」

こういう理由であった。

新九郎は興国寺城を空にして堀越御所を夜襲する覚悟を決めている。成功する可能性は低いし、成功したとしても山内上杉氏の軍勢に攻められる怖れが強い。その戦いに敗れることになれば、敵は興国寺城に攻め寄せてくるであろう。守備兵のいない興国寺城では防ぎようがない。興国寺城にいるよりも葛山の実家にいる方がまだしも安全ではないか、というのが新九郎の見通しなのである。

「……」

田鶴は口を閉ざしたまま、じっと新九郎を見つめる。やがて、田鶴の目から大粒の涙が溢れる。

「泣くことはない。万が一のときに備えよ、という話をしているだけだ。必ずしも、わしが死ぬと決まったわけではない」

「そうではありません」

田鶴が首を振る。

「殿が戦で死ぬかもしれぬと想像をするだけで胸が張り裂けそうになります。しかし、この涙は、そのせいではありません。何と情けないことをおっしゃるのかと、それが悲しいのでございます」

「何が情けないのだ?」

「殿は兵を率いて、この城から出陣なさるのでございましょう?」

「うむ」

「戦では何が起こるかわかりませぬ。死を覚悟して出陣するとはいえ、喜んで死にたい者などいるはずがない。できれば生きて帰ってきたいと思うはずです。出陣する者の家族も、心の中では生きて帰ってほしい、無事に帰ってほしいと願うのではないでしょうか？」

「その通りだ」

「それなのに兵を率いていく大将の妻や子が城を捨てて逃げ出せば、どう思われるでしょうか？　殿は最初から負けるつもりで出陣したのか、どうせ勝てぬと思っているから奥方も実家に戻ったのではないか。それに……」

それに興国寺城を空にしていくといっても、本当に無人になるわけではないでしょう。下働きの女たち、奥勤めをしている女たち、庭仕事をする男たち、馬や牛の世話をする男たち、それ以外にも様々な雑用をこなす者たちが残るはずです。そういう者たちを見捨てて自分だけが安全なところに逃げよとおっしゃるのですか。それで領主の妻と言えるのでしょうか……田鶴は涙を流し、唇を震わせながら自分の考えを口にする。

「生意気なことを申し上げるようでございますが、殿がお留守のときは、正室であるわたしと嫡男の千代丸が殿に代わって城を守らねばならぬと覚悟しております。戦を始める前に城を捨てて逃げ出すようでは世間から笑いものになってしまいます。命が惜しくないとは申しませんが、田鶴は名を惜しむべきだと思います。いいえ、わたしの名などどうでもいいのです。千代丸の名を惜しむべきではないでしょうか」

「……」

新九郎が瞬きもせずに、じっと田鶴を凝視する。田鶴が血の気の引いた青白い顔をしているのは新九郎の怒りを受けるのを覚悟しているからであろう。

が……。

不意に新九郎は相好《そうごう》を崩して笑い始める。

「何がおかしいのでございますか？」

田鶴はわけがわからないという表情だ。

「すまぬ。許してくれ。わしが思っていたよりも、田鶴はずっと強い。思い起こせば、恐ろしい盗賊どもに捕らえられても少しも怖れなかったほどに肝の太いおなごであったわ」

わははははっ、と新九郎が愉快そうに笑う。

「ま」

田鶴が顔を赤くする。

「よかろう。興国寺城の守りは田鶴と千代丸に任せる。戦に負けたときのことばかり話すのはやめにする。わしも必死で戦う故、後のことを頼むぞ」

「承知しました」

ようやく田鶴がにこりと微笑む。

新九郎は岳父・葛山烈道《れつどう》に会いに行き、伊豆討ち入りの秘密を打ち明け、力添えを要請した。

「新九郎殿が伊豆の国主になられるのか。それはめでたい。できる限りのことをしましょうぞ」

烈道は快く承知してくれた。

「姉上も大変な出世をなさるものよなあ。大名の奥方になるのか。畏《おそ》れ多くて、まともに顔も見られなくなりそうだ」

紀之介《きのすけ》が軽口を叩く。

「そううまくいくかどうか……」

新九郎が言うと、

「大丈夫ですよ。伊勢の義兄上《あにうえ》なら、きっとうまくいくはずです。天下を取るような御方ではないかと密かに期待しているくらいですから。伊豆など天下取りの足がかりに過ぎませんよ」

紀之介が笑う。

「馬鹿なことばかり言いおって」

烈道が溜息をつく。

「葛山といったところで、戦で役に立ちそうな者は、せいぜい、七十というところですが、それで足りますか？　頭数だけ揃えればいいというのなら、腰の曲がった年寄りも連れて行きます。そうすれば百以上になりますが……」

紀之介が訊く。

「七十で結構です」

新九郎はうなずきながら、

（これで五百になった）

と胸を撫《な》で下《お》ろした。


伊豆討ち入りの準備は着々と進められたが、肝心の、

「いつ討ち入るのか？」

という質問に新九郎は答えようとしなかった。

兵の確保はできたし、必要な武器もほぼ揃った。門都普だけでなく、それ以外に何人もの斥候《せっこう》を伊豆に侵入させて堀越御所の様子を探っている。流行病に苦しんでいる村々の様子や、それを支配する豪族たちの動きも正確につかんでいる。新九郎が慎重に準備を進めているおかげで、堀越御所が警戒を強めているということもない。秘密が洩れていないということだ。

「なぜ、すぐにでも攻め込まないのだろう。もう支度は、ほとんど調っているのに」

弥次郎が不満げに言うと、

「確かになあ。相手に気付かれる前に動いた方がよさそうな気がするが……」

弓太郎も同調する。

いつ伊豆に攻め込んでもいい状態なのだから、みんなを集めて軍議をしたり、細かい打ち合わせをしてもいいはずなのに、新九郎は何もせず、暇さえあれば持仏堂《じぶつどう》に籠もって座禅を組んでばかりなのだ。どういうつもりなのか確かめよう、と二人は持仏堂に向かった。

弥次郎は弟で、弓太郎は従弟という血縁だから、ただの家臣では言いにくいことも遠慮なく訊くことができるのだ。

「何の用だ?」

「兄者の考えを聞かせてほしい」

自分たちだけでなく、他の者たちもいつ出陣するのか知りたがっているのだ、と弥次郎が言う。

「わしも待っているのだ」

「何を?」

「援軍だ」

「……」

弥次郎と弓太郎が顔を見合わせる。

「今川の援軍を待っているということですか?」

弓太郎が訊く。

「そうではない。わしらは、この城から出陣するが、今川軍は船で堀越に向かうことになっている。その方が、こちらの動きを気付かれにくいだろう」

「念のために訊くが、今川や葛山以外に援軍が来るのか？」

「来ない」

新九郎が首を振る。

「そう言えば、以前、同じようなことを聞いた覚えがありますね。確か、小鹿範満を討つと決めたときでしたが……」

弓太郎がつぶやく。

「ああ、思い出した。あのときも兄者は援軍を待つと話していた。あれは雨が降るのを待っていたのだった。同じなのかい？　雨を待っているのか」

「いや、雨ではない」

口許に笑みを浮かべながら、わしも待っているのだ、できるだけ早く出陣したいのでな、と新九郎が言う。

十一

十月になると、堀越御所の様子を探らせるために伊豆に放ってある者たちから矢継ぎ早に報告が届いた。豪族たちが出陣の支度を始めているというのだ。

「ばれたんじゃないのか」

新九郎の伊豆討ち入り計画を察知した茶々丸が伊豆の豪族たちを率いて逆に駿東に攻め込んで来るのではないか、と弥次郎や弓太郎は顔色を変えた。

「どうするんだ、兄者?」

「こうなったら、ここそこ戦支度をしていては間に合わない。大急ぎで、こっちも出陣しなければ」

「まだだ」

新九郎が首を振る。

「しかし、攻め込まれてからでは間に合わないぞ」

「そうだよ。今のうちに手を打たないと」

「そう慌てるな」

「どうして、そう悠然と構えていられるんだ? 援軍を待っているからか」

弥次郎が訊く。

「そうだ」

「それは、いつ来る?」

「もうすぐだろう」

「来なかったら?」

「おまえは心配ばかりしているな、弥次郎」

新九郎が笑うと、

「当たり前じゃないか」

弥次郎がムッとする。

「おれたちは何をすればいいんですか？」

弓太郎が訊く。

「今までと同じでいい」

「そう言われると、取り立てて急いでしなければならないこともないんですが……」

「たまには一緒に座禅でも組んでみるか。おまえたちは、あまりいい顔をしていない。眉間に小皺が寄り、目尻が吊り上がっている。ひどく苛立っているようにも見える」

「こんなときに呑気な顔をしていられるはずがないだろう。兄者とは違う」

弥次郎が尖《とが》った言い方をすると、

「それに怒りっぽいな」

新九郎は口許に笑みを浮かべると、来い、と顎をしゃくって先に歩き出す。どうしようかという様子で弥次郎と弓太郎が顔を見合わせるが、諦めたように溜息をつきながら新九郎についていく。弟であり、従弟ではあるものの、家臣でもあるわけだから新九郎に命じられれば従わざるを得ないのだ。

しかし、心から納得しているわけでないのは弥次郎の不機嫌そうな顔を見ればわかる。

持仏堂に入ると、

「さあ、組もうではないか」

新九郎が結跏趺坐《けっかふざ》の姿勢を取る。

弥次郎と弓太郎が新九郎と向き合う位置に腰を下ろし、座禅を組む。

この時代、武士階級に禅宗が深く浸透しているから、弥次郎と弓太郎も禅の知識を持っているし、たまに座禅を組むこともある。新九郎ほど熱心ではないというだけのことだ。

四半刻（三十分）ほど経つと……。

弓太郎が舟を漕ぎ始める。姿勢が乱れ、体が前後に揺れる。弥次郎は背筋をピンと伸ばしているが、険しい表情で目を瞑っている。これは座禅本来の形ではない。座禅を組むときには半眼が原則で、目を瞑ってはいけないのだ。

新九郎は大きく息を吐くと、

「このあたりにしておこう。おまえたちの心にはよほど根深く雑念が満ちているようだな。わしの心まで乱されてしまいそうだ」

もう出て行って構わぬぞ、と言われて二人は持仏堂を出る。新九郎は残り、一人になると、また座禅を組み始める。

「どうだった？」

弥次郎が訊く。

「いやあ、すぐに眠くなってしまった。修行が足りないな」

弓太郎が恥ずかしそうに頭を掻く。

「疲れているんだから仕方がない。こんなときに座禅など組んでいられるものか。居眠りくらい気にすることはない。おれたちは別に沙門《しゃもん》になりたいわけじゃないんだし、出家するつもりもないんだからな。伊豆討ち入りに失敗すれば、城と領地を失うだけじゃない。一族郎党、皆殺しにされるかもしれないんだぞ。百姓たちは奴隷として売られるだろう。何としてでも勝たなければならないんだ。負けたら終わりなんだから必死になるのが当たり前じゃないか。なぜ、兄者は、あんなに呑気な顔をしていられるんだ？　それが不思議でたまらないし、腹立たしくもある」

「あの人は、おれたちとは器の大きさが違うからなあ。それに今まで新九郎さまの指図が間違っていたことはない。子供のときから、そうだったじゃないか。おかげで、おれたちだって領地や家臣を持つ身分になれた」

「わかってる。だから、おれも我慢してるんじゃないか。しかし、伊豆の豪族たちが戦支度を始めたというのに黙っていられるか？」

「駿東に攻め込んで来るのかな？」

「そんなことにならないことを祈るだけだ」

弥次郎が溜息をつく。

その二日後……。

都から早馬《はやうま》が着いた。細川政元の使者である。

相変わらず新九郎は持仏堂に籠もって座禅を組んでいる。使者が来たことを弥次郎と弓太郎が知らせに行くと、

「管領殿からの使者だと？」

新九郎は立ち上がると、持仏堂から走り出す。

「何をあんなに慌てているんだ？」

「わからん」

二人も広間に向かう。そこで使者と対面することになっているからだ。

新九郎は手紙を受け取ると、その場で読み始める。読み進めるうちに新九郎の表情が明るくなり、ついには、わははははっ、と笑い始める。他の者たちは何が起こったのかわからずに戸惑い顔で新九郎を見つめる。普段、喜怒哀楽の感情をあまり表に出さない新九郎が大笑いしているからだ。

「よし、よし」

と大きくうなずくと手紙を懐に収め、使者を慰労して下がらせる。

「出かけるぞ、門都普」

　そう言いながら足早に廊下に出る。

「兄者、どこに行くんだ？」

　後を追いながら弥次郎が訊く。

「村の宿老《しゆくろう》たちに会ってくる」

「村に？　管領殿は何と言ってきたんだ？」

「援軍だ」

「は？　援軍……」

「そうだ。待ち兼ねた援軍がようやく着いたのだ」

「どういうことかわからないが……。ならば、出陣の用意をしていいのか？　もう支度は調っているから、いつでも出陣できる」

「まだ早い。まずは村に行かねばならぬ」

「なぜ、村に行くんだ？　出陣と何の関わりがある？　それに管領殿からの手紙だが……」

「説明は後だ」

　よほど気が急いているらしく、ついに新九郎は走り出す。その後ろ姿を弥次郎が呆然と見送る。その傍らを門都普が、

「行ってくるよ」

と言いながら、ゆっくり歩いて行く。


疲れた顔で新九郎が城に戻ってきたのは夕方だ。

「井戸端で汗を流して、少し眠る。さすがに疲れた。二刻（四時間）後に軍議を開く。皆を集めてくれ」

「え。戦をするのか？」

「そうだ。そのときが来た」

「いよいよか……」

弥次郎の顔が上気する。

新九郎が奥に消えると、

「いったい、何をしてきたんだ？」

弥次郎が門都普に訊く。

「村で宿老たちに会って、それから山に登った。随分歩いた。それで疲れたんだろう」

「山に登っただと？　何のためにだ」

「雲を眺めてきた」

「雲？」

何のために雲など眺めるのだと訊こうとするが、すでに門都普は廊下を歩き出している。

「おれも少し休む。長い夜になりそうだからな」

振り返りもせずに、門都普が言う。

十二

夜。

大広間に家臣たちがずらりと勢揃いした。

上座の、新九郎が坐る場所だけが空いている。

いつまで経っても新九郎が姿を見せないので、才四郎や正之助が、

「おい、どうなっている？」

と、弥次郎に訊く。

そう訊かれても答えようがないので、

「まだなのか？」

弥次郎は門都普に訊く。

「そのうち来るだろう」

門都普はいつもと変わらぬ様子で平然としている。

家臣たちががやがやと騒いでいると、

「殿でございまする」

小姓《こしょう》が大きな声を発したので、皆は口を閉ざし、しんと静まり返る。

が……。

廊下から大広間に入ってきた新九郎を見た途端、誰もが、

「あ」

と叫んで仰け反り、目を丸くした。

何と新九郎が頭を丸めているのである。

しかも、墨染めの衣を身にまとっている。

「あ……兄者、いったい、どういうことなんだ？」

皆の驚きと疑問を代表する形で弥次郎が口を開く。

「見ての通りだ。わしは出家した。驚くなと言う方が無理だろう。しかし、急に思いついたわけではない……」

新九郎が懐から和紙を取り出し、皆の前に広げる。

そこには、

早雲庵宗瑞

と墨書されている。

「これは『そううんあんそうずい』と読むのか？」

弥次郎が訊く。

「そうだ。これが、わしの法号だ。いずれは出家するつもりでいたから、大徳寺《だいとくじ》の宗哲さまにお願いして考えていただいたのだ」

法号に「宗」の一字をつけるのは大徳寺系の僧であることの証だ。以後、新九郎は公には「伊勢宗瑞」と名乗ることになる。

「いくら何でも出家は早いんじゃないんですか？」

という弓太郎の疑問は、その場にいるすべての者たちが抱いた疑問だ。

「わしらが伊豆に討ち入るのは私欲のためではない。義理とはいえ母を手にかけ、血の繋がった弟まで殺した極悪非道の人でなしを成敗しに行くのだ。人でなしがのさばっていたのでは、円満院さまと潤童子さまも安らかに成仏することはできまいからな。お二人の菩提を弔《とむら》いたいという気持ちで出家することにした」

そう新九郎は説明した。

もちろん、それがきれいごとに過ぎないことは皆にもわかっている。

なぜなら、新九郎は円満院とも潤童子とも何の縁もないからである。生前、堀越御所に足繁く伺候して円満院に目をかけられたのは確かだが、それは新九郎だけの話ではない。

もし二人の弔い合戦をするというのなら、それは清晃の役回りだし、清晃自身にできないのならば、茶々丸討伐を正式に新九郎に命じればいいのだ。それができないところに伊豆討ち入りの政治的な難しさがある。

その難しさを百も承知で清晃と政元の依頼を引き受けたものの、新九郎としても堀越公方という権威に刃を向けるには何らかの大義名分が必要だ。

そのための出家なのである。

たとえ清晃からの正式な命令がなくても、新九郎が頭を丸めて、「円満院さまと潤童子さまの弔い合戦である」と公言すれば、

(なるほど、清晃さまから頼まれたのだ)

と世間は考える。

「討ち入りは……」

新九郎は一同をぐるりと見回し、十一日の夜だ、と言う。

「十一日？　なぜだ？　もう支度はできている。討ち入りを決めたのなら、さっさと出陣する方がいいんじゃないのか」

弥次郎が首を捻る。

「理由はふたつある……」

あと三日もすれば、伊豆の主立った豪族たちが武蔵《むさし》に向けて出陣するのだ、と新九郎が

言う。

「なぜ、そんなことがわかるんですか？　武蔵ではなく駿河に攻め込んでくるかもしれないじゃないですか」

弓太郎が訊く。

「これだ」

新九郎が懐から手紙を取り出す。細川政元から届いた手紙である。同族でありながら山内上杉氏と扇谷上杉氏は犬猿の仲で、もう何年にもわたって合戦を繰り返している。それを利用しようと新九郎は考え、山内上杉氏に味方する豪族の城を扇谷上杉氏の軍勢が攻めるように細川政元に手を回してもらったのである。それが功を奏し、山内上杉氏は支配する国々の豪族たちに動員令を発した。それに応じて伊豆の豪族たちは間もなく出陣するというのである。

「なるほど、伊豆が空になるわけですね」

才四郎がぽんと膝を叩く。

「それが援軍の正体か……」

弥次郎がつぶやく。

なるほど、その策略によって伊豆が空になるのならば、数千の援軍を得たのと同じくらいの効果がある。

「もうひとつの理由は何ですか？」

信之介が訊く。

「天気だ」

「天気？」

「うむ、この頃、雨が多いが、伊豆に討ち入る夜に雨が降っては困るのだ。伊豆の豪族たちが出陣した後、すぐにでも討ち入りたいが、よくよく天気を見極めなければならぬ。それ故、村の宿老たちに見通しを訊いてきた。百姓たちには長年にわたって身に付いた知恵があるからな。宿老たちの見通しを訊いた上で、わしは山に登って雲を眺めてきた。わしもいくらか観天望気の心得があるのだ。そして、決めた。討ち入りは十一日の夜とする」

「おお、十一日か……」

皆がざわめく。

「駿府の御屋形さまと葛山一族に使者を出さねばならぬ。その役目は弥次郎と弓太郎に任そう。何を伝えるか、これから詳しく話す……」

十三

新九郎が持仏堂に籠もって座禅を組んでいる。

半眼で、前方の床に視線を落としている。

何も考えていない。

心を空しくして静かに呼吸しているだけだ。

そこに、

「兄者」

外から声が聞こえる。弥次郎の声だ。

「葛山の者たちが着いた」

「うむ」

新九郎が目を大きく開け、ふーっと深く息を吐く。立ち上がって外に出る。弥次郎と弓太郎がいる。

「どうした、何かあったのか？」

二人が冴えない顔をしていることに気が付いて新九郎が弥次郎に訊く。

「五十人だぞ」

「ん？」

「約束は七十人だったはずだよな？」

「流行病のせいだろう」

葛山の領地だけでなく、駿東一帯で熱病が流行っており、高熱を発して寝込む者が増えている。興国寺城でも多くの者が臥《ふ》せっている。

そもそも、この熱病は伊豆で流行り始めたものだ。

伊豆に偵察に出かけた門都普の話では、飢えた農民たちが熱病に冒され、食べるものも薬もなくばたばたと死んでおり、そんな惨状を堀越御所にいる茶々丸は見て見ぬ振りをしているのだという。

その熱病が伊豆から駿河にも広がってきたということなのだろう、仕方がない、と新九郎は思った。

「葛山を責めているわけじゃない。事情はわかっている。わかってはいるが、これではまずいんじゃないのか？　二十人も少ないんだぞ」

「わしらの方は何人連れて行ける？」

「無理をさせれば……」

「いや、無理をさせてはならぬ」

新九郎が首を振る。

「そうだな。無理をさせても足手まといになるだけだ。頭数だけ揃えても戦で役に立たないのでは連れて行く意味がない。そうなると……」

百十人くらいかな、と弥次郎がつぶやく。

「その見通しは甘い。無理をさせないというのなら、せいぜい、百人じゃないかな」

弓太郎が言う。

「百か……」

さすがに新九郎も驚く。

「今川は大丈夫かな?」

弥次郎が弓太郎を見る。

「何も言ってこないから約束通りに兵を出してくれるだろう、たぶん」

弓太郎が自信なさそうに答える。

「そうだといいが……。三百の予定が二百になったら、どうにもならないからな」

弥次郎の表情は険しい。

「……」

新九郎も腕組みしたまま考え込む。

伊豆討ち入りは五百の兵で行う計画になっている。

その内訳は、新九郎の興国寺勢が百三十、葛山一族の応援が七十、今川勢が三百である。

十一日の夜、すなわち、今夜、新九郎が興国寺勢と葛山勢合わせて二百の兵を率いて伊豆に攻め込み、夜のうちに駿河湾を渡った今川勢三百が、夜明けと共に南側から堀越御所を攻めるという段取りになっている。二段構えの作戦を採ったのは、いくら敵の不意を衝いて夜襲するとしても味方の数が少ないので一気に勝敗を決することは難しいだろうと考えたためだ。ならば、時間をずらすことなく今川勢も新九郎たちと同時に堀越御所を攻めればよさそうなものだが、それだと夜の闇に紛れて茶々丸が逃走する怖れがある。五百以外に後詰《ごづ》めがないので、もし茶々丸を御所から逃がしてしまえば、茶々丸を捕まえることができないのだ。

それ故、新九郎の奇襲が成功し、茶々丸が抵抗を諦めて逃走した場合に今川勢三百が茶々丸の逃げ道を塞《ふさ》ぐように手配りしたのである。

新九郎の読みでは、

(茶々丸さまは逃げまい)

という気がしたし、もし逃げたとしても、それほど遠くには逃げないだろうという見通しがある。その見通しの根拠になっているのは、円満院と潤童子を殺害した後、秋山蔵人たちに追われて御所から逃走したときの茶々丸の行動である。御所のそばに留まり、近隣の豪族たちに檄を飛ばして兵を集めると、自ら先頭に立って御所に攻撃を仕掛けたのである。その結果、秋山蔵人ら円満院に与《くみ》する家臣たちはことごとく討ち取られ、一夜にして茶々丸は堀越公方として伊豆の支配権を握った。

ひ弱なお坊ちゃん育ちではなく、必要とあれば自ら兵を率いて戦に臨むほど猛々《たけだけ》しい男だから、たとえ不意を衝かれて御所を攻められたとしても、すぐには逃げようとしないであろうし、たとえ逃げたとしても御所の近くで反撃の機会を窺うに違いない、と新九郎は考えた。つまり、新九郎の作戦の土台になっているのは茶々丸の強気な性格であり、茶々丸が臆病だったら成立しない作戦なのだ。

この作戦に新九郎は自信を持っていたが、二百人を率いて出陣する予定が百五十人になるのは、さすがに痛い。堀越御所にも百人くらいの警護兵は詰めているはずであり、それを二百人で攻めるのと百五十人で攻めるのとでは大きな違いがある。

（こんなことなら、もっと多くの兵を御屋形さまに貸していただけばよかったかもしれぬ……）

新九郎が願えば、氏親は喜んで一千くらいの兵を貸してくれたであろう。三百しか借りなかったのは、兵の数よりも素早い隠密行動を重んじた結果である。兵の数が多くなればなるほど、集団としての動きは鈍くなり、敵方に動きを察知されやすくなる。

「誰かを駿府に行かせて、ちゃんと三百の兵を貸してくれるかどうか確かめるか？」

弥次郎が訊く。

「いや、それでは間に合わぬ」

新九郎が首を振る。

駿府と興国寺城を往復するだけで半日かかる。それを待っていたのでは新九郎たちの出発が遅れ、計画そのものが根底から狂ってしまう。

「御屋形さまを信じよう」

氏親ならば、きっと約束を守って三百の兵を送ってくれる、と新九郎は信じたかった。

「おれたちは、どうする？」

「これでやるしかあるまい。大した違いはない」

葛山にも興国寺城にも余分な兵力が残っているわけではない。働きようのない病人を除けば、百五十の兵しかいないということだ。ならば、それで計画を進めるしかない、と新九郎が言う。

もちろん、新九郎とて不安を感じていないはずはないが、それを口にすれば、弥次郎や弓太郎も不安になるであろうし、そういう気分は他の者にも伝染するものだ。それがわかっているから新九郎は敢えて「大した違いはない」と虚勢を張った。こういうときに声が震えたり、表情が変わったりしないのは、暇さえあれば座禅を組み、瞬時に己の心を空っぽにする鍛錬《たんれん》をしているおかげといっていい。心の中が空っぽならば、どんな感情も表には出ない。

「ここまで来たらやるしかない。一人一人が死に物狂いで戦えば、たとえ百五十人しかいなくても二百人分の働きができるはずだ」

弓太郎が自分に言い聞かせるように言う。

「そうだな。討ち入りは今夜だ。この期に及んで先延ばしになんかできないもんな。いろいろ迷ったりすると、それがしくじりの元になったりする。なあに、平気だよ。予定より五十人少ないだけじゃないか。弓太郎の言うように、みんながいつも以上に頑張ればいいだけのことだ」

あはははっ、と弥次郎が笑うが、目は少しも笑っていない。心配でたまらないのが本音なのだ。

「……」

新九郎は腕組みしたまま黙り込んでいる。伊豆討ち入りを延期することなどできない。それは弥次郎の言う通りだ。やるしかないが、かといって五十人も兵力が少ないのでは、いくらか作戦に手を加える必要がある。

特に問題になりそうなのは、堀越御所を攻めるときの兵の配置である。

新九郎の作戦では御所の北、正面から百人、左右の側面から五十人ずつで攻め、わざと南側を空けておく。茶々丸が戦いを諦めて逃走を図った場合、南側から逃げ出すようにするためだ。そうすれば、夜明けと共に南から攻め上ってくる今川勢と挟み撃ちにすることができる。

だが、予定より五十人少ないのでは、三方向からの攻撃兵力を削らなければならない。どこを減らすかが難しい。寄せ手の兵力が少ないことを見透かされてしまえば、茶々丸が御所の兵をひとつにまとめ、一丸となって打って出る怖れがある。予想もしていないところから茶々丸が飛び出してくれれば、今川勢との連携がうまくいかなくなる。それだけでも誤算だが、茶々丸の攻撃に味方が浮き足立てば思わぬ不覚を取ることにもなりかねない。

（ううむ、困ったことになった。どうしたものか……）

妙案が浮かばず、新九郎が難しい顔をしていると、

「失礼いたします」

松田信之介だ。

「どうした？」

「実は……」

領内の百姓どもが押しかけてきて、領主さまに会わせてくれ、と騒いでおり、しかも、手に鉈《なた》や棒を持っている、と信之介が深刻な顔で言う。

「何だと？　どういうことだ」

弥次郎と弓太郎も驚いて訊く。

「わたしにも何が何だか、さっぱり……」

信之介が首を振る。

「わしが話をする」

新九郎が歩き出す。

十四

新九郎が門前に現れると、

「おお、領主さまじゃ」

という声が上がる。

「いったい、何の騒ぎだ？　何か不満があって訴えたいのならば、村役人を通して話せばよい。わしは汝らの言葉には、いつも耳を傾けているはずだぞ。このように大勢で城に押しかける必要はない」

「そうではございませぬ」

男たちの中から長兵衛《ちょうべえ》という村長《むらおさ》が現れる。腰が曲がり、杖に頼って、よろよろとゆっくり歩いている。村長たちの中でも最長老で、もう八十近い老人だ。足腰が弱く、ほとんど外歩きをしない長兵衛の顔を見て新九郎は驚いた。

「わしらもお供させていただきたいのでございます」

「何だと？」

「城の皆さま方が戦支度をしていることは承知しておりました。今日になって余所《よそ》から興国寺城に何十もの兵が入るのを見て、ああ、いよいよ戦が始まるのだな、とわかりました。これまでも戦騒ぎはありましたが、そういうときには必ずや村々にお城の役人衆がやって来て、兵糧米を差し出せ、荷物運びする男たちを差し出せと命じては食い物を奪い、働き手の男たちを引き立てていきました。村の者たちは今度もそうなるのではないかと心配しておりましたが、わしは、そうはならぬと申しました。なぜなら、今の領主さま、すなわち、伊勢新九郎さまは今までの領主さまとはまるで違った御方だからでございます。無体なことなど何もなさらず、道理をわきまえ、わたしども百姓を同じ人間として扱って下さる。食い物も奪われず、男たちを連れて行かれることもないだろうと喜んでおりましたが、ふと、領主さまが戦で命を失うようなことになったらどうなるのであろうと心配になりました。わしらが飢えることなく生きていけるのは領主さまのおかげでございます。このような思いやり深く優しい領主さまは他におりませぬ。戦に出るというのであれば、何としてもお守りしなければならぬ、そう考えて参上いたしました。もちろん、わしらは戦のことなど何も知りませぬ。大して役に立たぬかと存じますが、領主さまに代わって刀で斬られたり、槍で突かれることはできまする。別に無理強いしたわけではありませぬが、ここには七十人ばかりの男どもがおりまする。領主さまをお守りするために、この七十人は命を投げ出す覚悟でございます」

「……」

新九郎は呆然として言葉を失った。

(こんなことがあるのか……)

狐《きつね》か狸《たぬき》にでも化かされている気がする。

こちらから頼んでもいないのに、領主を守るために自分たちの命を投げ出したいと百姓どもが押し寄せてくる……とても信じられる話ではなかった。

この時代、領主というのは農民から蛇蝎《だかつ》の如くに忌み嫌われ、怖れられるのが当たり前だった。それほど領主の支配は苛酷であり、農民は食うや食わずで常に飢えている。農民に食わせるくらいなら奪ってしまえ、それで飢え死にしても構わぬ、農民など他国から奪えばいいし、あるいは、奴隷市で買ってくればいい……それが領主の常識で、どこの国でも同じような支配が行われている。

そんな常識に疑問を感じ、新九郎は興国寺城の領地を独自のやり方で支配している。独自といっても、要するに、農民が生きていくのに必要な分の米や穀物は手許に残してやるというだけのことだ。生産高が変わらないのに農民の取り分を多くすれば、領主である新九郎の取り分が減ることになり、当然、家臣たちの取り分も減ることになるが、

「苦しいときは皆が同じように我慢して質素に暮らせばいいだけのことではないか」

という考えを変えなかった。主の新九郎がまったく贅沢などせず、粗食に甘んじているのを知っているから、家臣たちも不平など口にしなかった。

だからといって、支配地の農民たちに恩着せがましいことを口にすることもなかったが、新九郎の思いやりと優しさは自然と農民たちの心に浸透していたのである。だからこそ、

「こんな立派な領主さまを失うことはできぬ。わしらが守らねば」

と農民たちが武器を手にして興国寺城に集まってきたのであろう。

「すまぬ」

新九郎は農民たちに頭を下げると、

「わしのためにそこまで尽くしてくれて心から嬉しく思うが、だからこそ、そんな大切な領民を戦に連れて行くわけにはいかぬ。武士には武士の、農民には農民の役回りというものがある。おまえたちは家に帰って、畑や田圃《たんぼ》のことを考えればよい。戦については、わしが考える」

そう諭すように話した。

「何と優しい御方じゃ」

長兵衛が肩を震わせて嗚咽を洩らすと、周りにいた農民たちも貰い泣きをする。

「そういう領主さまだからこそ、わしらも命懸けで守りたいと思うのでございます。どうか、この者たちを戦に連れて行って下さいませ」

「気持ちは嬉しいが……」

新九郎が尚も断ろうとしたとき、

「差し出がましいようですが」

と言いながら葛山紀之介が現れる。

「わたしなどが口出しする筋合いでないことは百も承知していますが、どうにも黙っていられないのです。わたしの考えを聞いてもらえませんか」

「考えとは?」

新九郎が訊く。

「七十人を連れてくるなどと大見得を切りながら、わずか五十人しか連れてくることができず、しかも、父まで寝込んでいる始末です。新九郎殿に合わせる顔がないと思いながら興国寺城に来ましたが、ここでも病が流行っており、出陣できるのは百人と聞いて驚きました。二百人揃うはずが百五十人になったのですから、さぞや新九郎殿はお困りであろうと存じます。如何《いかが》でしょうか、せっかく、新九郎殿のために農民たちが七十人も集まってくれたのです。連れて行こうではありませんか」

「しかし……」

「もちろん、大切な者たちを死なせるわけにいかぬという新九郎殿の気持ちもわかります。ですから、この者たちをわたしに預けていただけませんか。決して死なせるようなことはしませせぬ」

「紀之介殿が預かる？」

新九郎が小首を傾げる。

「敵と戦わせるつもりはありません。しかし、戦わなくても、われらの役に立ってくれるはずです」

どうか信じていただきたい、と熱心に言うし、紀之介が戦上手だということは知っているので、とうとう新九郎も、

「それほど言うのなら」

と、うなずいた。

この結果、興国寺城から出陣するのは新九郎の家臣が百、葛山の兵が五十、それに領地の農民たちが七十、都合二百二十ということになった。

新九郎は主立った家臣たちを集め、今夜の作戦について最終的な確認を行った。大して複雑な作戦ではない。重要な点はふたつしかない。興国寺城から堀越御所まで、いかに迅速に予定通りに到達するかということと、堀越御所を攻めるに当たって、それぞれがどの場所を受け持つかということのふたつである。南側はわざと空けておくから、東、西、北の三方向から攻めることになる。北を受け持つのは新九郎、東が弥次郎でそれぞれ五十、西が紀之介率いる葛山勢五十である。

「あの農民たちをどうするつもりなのか伺いたい」

弥次郎が紀之介を見る。

新九郎が農民を連れて行くのをためらったのは、戦の巻き添えになって大切な農民が死んでは困ると思ったからだが、弥次郎が危惧しているのは、農民が足手まといになるのではないか、ということだ。迅速な行動が何よりも肝心だと新九郎も口にしたばかりである。

もちろん、それだけではなく、気持ちの奥底には、

(百姓など、戦の役には立たぬ)

所詮は戦の素人ではないか、敵を見れば、慌てて逃げ出すに決まっている、という侮蔑《ぶべつ》がある。

そういう感情が伝わらぬはずはないが、紀之介は表情も変えず、

「兵は詭道《きどう》なり、と『孫子』にあります」

と口を開く。戦術の根本は、敵を欺《あざむ》くことだ、というのである。

「また、戦勢は奇正《きせい》に過ぎざるも、奇正の変は勝《あ》げて窮《きわ》むべからず。奇正のあい生ずるところ、循環の端《はし》なきが如し、とも書いてあります。戦に勝つか負けるかというのは、突き詰めていけば『奇』と『正』のふたつによって決まるという意味です。しかしながら、『奇』は『正』より生まれ、また『奇』は『正』となることもあります。『奇』と『正』はまったく違うものではなく、互いに切り離すことのできない円環のようなものなのです。それ故、『奇』と『正』を巧みに操れば、敵の目を欺いて自軍を優勢にすることもできるわけです」

紀之介が口を閉ざして一同の顔をぐるりと見回す。誰もが黙り込んでいる。さして教養のある者たちではないから、紀之介が何を言っているのか理解できないのである。真剣な表情でうなずいているのは新九郎だけだ。子供の頃から兵書に親しみ、今でも折りに触れて読み直し、『孫子』や『呉子《ごし》』などの、いわゆる「武経七書《ぶけいしちしょ》」をほとんど諳《そら》んじることができるほどの新九郎だからこそ、紀之介の言いたいことがすーっと頭に入るのである。

紀之介にしても、新九郎が納得してくれればいいと思っているから、嚙み砕いた言い方をして皆に自分の考えをわかってもらおうとは考えていない。

「興国寺城の兵、葛山の兵、それに今川の御屋形さまの兵を正兵とすれば、農民たちは奇兵と言っていいでしょう。奇兵など役には立たぬ、足手まといになるだけだ……そう考えるのが普通でしょうが、わたしは奇兵をうまく使えば、正兵のように働かせることができると思っているのです」

「つまり、何をするのだ？」

弥次郎が焦れた様子で尖った声を出す。

「ご説明しましょう……」

紀之介がにやりと笑う。

十五

（ん？）

茶々丸が目を覚ます。

寝所の片隅に燈台《とうだい》が置いてあるものの、灯芯《とうしん》を短くしてあるので寝所は薄暗い。油も減っている。

深夜の堀越御所は、しんと静まり返っている。

それがいつものことである。

ところが、今夜は何やら、ざわざわとした物音が聞こえてくる。耳を澄ますと、馬のいななきも混じっているようだ。

茶々丸が体を起こすと、

「どうなさったんですか……寝ましょう……」

眠そうな声で、横に寝ている女が手を伸ばしてくる。その手を邪険に払いのけると、

「誰か、おるか?」

「は」

隣室に控えている宿直《とのい》の武士が返事をする。

「外の様子を見て参れ。何か騒ぎが起こっているようだ」

「承知いたしました」

「油を持ってこい」

別の武士に声をかけると、油入れを持った武士が寝所に入ってくる。油を注ぎ足して灯芯を長くすると、寝所がぽーっと明るくなる。半裸の女が口を開けて寝息を洩らしている。ちっ、と舌打ちすると茶々丸は立ち上がり、自分でさっさと身繕《みづくろ》いを始める。

堀越公方の嫡男として生まれ、多くの者たちに傅《かしず》かれて大切に育てられたものの、父親が後妻を娶《めと》ってからは嫡男の地位も危うくなり、御所での暮らしも窮屈になり、近在の若

者たちを従えて悪さばかりするようになった。自業自得とはいえ、土牢に放り込まれるという目にも遭った。そういう苦しい経験をしたことで、自分のことは自分でやるという習慣が身に付いたし、警戒心も強くなり、危険を察知する嗅覚も鋭くなった。武器を手にして戦うことを厭わない強さもある。室町幕府の頂点にいる将軍や御台所、その一門の者たちなどは、ほとんど公家と変わらない暮らしをしていて、すっかり柔弱になっているが、茶々丸はそうではない。下手な武士などよりも、ずっと猛々しく凶暴なのだ。

身繕いを済ますと、刀を手にして茶々丸が寝所を出ようとする。

「公方さま、そんな格好をして、どこかに行かれるのですか?」

薄ぼんやりと目を開けた女が媚びた目で見上げながら、茶々丸の足にすがりつく。

「やかましい!」

女の顔を乱暴に蹴り上げる。女はぎゃっと叫ぶと、両手で顔を押さえて横倒しになる。指の間からだらだらと血が流れ出る。それを見ても、茶々丸はまったく心が動かない。哀れだともかわいそうだとも思わなかった。

(阿呆めが)

と腹が立つだけだ。

廊下に出ると、外の様子を見てくるように命じた武士が駆け戻って来るのに出会《でくわ》した。

「どうだった?」

「御所の周りに武器を手にした兵が満ちております」

と慌てた口調で説明する。

「どこの兵だ？」

「まだ、わかりませぬ。急いで調べるように他の者に命じてきました」

「兵の数は？」

「暗いので、しかとわかりかねまする」

「兵が満ちていると申したではないか」

「何しろ、御所の周囲から人の声や馬のいななきが聞こえ、数多くの松明《たいまつ》が見えましたので……」

「馬鹿め。何もわからぬということではないか」

茶々丸が舌打ちする。

そこに別の武士が廊下を踏み鳴らしながら駆けてきて、茶々丸の前に膝をつくと、

「どうやら興国寺城の兵のようでございまする」

と告げる。

「興国寺城……。すると伊勢の兵か？」

「さようにございまする。今ならば、まだ包囲されてしまったわけではありませぬ故、闇に紛れて逃げることもできましょう。いかがなさいますか？」

「本当に伊勢の兵なのだな？　今川ではないのだな」

「今川の兵はおらぬようでございまする」

「伊勢だけならば大した数ではあるまい。何を血迷って攻めてきたものか……。伊勢新九郎めが、どうせ管領や清晃に媚びを売ろうとしているのであろうよ。ふんっ、馬鹿めが、返り討ちにしてやる。新九郎の首を奪って、塩漬けにして都に送ってやるわ。御所には、どれくらいの兵がいる？」

「病で臥している者や屋敷に下がっている者が多いので……八十人ほどでございましょうか」

「八十人か。物足りない数だが、まあ、やむを得まい。近在の豪族どもに急を知らせよ。すぐに御所に駆けつけるように命ずるのだ。夜明けまで凌《しの》げば、こちらが勝つ。伊勢の兵を挟み撃ちにして皆殺しにしてやるぞ」

茶々丸は自信満々で鼻息が荒い。


新九郎たちは予定通り堀越御所に着いた。

いや、予定よりも、いくらか早かった。

但し、百五十人である。

興国寺城における最後の評定《ひょうじょう》で、農民たちをどう使うのかと弥次郎に問われて、

「まずは荷物運び」

と、紀之介は答えた。

今回の伊豆討ち入りに際し、武器だけでなく薬や食糧も大量に持参することを新九郎は決めていた。茶々丸を討ち取るまで興国寺城に戻らない覚悟だったので、戦が長引けば武器や食糧の補給に苦労することになると考え、あらかじめ十日分くらいの食糧を持っていくことにしたのだ。

しかし、大量に持参するとなれば、当然、荷物が多くなるから行軍速度が落ちてしまう。

荷物をすべて農民たちに背負わせることにすれば武士たちは身軽になるから行軍速度が上がる、と紀之介は言うのである。

「では、荷物を運ばせるためだけに連れて行くのか？」

「そうではありません。堀越に着いてからも農民たちは大いに役に立ってくれるはずです。武器、食糧、薬、それに太鼓も持っていかなければならぬし、松明もたくさん持っていかねば……」

「太鼓を何に使うのです？」

弓太郎が訊くと、

「戦は刀や弓矢だけでするものではありません」

と煙に巻く。

農民たちの宰領は自分に任せてくれればいいから、皆さま方は堀越に急いで下さいませ、という言葉を受け入れ、新九郎は百五十人の武士を引き連れて堀越御所を囲んだのである。

（ううむ……）

手筈《てはず》通り、御所の北を新九郎が、東を弥次郎が、西を葛山勢が受け持つことにして、兵を配置した。紀之介は農民たちを率いて後からやって来るので、それまでの間、弓太郎が葛山勢を指揮することになっている。

計画は大きな狂いもなく進行している。

にもかかわらず新九郎の表情が渋いのは、思っていた以上に御所の守りが厳重だったからである。

夜襲すると決めたときから、新九郎は御所を焼き討ちするつもりだった。茶々丸を御所から燻《いぶ》り出そうと考えたのである。そのために油や干し草などを運んできた。火矢を射るだけでは、大きな火災を発生させることは難しいからだ。

とはいえ、いくら塀の外で干し草を燃やしたところで御所そのものが燃えるわけではないから、大して効果はない。新九郎としては、兵を御所内に侵入させ、母屋に放火したかった。その指揮は門都普に任せるつもりでいた。

ところが、深夜にもかかわらず御所の警備は意外に厳しく、御所への侵入に手間取っている。番兵を油断させて正門から敷地に入り込む計画だったのに、軍兵の接近を悟られてしまい、門をぴったり閉ざされてしまった。やむを得ず、縄梯子《なわばしご》を使って塀を越えようとしたが、御所の庭を武士たちが走り回って侵入を防ごうとしており、せっかく引っ掛けた縄梯子を切られたり、塀の上に登ったところを矢で射落とされたりしている。

（やはり、茶々丸さまは、ただ者ではない）

甘く見ていたわけではないが、新九郎が想像していたよりも、茶々丸はずっと肝が据わっており、武人としての才能にも恵まれているようだった。そうでなければ、敵の接近を知ってから、これほど短時間で防御態勢を築けるはずがなかった。

（ここで持ちこたえて夜明けを待ち、豪族たちが駆けつけるのを待つつもりなのだろう）

細川政元が扇谷上杉氏に手を回して山内上杉氏との間に騒ぎを起こしてくれたおかげで、堀越御所近辺に領地を持つ伊豆の有力豪族は出陣している。茶々丸の要請で御所に駆けつける豪族たちは、もっと遠くにいる者ばかりだから、すぐには駆けつけることができないはずであった。

茶々丸の使者が豪族どもに急を知らせ、豪族どもが兵を集めて御所に駆けつけるのは夜が明けてからになるだろう。もし御所の近くの豪族たちが出陣していなければ、夜明け前に豪族たちが駆けつけるだろうから新九郎は敗れるしかなかった。

（管領殿の手を煩《わずら》わせてよかった）

しみじみと感謝した。

だが、所詮は、いくらか時間稼ぎをしたに過ぎない。夜明けまでに茶々丸を御所から燻り出さなければ、今川と挟み撃ちにすることもできなくなってしまう。

当初、門都普の率いる兵が御所に侵入し、内部から火の手が上がるのを待って攻撃を開始するつもりでいたが、その余裕はない。

「火矢を射よ」

新九郎が命ずると、二十人の武士たちが御所に向かって一斉に火矢を射る。それが合図となって、東西に布陣している軍勢からも火矢が射られる。

いよいよ戦が始まったのだ。

「慌てるな。ゆっくり火を消せばいい」

茶々丸は中庭に据えた床几《しょうぎ》にどっかり坐り込んで、御所の武士たちに落ち着いて指示を与える。

(夜が明ければ、こっちのものだ)

朝になれば援軍が駆けつけるだろうから、それまでの辛抱だ、そのためにも敵兵を決して御所に入れてはならぬ……茶々丸は武士たちを叱咤《しった》した。

八十人の手勢を三つに分けた。表門と裏門の守りに二十人、火矢を消すのに二十人、塀を乗り越えて御所に入り込もうとする敵を防ぐのに四十人を割いている。ふたつの門を守る人数が少ない気がするが、門そのものも頑丈だし、ぴたりと閉じられているから、それほど多人数で守る必要はない。

火矢を消す人数が門を守る人数と同じというのは多すぎるようだが、飼い葉の積み上げてある厩《うまや》に落ちたりすれば、すぐに火の手が広がってしまう。そうなる前に消さなければならないので、ある程度の人数を割く必要があるのだ。

茶々丸が最も警戒しているのは敵が塀を乗り越えて侵入することだ。侵入を許せば、どこに放火されるかわからないし、内側から門を開けようとするかもしれなかった。そうなったら防ぎようがない。

だからこそ、松明を手にした四十人の武士たちを絶え間なく走り回らせて、塀を乗り越えようとする敵がいないか見張らせている。今のところ、それは成功している。

（伊勢新九郎め、おまえなどに討ち取られてたまるか。おれがおまえの首を刎ねてやるわ）

口許に笑みを浮かべながら、茶々丸が東の空をちらりと見上げる。空は暗い。夜明けには、まだ間があるようだ。

十六

攻撃を始めてから半刻（一時間）……。

さすがに新九郎も焦れてきた。

依然として御所に侵入することができない。御所の外から盛んに火矢を打ち込んでいるが一向に火の手は上がらない。

まだ空は暗い。

それが唯一の希望だ。

ここで夜が明けたら新九郎の負けであろう。

（どうすればいい？）

このまま同じことを繰り返すのか。それとも、何か違う手段を講じるべきか……新九郎の心に迷いが生じる。

（わからぬ……）

突然、心の奥底から猛烈な恐怖心が湧き上がってくる。この戦に敗れることになれば、自分が死ぬだけでは済まない。茶々丸は伊豆の豪族たちを糾合《きゅうごう》して駿東に攻め込むに違いないし、強大な武力を持つ山内上杉氏がそれを後押しするであろう。ちっぽけな興国寺城など一瞬のうちに敵の大軍に飲み込まれて滅ぼされる。

新九郎を信じて付き従ってきてくれた家臣たちも、田鶴や千代丸、次郎丸、三郎丸も死ぬであろう。ようやく人間らしい暮らしを手に入れた農民たちも奴隷のような暮らしに戻ることになる。この一戦には、それほど大きな意味がある。新九郎の双肩には多くの人々の命と人生がかかっているのだ。

何としても御所を攻め落とし、茶々丸を討ち取らなければならないのに為す術がないという事実に新九郎は愕然とせざるを得ない。

（落ち着け、落ち着け……）

必死に自分に言い聞かせるが、顔から血の気が引いていくのがわかるし、指先も小さく震えている。

弥次郎や弓太郎からは、

「これから、どうすればいいのか？　このまま火矢を射続けるのか？　しかし、もうすぐ矢も尽きてしまう。そうなったら、どうすればいいのか」

という問い合わせの使者がやって来る。

「……」

新九郎は何と答えていいかわからずに立ち尽くす。

「殿、どうなさったのですか？」

使者が不安そうに訊く。

周りにいる者たちも新九郎に顔を向ける。自分だけではない、誰もが同じように不安を感じているのだ、と新九郎にはわかる。ここで自分が落ち着きを失ってうろたえれば、その動揺が全軍に広がって、たちまち腰砕けになってしまうであろう。

「待て」

そう言うと、新九郎は地面に坐り込む。

結跏趺坐の姿勢を取って、座禅を組み始める。

「……」

その場にいた者たちは唖然とした。

無理もない。戦の真っ最中に総大将がいきなり座禅を組み始めたのだ。

誰でも驚くに違いない。

両目を半眼にし、ゆっくり呼吸しながら、心の中に広がっている雑念を追い払う。

座禅を組んでいた時間はそれほど長くはないが、わずかな時間であっても、一度、自分の心を真っ白にしたことで、新九郎は余計な雑念に惑わされることなく、純粋に戦に勝つことだけに気持ちを集中させることができるようになった。


　戦勢は奇正に過ぎざるも、奇正の変は勝げて窮むべからず。奇正のあい生ずるところ、循環の端なきが如し……

農民を戦に連れて行ってどうするつもりなのかと弥次郎に問われたとき、紀之介が口にした『孫子』の一節である。作戦を立案するに当たっての「奇正の変」と言われる考え方深夜、こっそり堀越御所を囲み、内部に兵を忍び込ませて攪乱《かくらん》し、御所を火攻めにして茶々丸を燻り出そうというのは奇策である。

正攻法ではない。

わずか百五十人の手勢で警戒厳重な堀越御所を攻めようというのだから、奇襲以外に策の立てようがなかったとも言える。もし、この十倍の兵で御所を囲むことができれば、ややこしい策など弄《ろう》することなく、ひたすら攻めまくればいいだけのことだ。双方の兵力に大きな差があるときは力攻めが最も効果的なのである。

新九郎とて、それを知らないわけではなかったが、大軍が動けば、その動きを察知されやすくなるから、新九郎が御所に着いたときには、すでに茶々丸が逃走した後だったということになりかねなかった。今回の作戦は茶々丸を討ち取ることが最大の目的だから、茶々丸を逃がさないようにするには少数の兵で奇襲するしかなかったのだ。

だが、御所の守りが予想よりも厳重で、茶々丸の対応が素早かったために新九郎の奇襲はうまくいかなかった。すでに奇襲の意味を失っている。ひたすら同じ攻撃を繰り返しているが、成算があって行っているわけではない。他に手がないのだ。

「奇正のあい生ずるところ、循環の端なきが如し……」

新九郎がつぶやく。戦術というのは「奇」と「正」を組み合わせて、様々に変化応用させていかなければならない、という教えだ。奇襲が失敗した以上、一本調子の単純な攻撃を繰り返すことには何の意味もない。やり方を変えるべきだし、それは正攻法であるべきだ……ようやく新九郎は何をすべきか悟る。

「これより三方から一斉に御所に攻めかかる。何があろうと退くことなく、御所の塀を乗り越えるのだ。口答えは許さぬ、黙って指図に従え……そう弥次郎と弓太郎に伝えよ」

新九郎は、才四郎と正之助を使者として遣《つか》わした。

わずか百五十人で力攻めするというのはあまりにも無謀なやり方だから、きっと弥次郎も弓太郎も、

「そんなことをすれば兵の命を無駄にするだけだ。考え直した方がいい」

と反論するに決まっていた。

何と言われようと自分の決意は揺るがないと確信しているから、新九郎は才四郎と正之助を行かせた。この二人ならば、新九郎の考えを正確に伝えてくれると信じたからである。

自分の指揮する者たちに突撃の準備を命じているとき、

「どういうつもりだ、新九郎！」

門都普が血相を変えて駆けてきた。

「何のことだ？」

「一斉に攻めかかると聞いた。なぜ、そんなことをする？　おれが塀を乗り越えることが

できないから腹立ち紛れに全員でやろうというわけか？」

「腹など立ててはいない。これが最善の策だと思うから、それを行うだけのことだ」

「みんな、死ぬことになるぞ」

「それが戦というものだろう」

「覚悟はできていると言いたいのか？」

「この戦に負ければ、ここにいる者たちだけでなく興国寺城に残っている者たちも、皆、死ぬことになる。それ故、何としてでも勝たねばならぬ。負けることはできぬのだ。たとえ、ここにいる者たちがすべて死んだとしても、茶々丸さまを討ち取って、わしが生き残っていれば、こちらの勝ちなのだ。勘違いするなよ。わしは命を惜しんでいるわけではない。戦というものは、突き詰めていけば最後に大将が生き残った方が勝ちだと言いたいだけだ」

「そうか」

門都普がうなずく。

「そこまで腹を括っているのなら、もう何も言うまい。新九郎、今の言葉の通り、おまえだけは最後まで生き残れよ」

「おまえも死ぬな」

そう呼びかけるが、すでに門都普は自分の持ち場に向かって走り出していた。

その直後、新九郎は堀越御所への突撃を命じた。

十七

うおーっという叫び声が四方から茶々丸の耳に届く。

「あれは何だ？　調べてこい」

「は」

近習《きんじゅ》の武士がそばを離れていく。

（まさか敵に援軍が来たわけではあるまい。そんなことになったら一大事だ。とても守りきれぬ……。くそっ、豪族どもは何をしている、さっさと駆けつければよいものを）

歯軋りしながら顔を顰める。

やがて、近習が戻ってきて、敵が攻めかかってくるようでございまする、と茶々丸に告げる。

「その数は？」

「ざっと二百……。それより多くはないと存じまする」

「何と、たった二百で攻めてくるのか」

一瞬、茶々丸は驚き顔になるが、すぐに落ち着きを取り戻すと、

（どうやら、こっちの勝ちのようだ）

と、ほくそ笑んだ。

いくら火矢を打ち込んでも一向に火災が発生せず、なかなか塀を乗り越えることもできず、膠着《こうちゃく》状態に業を煮やしてやけくそになったに違いない、と茶々丸は考えた。

冷静に考えれば、興国寺城など駿府の東に位置する小城に過ぎず、その動員兵力など高が知れている。今川との共同作戦でないのであれば大して怖れることもないのだ。

「塀の上から矢を射よ。敵を一人も御所に入れてはならぬ。皆殺しにするのだ!」

茶々丸は床几から立ち上がると、顔を真っ赤にして叫ぶ。ここが勝負の分かれ目だと見極めたのだ。この攻撃を凌いで夜明けまで持ちこたえれば、急を知らせた豪族たちが駆けつける。そうなれば、わずか二百くらいの敵を叩き潰すのは簡単だ。

とはいえ、兵の数だけを比べれば、茶々丸の手勢は百にも足りないのだから、万が一、門を破られて敵が御所に雪崩れ込むことになれば勝ち目はない。門をしっかりと守り、塀を乗り越えようとする敵を一人ずつ確実に討ち取ることが肝心だとわかっている。茶々丸もじっとしていられない。もう床几には坐らず、刀を手にして忙しなく歩き回って武士どもを叱咤している。

敵が一斉に攻めかかってきたせいで対応が後手に回り、あちらこちらで敵に塀を乗り越えられたが、的確に対処して混乱が広がるのを防いだ。

(ふふふっ、こちらの勝ちだ)

時間が経つにつれ、茶々丸は勝利を確信し始めた。

もう少しで夜が明ける。明るくなれば、もっと正確に敵を矢で射ることができる。援軍も駆けつけるだろう。つまり、時間が経てば経つほど茶々丸は有利になり、敵は不利になるのだ。

「公方さま！」

「うむ」

ついに援軍がやって来たのか、と茶々丸は期待で小鼻を膨《ふく》らませた。

が……。

「敵軍でございます。新たな敵が迫っております」

「何だと？」

茶々丸は愕然とした。

ごくりと生唾を飲み込むと、

「その数は？」

と訊く。

「ざっと二百ほどかと思われます。もっと多いかもしれませぬ」

「二百だと……」

それは敵の数が倍になることを意味する。

今ですら、かろうじて持ちこたえているという状態なのだから、ここに新たな敵が加われば、とても持ちこたえることなどできない。

「こちらの援軍は、まだ来ぬか？」

「残念ながら……」

「くそっ！」

茶々丸が表門に向かって駆けていく。

自分の目で確かめなければ信じられなかったのだ。

いや、信じたくなかった。

嘘だと思いたかった。

梯子で表門に登り、外を眺める。

（あ）

思わず声が出そうになる。

数多くの松明が御所に向かってくる。威勢のいい太鼓の音まで響かせながら進軍してくる。暗闇の中を、あたかも人魂《ひとだま》が揺らめいているかのように松明の火が御所に迫ってくるのが不気味だ。

（ま、まずい……）

茶々丸の背筋を冷や汗が伝い落ちる。

ちらりと東の空を眺める。まだ真っ暗だ。夜明けまでは、まだ間がある。

「公方さま、危のうございまする」

梯子の下から近習が呼びかける。

うるさい、と怒鳴りつけようと首を回したとき、敵兵が塀を乗り越えるのが見えた。一人二人……次々と敵が御所の敷地に飛び降りる。新たな敵の軍勢が現れたことに動揺して、御所を守る武士たちの腰が引け始めている。疲労困憊《こんぱい》しながらも何とか戦いを続けることができたのは、もうすぐ援軍がやって来るという望みがあったせいだ。

ところが、御所の前に現れたのは味方の援軍ではなく敵の援軍である。武士たちが気落ちするのも無理はない。

「公方さま！」

近習が悲鳴のような声を発する。

塀を乗り越えた何人かの敵が門に向かって来る。

門を守れるかどうかが勝敗の分かれ目だとわかっているから御所方も必死だ。敵の立場になれば、門を奪って、外にいる味方を引き入れれば勝てるから、こちらもまた必死だ。表門を巡って激戦が展開されるのは必然の流れなのである。

そんな場所にいれば、否応なしに茶々丸も戦いに巻き込まれてしまう。近習が茶々丸をこの場から退避させようとするのは当然であった。

しかも、御所の一角から火の手が上がっている。劣勢は明らかなのだ。

「わかっておる」

茶々丸が梯子を下りると、

「もはや防ぎようがありませぬ。ひとまず、御所を脱し、安全な場所に移るべきかと存じます」

「逃げよと申すか」

「このままでは……」

「わかった。やむを得ぬ」

茶々丸が小走りに裏門に向かう。近習たちもついていく。

十八

どれほど犠牲が出ようとも、ひたすら力攻めを続けることで兵を御所に侵入させ、表門をこじ開ける。単純すぎる作戦だが、新九郎には他に手がない。

たとえ味方が全滅しようとも、茶々丸を討ち取って自分が生き残れば勝ちなのだ、と新九郎は門都普に言ったが、いくら攻めても味方の犠牲が増えるばかりで、敵方には大して打撃を与えられていない気がしてきた。このままでは茶々丸を討ち取る前に味方が全滅するかもしれない……そんな怖れすら新九郎は感じた。

しかし、心に焦りはない。

こうするしかないのだ。

これで駄目なら潔く討ち死にするだけのことだ。

そう覚悟が決まっているから、怖れや不安がないわけではないものの、心の中は意外と平静だ。

(ん?)

背後から太鼓の音が聞こえた。

いったい、何事だ、と振り返ると、たくさんの松明が近付いてくる。太鼓の音に混じって、うおーっ、うおーっという鬨《とき》の声も聞こえる。一瞬、

(敵か)

と、新九郎が顔を強張らせる。

だが、闇の中から現れた紀之介を見て、これは味方なのだと察した。

「遅くなって申し訳ありませぬ。しかし、何とか間に合ったようですね」

馬から下りながら、紀之介がにこっと笑う。

「あの者たちは?」

「農民たちですよ」

「それにしては数が多いようだが……」

紀之介が引き連れてきた農民は七十人ほどだったはずだが、松明の数は、それよりもずっと多い。ざっと見渡しただけでも、その倍くらいの数はありそうだ。それを口にすると、

「両手に松明を持ち、大声を出しながら走り回るように命じてありますからね。実際の数より、ずっと多く見えるでしょう？」

「確かに」

「この暗さなら、あれが兵なのか農民なのか遠くからはわからないでしょうし、公方さまは、こっちに援軍がやって来たと思うのではないでしょうか」

「うむ、そのようだ」

御所に目を向けながら、新九郎がうなずく。

欺かれたのは敵だけではない。味方の兵たちも援軍がやって来たと勘違いして奮い立っている。遠目にも兵たちが続々と塀を乗り越えるのが見える。御所からは火の手も上がっている。

「新九郎殿が御所に立て籠もっていたとしたら、どうなさいますか？」

「とても持ちこたえられぬと見切りを付け、さっさと御所から逃げようとするな」

「わたしも同じ考えです。夜が明ける頃には今川の軍勢が南から攻め上ってくる。公方さまを挟み撃ちにできますね」

紀之介がうなずく。

「頃合いもよいということか。ならば、行こう。万が一にも逃がしてはならぬ」

「お供しましょう」

新九郎と紀之介は馬に乗り、そばにいた者たち、ざっと二十人ばかりを率いて、御所の南側に向かう。御所の東、西、北の三方から攻めており、わざと南を空けてあるので、茶々丸が逃げ出すとすれば南以外にないのだ。

十九

茶々丸が目を細めて東の空を見上げる。

山の端が青白く染まり始めている。

ようやく夜が明けてきたのだ。

まだあたりは青白い闇に包まれているものの、ぼんやりと人の顔を判別できる程度の明るさはある。

わずか数人の近習を従えただけで、茶々丸は御所を脱出した。他の者たちは置き去りにした。急に戦いを止めてみんなで逃げ出そうとすれば混乱して収拾がつかなくなる怖れがある。その混乱に巻き込まれれば自分の命まで危なくなる。それ故、武士たちには戦闘の継続を命じ、警護役として数人の近習だけを連れて御所から逃げることにした。別に心は痛まなかった。御所に仕える者たちの役目は命懸けで公方に尽くすことである。自分が公方である以上、他の者たちの命を犠牲にして自分が助かるのは当然だと思っている。武士たちが必死に戦って時間稼ぎをしてくれれば、それだけ自分は遠くに逃げることができるのだ。

「公方さま、敵が迫ってまいります」

「何だと？」

肩越しに振り返ると、騎馬の一団が猛烈な勢いで迫ってくるのが見える。その出で立ちを見れば、味方でないことは一目瞭然だ。

「くそっ！」

茶々丸が馬の腹を蹴り、手綱をしごいて馬を急がせる。近習たちもそれに続く。

修善寺まで南下して、敵の動きを眺めつつ援軍の到着を待つ……そんな心積もりでいたが、その余裕はなさそうだった。ひたすら逃げまくるしかない、いざとなれば近習どもに敵の迎撃を命じ、自分一人で逃げる、何が何でも自分は生き残る……それが茶々丸の揺るぎのない意思だ。貪欲なまでの生への執着があったからこそ、実の父親に疎まれ、継母に嫌われ、ついには土牢に放り込まれて生死の瀬戸際に立たされながらも、どん底から這い上がって堀越公方の地位を手に入れることができた。今度もまた、おれは生き残ることができるだろう、と茶々丸は確信している。

馬を急がせていると、

「味方だ！」

近習が叫ぶ。

前方に数百の兵が見える。一塊《ひとかたまり》になって街道を進んでくる。

「おお、ようやく来たか！」

茶々丸が喜色を浮かべる。

肩越しに振り返ると、敵の騎馬武者たちは一町（約一〇九メートル）ほど後方にまで迫っている。

だが、味方と合流できれば、その騎馬武者たちを蹴散らして御所に取って返し、興国寺勢を打ち負かすことができる。

「え」

「ま、まさか……」

近習たちが戸惑いの声を発する。

「如何した？」

茶々丸が訊く。

「公方さま、あれは味方ではございません」

「何だと？」

「敵でございます」

「今川勢に違いありませぬ」

敵兵が背負っている旗指物《はたさしもの》を見て、近習が言う。

少しずつ空は明るくなっており、目のいい者であれば旗指物に描かれた図や模様を判別できるほどになっている。

「くそっ、これでは挟み撃ちではないか！」

茶々丸が歯軋りする。

前からは数百の今川軍、後ろからは数十の騎馬武者……進むことも退くこともできないのであれば、右か左に行くしかない。左に行けば平地が広がっており、田畑を通り抜ければ、やがて、森に入る。森を抜け、山を越えれば、茶々丸に味方する豪族たちの支配地だ。そこまで行けば安全だし、運がよければ、兵を率いて御所に駆けつけようとしている豪族どもに出会えるかもしれない。

問題は、そこまで遠いことだ。

追っ手を振り切って、豪族の支配地まで馬を走らせ続けることができるものかどうか。

（無理だろう）

とても逃げ切れるとは思えなかったし、敵が茶々丸の動きを予想して、武者を先回りさせていたら一巻の終わりである。

ならば、右に行くのは、どうか。

街道を右に曲がれば、すなわち、西に向かっていけば海に出る。行き止まりということだが、運良く海岸で舟を見付けて乗り込むことができれば、南伊豆の安全地帯に逃れることができる。長い道程を馬で進み、森を抜け、山を越えるのと、どちらがいいか……茶々丸は目を瞑って思案する。

が、迷ったのは一瞬で、すぐに決断した。

「こっちだ！」

馬首を右に向け、茶々丸は馬の腹を蹴る。

一か八か海に向かうことにした。

舟さえ手に入れられれば助かるのだ。

その可能性に賭けることにしたのである。

二十

新九郎と紀之介は、なかなか茶々丸に追いつくことができなかった。鎧が重く、あまり馬を速く走らせることができないせいだ。

だが、新九郎の心に焦りはない。

ようやく東の空が明るくなってきたとき、南の空に上がる狼煙《のろし》が目に入った。それは今川軍が予定通りに上陸し、堀越御所に向かって北上しているという合図だ。いずれ茶々丸は今川軍と遭遇して立ち往生することになるとわかっているから新九郎は慌てなかった。

（む）

茶々丸たちが方向を転じ、街道を右に逸《そ》れた。

「海に向かうつもりですね」

紀之介が言う。

「森に向かっても逃げ切れぬと思ったのだな」

「それは間違っていませんね」

「しかし、海に向かえば行き止まりではないか」

「恐らく、舟を手に入れて海に漕ぎ出すつもりなのでしょう。確かに、海に逃げられたのではお手上げです」

「ならば、急ごう」

「まともに追っては間に合いますまい。二手に分かれましょう」

「挟み撃ちにするのだな？」

「肝心なのは舟に乗せないことです。やがて、今川勢も追いついてくる。公方さまは逃げ場がなくなりましょう」

「よかろう」

手勢を二手に分けると、新九郎は真っ直ぐ茶々丸を追い、紀之介は脇道に入っていく。

（おのれ、伊勢新九郎）

肩越しに振り返りながら、茶々丸が顔を顰める。

騎馬武者たちとの距離が縮まっていることに焦りを感じたのだ。

（このままでは追いつかれる）

そう判断すると、茶々丸は即座に、

「その方ども、ここで敵を食い止めよ」

三人の近習に命じた。

その三人は、一瞬、顔色を変えたが、すぐに、

「は。承りましてございまする」

と頭を垂れて下馬した。

彼らを置き去りにして茶々丸は先を急いだ。

しばらくしてから振り返ると、追っ手たちと戦いになったものの、鎧も着ていないために、あっさりと打ち負かされてしまうのが見えた。

（役に立たぬ者たちよ）

茶々丸は舌打ちした。思ったほどの時間稼ぎができなかったので腹を立てた。

このままでは追いつかれてしまう……そんな危機感と焦燥が生じ、茶々丸は馬に激しく鞭《むち》を入れた。

やがて、

「公方さま、海でございまする」

近習が叫ぶ。

「おおっ！」

朝日を浴びて銀色に光り輝く海面が茶々丸の目にも映る。

「あそこに舟が！」

別の近習が海岸を指差す。浜辺に何艘かの舟が引き揚げられている。あの舟に乗って沖に漕ぎ出せば助かる……茶々丸の胸が高鳴る。土手を下って浜辺に降りようとしたとき、浜辺の向こうに騎馬武者の一団が現れた。

（くそっ、先回りされたか）

後ろからも敵、前からも敵、もはや逃げ道はないのか……茶々丸は目の前が暗くなったが、それでも諦めようとはしなかった。

「ここで敵を食い止めよ」

近習たちに命ずると、茶々丸は、ただ一人で馬を反対方向に走らせる。もはや、どこに向かっているのかもわからない。緩やかな傾斜を上り続けていることだけはわかるが、その道がどこに続いているのかはわからなかった。少しでも敵から遠ざかろうとする意思だけが茶々丸を前に進ませている。

が……。

茶々丸は馬を止めると、呆然とした表情で前方を見遣る。行き止まりだ。道がない。その先は断崖絶壁である。銀色に輝く大海原が広がっている。

馬首を返して道を戻ろうとする。

しかし、近習を倒した騎馬武者たちが駆け上ってくる。もはや逃げ道はない。

武者どもが茶々丸に矢を射かけようとする。

それを、

「待て」

と制して、新九郎が前に進み出る。

「公方さま」

「伊勢新九郎……逆賊めが！」

「この出家姿を見ていただけばわかるように、わたしが兵を挙げたのは円満院さまと潤童子さまの無念を晴らさんがため……他に理由はございませぬ。義理とはいえ母を手にかけ、血を分けた弟君を手にかけた罪は決して赦《ゆる》されぬものと存じます」

「きれいごとを言うな！　どうせ清晃に取り入って、母と弟の仇を取ってやると耳打ちしたのであろうが。見返りは何だ？」

「清晃さまや管領殿から、伊豆を治めよ、と命じられておりまする」

「おまえが伊豆を治めるだと？」

茶々丸が歯をむき出して新九郎を睨む。

「ちっぽけな田舎城の主に過ぎぬ成り上がり者が伊豆の領主になるというのか？　大名になるだと？　ふざけるな！　幕府の下っ端役人に過ぎなかった男が大名になどなれるものか。身の程を知れ」

「……」

「ふふふっ……」

茶々丸が目を細めて笑う。

「なるほどな。興国寺城の主となってから、おまえは足繁く堀越に通って来た。今になって思えば、いずれ伊豆を奪ってやろうという企みがあったのだな。何と腹黒い男よ。だが、忘れてはおらぬか、伊勢新九郎。不仲とはいえ、おまえが崇め奉っている清晃とわしは血を分けた兄弟なのだ。つまり、おまえにとっては、わしも主筋《しゅうすじ》なのだ。わしを手にかければ、おまえは逆臣よ。稀代の極悪人となる。それを忘れておらぬか？」

「覚悟の上でございまする」

「たとえ、わしを殺しても伊豆を手に入れることはできぬぞ。山内上杉が激怒して大軍を送ってこよう。おまえは勝てぬ！」

「そうかもしれませぬ。しかし……」

新九郎が厳しい目で茶々丸を見つめる。

「それを公方さまに心配していただくには及びませぬ。どうか潔くご自害なされませ」

「それほど殺したいのであれば、おまえが斬ればよかろう。わしを手にかけ、公方殺しの汚名を負うがよい。誰が自害などするものか」

「ならば、仕方ございませぬ」

新九郎が刀を抜く。

「おのれ、極悪人めが……」

茶々丸は憎悪に満ちた目で新九郎を睨みながら歯軋りする。

「この首、おまえには渡さぬぞ！」

手綱を引いて馬を方向転換させると、強く馬腹を蹴り、激しく鞭を入れる。驚いた馬が走り出す。茶々丸は尚も馬腹を蹴り、鞭を入れ続ける。

（あ）

新九郎が目を見開く。

茶々丸が馬に跨《また》がったまま崖の向こうに飛んだ。

次の瞬間、その姿が視界から消えた。

新九郎は馬を下り、慌てて崖の縁に近付く。

目が眩《くら》んで吸い込まれそうになり、思わず身を引いてしまうほどの高さである。沖から押し寄せる波が岩肌にぶつかって白い泡を生じさせている。その泡の中に馬が浮いたり沈んだりしているのが見える。前脚をばたつかせながらもがいているが、よほど流れが速いのか、やがて、馬の姿が水中に没してしまう。

新九郎は目を凝らして茶々丸を探す。

だが、その姿はどこにも見えない。

「この高さから落ちたのでは助かりますまい」

隣に紀之介が立って、崖の下を覗《のぞ》き込んでいる。

「そうだとは思うが……」

「何か気になるのですか？」

「公方さまに刃を向けることをためらい、自害をお勧めしたが、最後の最後に手緩《てぬる》い真似をしてしまったのではないか、と悔やまれる」

「ここから落ちて助かるような人間はおりませぬ。いるとしたら、もはや人ではなく、鬼神の如き者。案ずることはありますまい」

紀之介は、目を瞑って両手を合わせ、南無阿弥陀仏、南無阿弥陀仏と唱える。

（そうだといいが……）

新九郎の知る茶々丸は常人ではなかった。まさに鬼神の如くに猛々しい男だった。そうだとすれば生きていても不思議ないのではないか……そんな怖れを感じ、いつまでも海面から目を逸らすことができなかった。

しかし、馬も茶々丸も見えず、白い波飛沫《なみしぶき》が散り、銀色の海面が大きくうねっているだけである。

二十一

軍勢を率いて敵国に攻め込み、戦いに勝利した者がすることは古今東西、まったく変わりがない。

まずは略奪である。

金品や農作物を奪う。それが戦いに参加した兵士たちへの報酬になる。

次は女たちを探し出して犯すことだ。

勝者の特権として欲望の赴くままに女たちに暴行を加える。

男、女、子供を捕らえて領地に連れ帰ることも当たり前のように行われる。

奴隷として売り飛ばすためだ。

売り物にならない老人や病人は殺してしまう。

それが戦争というものだ。

生死が不明だとはいえ、堀越公方・足利茶々丸を崖から転落させ、御所に残って戦いを続けていた武士たちを降伏させたとき、新九郎は伊豆の支配者となった。

もちろん、それは名目的な意味しか持っていない。堀越御所と、その周辺を制圧したに過ぎず、伊豆全域には数多くの豪族たちが割拠している。

しかし、茶々丸が救援を要請した豪族たちは姿を見せなかったから、伊豆討ち入りは成功と言ってよかった。

そうだとすれば、新九郎は勝者としての当然の権利を行使することができる立場にいた。思いのままに略奪と暴行をすればよかったのである。

が……。

新九郎はまったく違うことをした。

恐らく、日本の歴史を概観しても、新九郎のようなことをした勝者はいないであろう。新九郎以前にも新九郎以後にも存在していない。

それほど奇妙なことをした。

伊豆討ち入りの翌朝、新九郎が堀越近辺の村々を見回ると、どこにも人の姿が見えず、野良仕事をしている者もいない。

「村人たちは、どこに行った？　探ってこい」

新九郎が兵たちに命ずる。

やがて、戦騒ぎを知って、村人たちが山に逃げ込んだことがわかった。

つまり、戦に勝った者たちが何をするか村人たちは承知していたわけである。それ故、取るものも取りあえず大慌てで逃げ出したのだ。

「但し……」

と、新九郎に報告した者は言った。村は無人というわけではない。病気で寝込んでいる者や、足腰の弱った年寄りは置き去りにされている、という。

しかも、その数は、かなり多い。依然として伊豆では熱病が猛威を振るっているのだ。

新九郎は即座に、病人には薬を与えて看病し、年寄りには食べ物を与えて何も心配しなくてもよいと安堵させてやれ、と命じた。興国寺勢百、葛山勢五十、今川勢三百、興国寺の百姓七十、合わせて五百二十人が手分けして村々を回った。

あちこちに高札も立てた。そこには、

「空き家に入り込んで諸道具を持ち去ってはならぬ」

「銭を奪ってはならぬ」

「乱暴を働いてはならぬ」

と記された。

これは堀越近辺の村人に対する禁令というより、新九郎配下の兵どもを戒めるためのものであった。

「早雲庵さまのような主は他におらぬぞ。決して無体なことを為さらぬし、あらかじめ決めただけの年貢しか取らぬ。その年貢は、昔の半分じゃ。おかげで、わしらも飢えずに暮らしが立ちゆくようになった」

興国寺城からついてきた七十人の百姓たちは頼まれてもいないのにあちこちで新九郎を誉めそやした。初めは伊豆の村人たちも、

（ふんっ、領主など鬼じゃ。そんな仏のような領主がどこにいるものか）

と半信半疑だったが、現実に新九郎の兵たちは病人に薬を飲ませて看病してくれるし、年寄りを労《いたわ》ってくれるし、乱暴もせず、家財道具や食べ物を奪ったりもしないので次第に心を開くようになった。

「馬鹿な」

数日経つと、病から回復する者も出てきたが、そういう者たちは元気になると、仲間たちが逃げ込んだ山奥に足を運んで、自分たちがどんなによくしてもらっているかを語った。

「そんなはずがない」

「病で頭がおかしくなったのではないのか」

誰も信じようとしなかった。

しかし、そういう者たちが、

「ならば、勝手にするがいい」

と自分の家族を連れて村に戻っていくのを見て、

「本当にそんなことがあるのだろうか」

「どうにも信じられぬ」

「しかし、いつまでも山に籠もっているわけにもいかぬ」

少しずつ村に戻る者が増え始めた。

伊豆討ち入りから十日ほどで、山に逃げていた者たちが村に戻った。

新九郎は村長たちを堀越御所に呼び集めた。

まだ警戒を解いていない者も少なくなかったが、それでも三十人以上が集まった。

「伊勢宗瑞である」

まず名乗ると、新九郎は伊豆討ち入りを決意するに至った経緯を説明した。決して邪《よこしま》な心から思い立ったことではなく、都にいる清晃や管領・細川政元も承知していることだと話した。村長たちは表情を変えず、あまり興味もなさそうな顔で話を聞いている。

「国主にとって民はわが子のようなものだ。民から見れば、国主は親のようなものだと言っていいだろう。これは、わしが勝手にそう思っているのではなく、古来定まっている道である。にもかかわらず、武家は力をつけるに従って欲が深くなり、手当たり次第に税をかけて年貢を厳しく取り立て、野良仕事で忙しいときにも平気で男たちを使役に駆り出す。何と田畑を検地すれば、四つしかないのに五つあると言い立てて五つ分の年貢をかける。何と哀れなことであろうか。わしは、その方たちも武家と同じように豊かに暮らしていければと願っておる。飢える心配をせずに暮らし、牛や馬を飼う。祝いごとがあればうまいものを食い、酒を飲む。妻や娘にきれいな着物や髪飾りを買ってやる……」

「何かおかしいか？」

新九郎が一同をぐるりと見回したとき、誰かがくすっと笑い声を洩らした。

「……」

「叱りはせぬ。なぜ、笑ったか申してみよ」

「畏《おそ》れながら……」

一座の中程で声がした。

「そのようなことは夢物語だからでございます」

「夢物語？」

「自分たちは決して怠け者ではないつもりでございます。しかし、どれほど必死に働いたところで、何もかも領主さまに取り上げられてしまい、手許には何も残りませぬ。まともに食えない日も多く、子供たちは痩せ細り、年寄りは歩くこともできない有様なのに牛や馬を飼うとか、酒を飲むとか、妻や娘に着物を買ってやるとか……。夢物語と言うしかございませぬ」

他の者たちも、そうだ、その通りだ、とうなずく。

「わしは伊豆のことをよく知らぬ。これからきちんと調べるつもりだ。田畑を正しく検地して、四しかないものを五だと言い張ったりしないつもりだ。しかし、よく調べるには時間がかかる。それ故、検地が済むまで年貢を二割減らそうと思う……」

それ以外にも、どういう理由で納めなければならないのか、その根拠が曖昧な年貢も廃止する、検地をしたからといって今よりも年貢が重くなることはないし、恐らく、年貢は二割以上減ることになるはずだ、と新九郎が言う。

「え」

何人かの村長が声を発すると、それきり座は静まりかえった。誰もが息をするのも憚《はばか》るように体を丸めて、表情を強張らせている。

(嘘に決まっている)

(そんなうまい話があるものか)

と疑っているのだ。

「今、わしが口にしたことは直ちに正式な命令として発する。わしの家臣や役人がこの命令に背いて汝らに酷《むご》い仕打ちをしたり、わしが定めた以上の年貢を取り立てようとしたならば直ちにわしに訴えるがよい。その者を、わしが罰することを約束しよう」

「……」

口を利く者はいない。

とても信じられる話ではなかったからだ。

が……。

ひと月ほど経つと、

(これは本当なのではないか)

と農民たちも新九郎の言葉を信じ始めるようになった。

高札に書き記された禁令に違反して、伊豆の農民から銭を奪おうとしたり、村娘に悪さをしようとした今川兵が罰せられたからだ。

それに時間が経つにつれて、年貢や夫役が軽減されたことを実感できるようになった。

新たに手に入れた領地の民を手懐けるための一時しのぎではないかと疑う者もいたが、新九郎に付き従ってきた興国寺城の農民たちは、

「あの御方がおられる限り、心配はない」

と自慢気に語り、

「宗瑞さまが興国寺城の主となられたおかげで、わしは牛を手に入れることができた」

「わしは田畑が増えたぞ」

「三日に一度は酒を飲めるようになった」

決して一時しのぎのご機嫌取りなどではなく、宗瑞さまの支配地では、これが当たり前のことなのだ、と胸を張った。

（そうか。宗瑞さまが伊豆を支配して下されば、わしらの暮らしも豊かになるのだな）

農民たちは新九郎の言葉が嘘ではないと信じ始めたが、そうなればそうなったで、

（こんなありがたいことがいつまで続くのか……）

と不安になる。

なるほど、伊豆討ち入りは成功し、茶々丸は堀越公方の座を追われ、崖から転落して死んだものと見なされた。

だからといって、それですべてが終わったわけではない。新九郎の作戦がうまくいった最大の要因は、細川政元が扇谷上杉氏に手を回して、山内上杉氏に味方する豪族の城を攻めさせたことである。これに対抗するため、山内上杉氏は伊豆の豪族たちにも出陣を命じた。つまり、新九郎は伊豆の有力豪族たちの留守を狙って堀越御所を急襲したのである。

当然のことながら、その豪族たちはいずれ伊豆に帰還する。そう簡単に新九郎を伊豆の主として迎え入れるはずがなかった。

「兄者！」

弥次郎が血相を変えて飛び込んできた。

「どうした？」

「来たぞ。豪族どもが攻めてくる」

「数は？」

「物見は三千と言ってる。とても信じられないから、改めて何人か送り出したところだ」

「三千が多すぎるとしても、かなりの数には違いないな」

「どうする？」

「うむ……」

いずれ、こういう日が来ることは覚悟していたが、その対策がきちんとできているわけではない。

というより、対策など立てようがないというのが本当だった。

興国寺城から連れてきた七十人の百姓たちは、すでに帰してしまった。

堀越御所を攻めるときに力を貸してくれた今川軍三百も今では百人に減っている。新九郎が禁令を発したにもかかわらず、伊豆の百姓たちに悪さばかりするので、二百人を駿府に帰したのだ。すべて帰してもよかったのだが、それでは、せっかくの氏親の厚意を無にすることになりかねないと考えて百人だけ残した。それ以外に残っているのは新九郎の家臣百人と葛山勢五十人だけである。つまり、新九郎の兵力は二百五十人に過ぎない。

（やはり、逃げるしかないか……）

それが最も現実的な策といっていい。

今回は茶々丸を討ったことで満足し、伊豆平定は次の機会を待つということである。母と弟の仇を取ったことで清晃も新九郎に感謝してくれるだろうから、正式に将軍に就任すれば新九郎の伊豆平定を後押ししてくれるであろう。

伊豆討ち入りが成功したのは、あくまでも伊豆の有力豪族たちの不在を狙った奇襲だったからで、だからこそ少数の兵力で何とか成功した。

だが、相手に不意打ちを食らわせることと、その土地に留まって支配することはまったく次元の違う話である。少なくとも数百の兵でどうこうできることではない。わずか二百五十の兵力で豪族たちと戦うという選択肢などあり得なかった。

(やはり、大名になるなどというのは夢のまた夢であったか……)

新九郎が溜息をつく。

興国寺城に引き揚げ、清晃や細川政元の協力を得て、改めて伊豆に攻め込むというのが現実的な策であり、それ以外の策など考えようもないことを承知しているとはいえ、それがいつのことになるかわからない。一年先なのか二年先なのか、それとも五年とか十年待つことになるのか……人生など一寸先は闇だと身に沁みているから、もしかすると、そんな機会は二度と来ないかもしれないという気もする。

(そうだとしても、やむを得まい)

意外とさばさばしているのが自分でも不思議だった。何としてでも伊豆にしがみつこうという我欲がない。出家したときに、心と体にこびりついていた世俗の垢が落ちたのかもしれぬ、と新九郎は口許に笑みを浮かべる。

ばたばたと廊下を踏み鳴らして、弥次郎が戻って来る。

「兄者、大変だ！」

「落ち着け」

「北から二千の敵が攻め下ってくる」

「ほう、二千か……」

「どの道も塞がれているから、もう北に向かうのは無理だ」

「ならば、舟で逃げるしかないか」

「それも無理だ！」

「なぜだ？」

「一千の敵が南から攻め上ってくる。北と南から挟み撃ちにするつもりだ。敵が三千というのは間違いではなかった。ただ北と南に分かれていただけだ。こうなったら籠城するしかないぞ」

「ふうむ、籠城か……」

新九郎が小首を傾げる。籠城というのは、どこかから援軍が来るという当てがあるからできることで、援軍の当てがないのでは立ち枯れてしまうだけだ。

「今川に頼めばいいじゃないか。今川ならば、二千でも三千でも兵を動かすことができる。

兄者が危ないと知れば、御屋形さまだって見捨てたりはしないはずだ」

「かもしれぬ……」

なるほど、新九郎が氏親に頼めば、氏親のことだから救援に駆けつけてくれるであろう。

しかし、それには時間がかかる。兵を集めるだけでも数日はかかる。とすれば、駿府から堀越にやって来るのは、どんなに早くても五日くらい後になるであろうし、支度に手間取れば十日はかかる。さして防御が固いわけでもない堀越御所にわずか二百五十人で籠城して、三千の敵を相手に十日も持ちこたえられるとは思えなかった。

とはいえ、他に妙案もないので、諸門を閉ざし、守りを固めるように新九郎は命じた。

夕方になると御所は豪族たちの兵で包囲された。

遠巻きにして陣を張り、すぐに攻めてくる気配はない。

相手が何を考えているのか、新九郎にはよくわかる。いかに少数の敵と戦うとはいえ、無理攻めすれば自分たちも怪我をする。そんな危険を冒さなくても、時間をかけて包囲を続ければ、堀越御所にいる新九郎は手も足も出ず、最後には降伏するしかない、と見抜いているのだ。

（確かに、その通りだ）

悔しいが、そう認めざるを得ない。

翌朝、またしても弥次郎が廊下を踏み鳴らして駆けてきた。

「大変だぞ、兄者！　すぐ来てくれ」

「今度は何だ」

「いいから早く」

新九郎の手を引くように、弥次郎は表門まで連れて行く。弥次郎が梯子を使って門に登り、新九郎を手招きする。新九郎も梯子を登る。門の上から周囲を見回して、

（え）

新九郎が息を呑む。

「こ、これは……」

二町（約二一八メートル）ほど向こうに豪族たちが陣を張っているが、その陣と御所の間に無数の百姓たちが立ちはだかっているのである。

「さっき数えさせたときには五千人くらいいた。今はもっと増えている。向こうから切れ目なくやって来るから」

「……」

弥次郎が指差す方を見ると、鋤《すき》や鍬《くわ》を担いだ農民たちが続々と御所に向かって来る。その数があまりにも多いので、豪族たちも指をくわえて眺めているしかない。

御所を取り巻く農民の数は増え続け、昼には一万を超えた。御所を十重《とえ》二十重《はたえ》に取り囲み、ついには豪族たちの陣のそばに達した。その数に怖れをなして、豪族たちが、

「立ち去れ！　命令に従わねば容赦せぬぞ」

と兵を向けようとした。

それが呼び水となったのか、

「わしらの主は宗瑞さまだ」

「宗瑞さまこそが伊豆の領主だ」

「わしらがお守りする」

「宗瑞さまに刃を向ける者は、ただではおかぬぞ」

農民たちは口々に叫び、

「帰れ！」

「宗瑞さまに従え！」

「そうだ、帰れ、帰れ！」

と豪族たちの陣に押し寄せ、鋤や鍬を振り上げて鬨の声を上げた。農民など虫けらのようにしか考えていない武者たちも、あまりにも農民の数が多いことに怯《ひる》み、ついには、

「退《ひ》け！　退け！」

と御所に背を向けて逃げ出した。

「口ほどにもない者たちよ」

「今度、宗瑞さまに逆らったら叩き殺してくれようぞ」

見苦しく逃げていく豪族たちを嘲《あざけ》り、農民たちがどっと笑い声を上げる。

そのとき、御所の門が開き、新九郎が姿を現した。

「おお、宗瑞さまだぞ」

「宗瑞さまだ」

農民たちは地面に膝をつき、新九郎に向かって恭しく頭を下げる。一万人以上もの農民たちが一斉に頭を垂れるのだから、これは壮観と言うしかない。

「……」

新九郎は言葉を失った。今まで自分が農民たちを助けているつもりでいたが、実は、そうではないとわかった。助け合っていたのだ。お互いに助け合い、気持ちが通じていたからこそ、新九郎の危機を知って農民たちが駆けつけてくれた。感動して胸が熱くなり、何も語ることができない。ただ涙が溢れてくるだけだ。

（わしが歩いてきた道は間違っていなかった）

そう確信し、この道をこれからも進んでいかなければならない、と心に誓った。


（『北条早雲3　相模侵攻篇』へ続く）

単行本　二〇一四年十二月　中央公論新社刊

中公文庫

北条早雲《ほうじょうそううん》2
——悪人覚醒篇《あくにんかくせいへん》

2020年3月25日　初版発行

著　者　富樫倫太郎《とがしりんたろう》

発行者　松 田 陽 三

発行所　中央公論新社
〒100-8152　東京都千代田区大手町1-7-1
電話　販売 03-5299-1730　編集 03-5299-1890
URL http://www.chuko.co.jp/

ＤＴＰ　嵐下英治
印　刷　三晃印刷
製　本　小泉製本

Published by CHUOKORON-SHINSHA, INC.
Printed in Japan　ISBN978-4-12-206854-4 C1193

乱世の梟雄《きょうゆう》と呼ばれし

第三弾

北条早雲3　相模侵攻篇

伊豆討ち入りを果たし、僧形になったものの出陣の日々は終わらない。小田原攻めに動き、いよいよ東進を画する緊迫の展開！

第四弾

北条早雲4　明鏡止水篇

茶々丸との最終戦と悲願の伊豆統一、再びの小田原攻め、そして長享の乱の終結……己の理想のため鬼と化した男に、安息はない！

第五弾

北条早雲5　疾風怒濤篇

三浦氏打倒のため、苦悩の末に選んだ最終手段……血みどろの決戦は、極悪人の悲願を叶えるか。シリーズ、いよいよ完結！